SCRITTO E CREATO DA
MICHAEL ANDERLE

LA REGINA DELLA NOTTE

LO STRATAGEMMA KURTHERIANO - LIBRO 2

NEWSLETTER

Benvenuti in un viaggio emozionante con LMBPN® International! Iscriviti alla nostra newsletter per accedere ad aggiornamenti esclusivi e contenuti gratuiti. Come nostro stimato abbonato, godrai di un'esperienza ricca piena di sorprese. Immergiti in nuovi mondi, intuizioni uniche e storie emozionanti che ti aspettano. Unisciti ora, diventa parte dell'avventura internazionale LMBPN® e diventa davvero parte della storia!
https://lmbpninternational.com/it/newsletter/

DEDICA

Alla mia famiglia:
a mia moglie Judith,
ai miei figli Joshua, Jacob e Joseph
ai miei genitori e ai miei fratelli.

Apprezzo il vostro amore, il vostro
sostegno e la vostra approvazione
quando non avete la minima idea
di cosa stia parlando!

IMPRINT

La Regina della Notte (questo libro) è un'opera di finzione.

Tutti i personaggi, le organizzazioni e gli eventi rappresentati in questo romanzo sono prodotti dell'immaginazione dell'autore o sono stati usati in modo fittizio. A volte entrambe le cose.

LMBPN® International
2375 E. Tropicana Avenue
Suite 8-305
Las Vegas, NV 89119
Stati Uniti d'America

Prima edizione USA, 2015
Edizione 2.04 (a cura di Ellen Campbell) Agosto 2017

IT21-0002-00002 – Versione 1.01

CAPITOLO UNO

Brasov, Romania

ethany Anne aspettò che Ecaterina e Nathan le dessero le informazioni su cui avrebbe dovuto concentrarsi per l'indomani.

Dove sarebbe potuta andare a fare shopping?

Negli ultimi otto mesi si era aspettata di morire, aveva conosciuto un vampiro, era stata costretta a subire modifiche genetiche e si era ritrovata a doversi nutrire di altre persone.

Certo, per la maggior parte di quel periodo aveva dormito. E, mentre dormiva, il suo simbionte alieno aveva applicato dei cambiamenti al suo corpo. Ma bisognava ammettere che il resto era dannatamente inquietante, e ora aveva sul serio bisogno di un po' di shopping-terapia. Soprattutto di un bel paio di scarpe. Be', magari no. Dal momento che i cambiamenti includevano un allungamento delle gambe di quindici centimetri, forse non aveva più bisogno di tacchi a spillo.

Riusciva a sentire Ecaterina – con il suo accento rumeno esotico e sexy – e Nathan che parlavano. Il bell'aspetto dell'uomo sarebbe stato ufficialmente fuori mercato se Ecaterina non avesse incasinato tutto. Nathan era attratto da lei come una falena da una fiamma. Ecaterina era altrettanto interessata a lui, ma a quanto pareva aveva perso la sua usuale sicurezza. Dubitava costantemente di se stessa e temeva che Nathan non fosse intrigato. Tutti quei dubbi non facevano altro che nascondere l'ovvio.

Ora come ora non era un suo problema. Adesso doveva trovare qualcosa di diverso dagli stracci che indossava al momento.

Se qualcuno avesse domandato alla maggior parte degli uomini di Brasov – o del mondo, se è per questo – cosa ne pensassero, avrebbero detto che Bethany Anne era uno schianto. I capelli scuri e un corpo stellare e snello avrebbero costretto molti uomini a doversi impegnare per non guardarla. Avrebbero avvertito gli occhi della moglie o della fidanzata fissi su di loro come quelli di un falco.

I ragazzi che al momento si trovavano in sua compagnia l'avevano vista quando non era nelle sue condizioni migliori. Intendiamoci, non si trattava semplicemente di una giornata storta, ma roba da occhi rossi, zanne al posto dei denti, sangue su tutta la faccia e le mani mentre uccideva lupi sovrannaturali e ne beveva il sangue. Un ottimo smorzagioia sia per Alexi che per Nathan, e avrebbe dovuto esserlo per qualsiasi maschio non sociopatico.

Aveva aiutato Alexi e Nathan a superare una divergenza di opinioni piuttosto accesa con un branco di licantropi locali sotto il comando del defunto, e certamente non compianto, Algerian. Il mannaro era a sua volta agli ordini del vampiro Petre, che durante la fuga aveva commesso l'errore di prestare attenzione alla spettacolare scollatura di Ecaterina invece che alla trappola per orsi che gli aveva maciullato la gamba.

Sentendo le urla e un tonfo improvviso, Bethany Anne si era preoccupata per quella donna coraggiosa ma, quando era uscita dal tunnel, aveva trovato Petre steso a terra con il piede nella trappola ed Ecaterina che si abbottonava la camicia. Era stato il momento migliore della giornata.

Nel suo attuale stato confusionale, Ecaterina temeva che Nathan – che era l'essere più cauto del mondo quando si trattava di vampiri – potesse soccombere al fascino di Bethany Anne.

Ma Ecaterina non avrebbe dovuto preoccuparsi. Un fidanzato al momento era l'ultimo dei suoi pensieri. Non aveva tempo per un fidanzato e nemmeno per un amico, se doveva dirla tutta.

Bethany Anne desiderava un solido paio di Christian Louboutin. Aveva bisogno di sentirsi una donna, almeno per un po'. Nonostante le sue abilità, era abituata a proiettare sicurezza dietro l'armatura di una borsa Coach, un paio di Christian Louboutin e un abito su misura, e niente di tutto ciò doveva presentare macchie di sangue, cosa che non si poteva dire degli abiti che aveva indossato negli ultimi giorni.

Se non si fossero sbrigati a farle sapere cosa avevano scoperto, avrebbe iniziato a camminare verso il centro della città, e sarebbero stati guai per chiunque avesse interrotto i suoi sforzi terapeutici. Il fatto che non comprendesse o non sapesse leggere il rumeno non aiutava, e Nathan aveva deciso di aver bisogno di *rispolverare il suo rumeno* insieme a Ecaterina.

Leccaculo, aveva pensato.

Passando all'inglese, Nathan attirò la sua attenzione e chiuse il portatile che stavano utilizzando. «Okay, dovresti iniziare dal centro commerciale Coresi, sul lato nord-est della città, dove potrai farti servire nei negozi di fascia alta. Da lì, presenterai un, uhh...» A quel punto, Nathan diede l'impressione che il suo senso di autoconservazione si fosse appena attivato. Si rimangiò qualunque osservazione stesse per fare e si voltò verso Ecaterina, che era in piedi dietro di lui.

Bethany Anne pensava che fosse esilarante. Stando a Nathan, tutti gli altri vampiri del mondo non accettavano di buon grado i commenti che potevano essere presi nel modo sbagliato. Lei non credeva di essere tanto male. Intendiamoci, aveva comunque un carattere orribile, ed era nota per aver preso a calci nel culo – o nei gemelli – qualche tizio, ma non aveva quella predilezione a uccidere che Nathan supponeva avesse solo perché era una vampira.

Era un uomo talmente affascinante e pericoloso che Bethany Anne non riusciva ad accettare il fatto che a volte si facesse così circospetto quando aveva a che fare con lei. Per fortuna, di tanto in tanto riusciva ad andare oltre quel condizionamento. Michael – il suo capo, in un certo senso – aveva passato un migliaio di anni ad assicurarsi che le sue regole venissero rispettate, pena la morte.

Ma Michael era scomparso. Bethany Anne non sapeva se fosse per via di un'azione nemica o perché avesse avuto l'intenzione di lasciarla a sistemare i suoi casini sin dal principio. Nel caso della prima ipotesi, era un segnale piuttosto significativo del fatto che si trovava in una situazione più grande di lei. Michael aveva mille anni di esperienza ed era il più duro di tutti in un gruppo di duri che inducevano militari incalliti a diventare religiosi. E uomini pericolosi conoscevano nemici pericolosi.

La cosa la spingeva a pensare che ci fossero buone probabilità che fosse ancora vivo. Non aveva idea di dove, però. Sperava e pregava che stesse cercando di scoprire altro su un siero che serviva a creare Nosferatu intelligenti. Se i Rinnegati – il gruppo scissionista della famiglia di Michael che credeva che gli umani dovessero essere una razza sottomessa – avevano davvero un siero funzionante, avrebbero potuto creare un'infinità di carne da cannone per il loro esercito.

Dato che lei non aveva informazioni certe, non avrebbe potuto rivelare nulla neanche per sbaglio.

Era stata scelta e trasformata per prendere il posto di Bill, un vampiro che era stato ucciso in un'imboscata in Virginia poco meno di un anno prima. Sapeva che avrebbe dovuto mettersi in contatto con il tramite di Bill per vedere quali operazioni – nel caso in cui ce ne fossero – avessero bisogno delle sue abilità.

Avrebbe anche dovuto parlare con Stephen. Era uno dei figli diretti di Michael e viveva dall'altra parte dei Carpazi. Era anche il padre di Petre, che lei aveva ucciso. Di conseguenza, si stava ancora scuotendo dai capelli le immaginarie ceneri del vampiro defunto.

Nathan avrebbe voluto chiedere il permesso prima di eliminare Petre, ma aveva deciso che presentarsi al Mondo Ignoto in modo esplosivo fosse doveroso per ottenere il rispetto che serviva a portare avanti un programma che Michael neanche sapeva fosse necessario.

Attività che includevano la preparazione del pianeta a una possibile guerra intergalattica in un futuro non troppo lontano.

Ma prima che potesse accadere, avrebbe comprato un paio di tacchi alti.

Washington DC, USA

Il telefono squillò due volte prima che Frank Kurns, il collegamento tra il Mondo Ignoto e il governo, rispondesse. «Sono Frank.» La voce roca, un po' debole dopo quasi cento anni di vita, non avrebbe vinto nessun Tony Award.

Era nel suo ufficio, sotto un vecchio palazzo governativo a Washington DC. Andava benissimo sia per lui che per quelli che avrebbe dovuto incontrare e che volevano restare anonimi o riparati dalla luce del sole. C'erano due vecchi tunnel a cui aveva accesso. Uno era un residuo della Seconda Guerra Mondiale e l'altro lo aveva fatto costruire negli anni Settanta. Il secondo non compariva in nessuna planimetria dell'edificio, né storica né attuale.

La voce all'altro capo della linea era un pastoso baritono maschile. «Buonasera, Frank. Sono Gerry.» Gerry era il capo del Consiglio del Branco Americano e l'Alfa del branco di New York, l'Alfa diretto di Nathan.

«Buonasera, Gerry. Era da qualche giorno che aspettavo una tua chiamata. Come posso aiutarti?» Dato che Frank aveva chiesto un favore a Nathan, il secondo di Gerry, una settimana e mezzo prima, si era aspettato di sentire Gerry quando Nathan non lo aveva ricontattato.

«Ho un aggiornamento, se almeno tu riesci a capirci qualcosa, e una preoccupazione.»

«Sentiamoli tutti e due.» Frank si mise comodo sulla sedia.

«Per prima cosa, l'aggiornamento. Non ha molto senso per me, ma il mio braccio destro mi ha mandato una e-mail tramite una terza parte con cui non ho molta familiarità. Diceva di farti sapere che ha trovato la signora, già cresciuta senza alcun segno del padre. Tirando a indovinare direi che ha a che fare con Michael, giusto?»

«Sì. Sì, è così. Sospetto che la parte in cui dice che è già cresciuta voglia dire che è un vampiro, ormai. La cosa non piacerà necessariamente a suo padre, ma l'altra opzione sarebbe la morte. Dovrò trovare un modo per assicurarmi che sappia che non è deceduta. Anche se mi domando perché il tuo braccio destro non lo abbia riferito direttamente a me.»

Gerry emise una risatina. «Frank, conosci Nathan. Sarà piuttosto cauto, visto che si tratta di un vampiro, anche se è un vampiro giovane che magari potrebbe non essere tanto forte. Magari ha paura che possa farsi vivo il paparino. Non sono tanto sicuro che *sia* debole, però. Nathan è uno dei ragazzi più cauti del branco. Deve essere in compagnia della vampira, se non ti ha contattato direttamente. Immagino che lei non voglia parlare con te.»

«Allora perché si è disturbato a contattarti per darti un aggiornamento?»

«Be', sospetto che non gli abbia proibito del tutto di comunicare con me. Nathan ha il dovere di tenermi aggiornato e, tramite me, di tenere aggiornato anche te. La domanda giusta è perché la vampira non si è ancora messa in contatto con te. Sai qualcosa di lei?»

Frank rifletté sulla risposta. Ora come ora aveva bisogno di tutto l'appoggio possibile. Molte operazioni stavano andando a rotoli perché non c'era un agente del calibro di Bill su cui poter contare. Aveva perso ventidue uomini in diciassette incursioni – tutte operazioni segrete – perché non aveva avuto la possibilità di chiedere aiuto a un membro della famiglia di Michael.

Dato che Michael e Carl erano scomparsi, non aveva avuto modo di contattarli. Michael dirigeva la famiglia in Nord America. C'erano alcuni vampiri in Sud America, ma quella era una zona di Rinnegati e Frank non aveva mai avuto contatti con loro. Di sicuro erano capaci di mordere le mani che li nutrivano. Be', le mani, le braccia, il collo e così via.

Frank rispose alla domanda di Gerry. «Sì. Si chiama Bethany Anne Reynolds, ed è – o era – un'agente operativa di un'agenzia semi-segreta con sede qui a Washington DC. Non so quanto ci voglia per trasformare qualcuno in un vampiro, ma non credo serva più di una settimana, forse due. Di sicuro non più di un mese, e lei è sparita da più di sette mesi. Cosa volevi dire prima quando hai accennato al fatto che non credi sia tanto debole?

Pensavo fosse lo stesso Michael a occuparsi della sua conversione. Dovrebbe essere una garanzia della sua forza.»

Ci fu una pausa dall'altro capo. Gerry finalmente parlò, trascinando la prima parola mentre finiva di riflettere. «Beneeeee, avrebbe senso. Stando a ciò che si dice, il branco di Brasov, la stessa località dove si è recato Nathan, ha subito la morte di diversi membri di alto livello. Nathan non ha detto di essere in ospedale e, anche se non me la sentirei di sfidarlo, sono abbastanza sicuro che non abbia fatto fuori i sette mannari che si dice siano morti. Oh, e un vampiro.»

«Cosa?» Frank era stupito da quell'informazione. Nelle giuste circostanze Nathan Lowell avrebbe potuto far fuori sette membri del branco, a patto di non doverli combattere tutti insieme. Frank avrebbe persino scommesso che sarebbe riuscito ad avere la meglio in una battaglia due contro uno. Ma dubitava fortemente che Nathan avesse ucciso sette mannari e un vampiro. Per prima cosa il suo compito non era quello di lasciarsi coinvolgere, ma soltanto di localizzare e riferire ciò che aveva scoperto. Secondo poi, Frank non riusciva a immaginare cosa avrebbe potuto indurre Nathan a compromettersi al di là dell'ordine ricevuto di localizzare e segnalare. Non aveva legami, e Frank dubitava che Nathan avrebbe ignorato il suo istinto di autoconservazione per innamorarsi di Bethany Anne, per quanto potesse essere attraente.

«Già. Il Consiglio Europeo ha sentito parlare di alcuni legami loschi tra il branco di Brasov, l'Alfa Algerian, e Petre, uno dei figli di Stephen. Ora, il Consiglio è stato contattato da qualcuno del branco di Brasov, un membro di medio livello. A quanto pare qualcuno ha ripulito metà del branco, partendo dalla cima. Quando questa persona è andata a chiedere informazioni a Petre, ha trovato l'abitazione devastata da un incendio e dentro c'erano due corpi carbonizzati. A uno mancava un braccio e, senti questa, una testa. Hanno rinvenuto il cranio bruciato dall'altra parte della stanza. Erano i cadaveri degli ufficiali dei mannari che offrivano protezione diurna a Petre. Sono riusciti a localizzare le uscite di Petre, e ne hanno seguita una che si apriva a un centinaio di metri di distanza. Vicino al foro c'era una trappola per orsi ricoperta di sangue. Si capiva che il sangue era di Petre, ma non c'era alcuna traccia del vampiro.»

La mente di Frank cercò furiosamente di elaborare le ramificazioni di quanto Gerry gli aveva appena riferito. Aveva bisogno di altre informazioni e molto probabilmente il suo consulente al momento non era autorizzato a contattarlo. Fantastico.

«Dannazione, Gerry. Ora che mi hai regalato questo bel grattacapo ho paura di chiedere quali possano essere le tue preoccupazioni. Ti dispiacerebbe condividerle con me?»

Frank sentì Gerry che sospirava dall'altro capo. «Sì. I membri del branco più giovani e stupidi. È da anni che non vedono un vampiro davvero spaventoso, e ora stanno iniziando a montarsi la testa. Il Consiglio può metterci una pietra sopra solo per un po' prima che un vampiro decida di occuparsene, o il Consiglio dovrà decidere da che parte vuole andare con questa legge di "tenere tutto nascosto agli occhi del mondo". Quando potevamo incolpare Michael, era tutto molto più semplice. Adesso che Michael è scomparso, almeno stando alle dicerie...»

Frank sapeva che Gerry voleva informazioni, così sospirò e gli diede la conferma a quella domanda inespressa. «Già, Michael è scomparso. Come ho detto, Nathan doveva trovare Michael e Bethany Anne, e fare rapporto. A quanto pare ha trovato Bethany Anne e Dio solo sa cos'altro abbia fatto. A parte aggiornarmi, ovviamente.»

«Ma lo ha fatto, anche se non direttamente. Quando hai intenzione di ignorare la volontà di un vampiro fammelo sapere, così posso prepararmi per il tuo funerale.»

«Okay, giusta osservazione. Perciò cosa vuoi da me, esattamente?»

«Ho bisogno delle informazioni di Nathan e di sapere cosa ne pensi. Cosa credi che succederà se permettiamo che si verifichino altri avvistamenti di licantropi?»

Gerry sapeva molto bene cosa sarebbe successo, pensò Frank. Non sarebbe stata affatto una bella situazione. Se gli umani avessero avuto conferma dell'esistenza del sovrannaturale, sarebbero sorti problemi di ogni tipo. Gliene vennero in mente alcuni particolarmente nefasti, senza contare ciò che avrebbero detto le principali religioni.

Frank avrebbe preferito che Michael si facesse vedere. Non gli era piaciuto il fatto che tutto fosse tranquillo quando il temuto patriarca vampiro era nei paraggi a far rispettare le sue decisioni. Doveva esserci moltissima aggressività repressa che aspettava soltanto di esplodere, se qualcuno avesse potuto confermare che Michael era morto.

«Fammi vedere se riesco a mettermi in contatto con Bethany Anne. Non so cosa possa fare per spaventare i giovani e gli stupidi, come dici tu, ma è *comunque* una vampira e probabilmente parlerà con me. Gli altri figli di Michael parlano solo con Carl, e anche lui è scomparso. Se va tutto a puttane cercherò di contattare suo padre. Dio, che casino.»

Frank sentì Gerry sospirare di nuovo al telefono. «Già. Se e quando parli con Nathan, fagli sapere che ho bisogno di lui qui negli Stati Uniti. Ha una bella reputazione, perciò magari potrà essere lui l'uomo nero, per un po'.»

«Va bene, fammi vedere che risorse ho in Romania. Magari saranno in grado di localizzarli. Ci sentiamo dopo, Gerry.»

«Stammi bene, Frank. Fammi sapere se scopri qualcosa. Ciao.»

Frank mise giù la cornetta e si strofinò la faccia per la frustrazione. Non solo aveva bisogno di aiuto per tutto il caos e la distruzione, ma ora si erano intromessi i mannari e i loro attriti. L'intera pentola sarebbe esplosa se qualcuno non ci avesse messo un coperchio sopra, e alla svelta.

CAPITOLO DUE

Zurigo, Svizzera

Bethany Anne si sentiva abbastanza bene. A Brasov era riuscita a trovare due vestiti da abbinare e poi a Zurigo era riuscita a prendere altri due abiti e un altro paio di scarpe. Il viaggio in treno non era stato male. Stava ancora assorbendo energia eterica, e TOM le aveva detto che probabilmente avrebbe potuto fare due traslazioni prima di aver bisogno di "darsi al sangue", come lo definiva lui. Era rimasta nella sua cuccetta per tutto il viaggio, riposandosi, e aveva chiesto a Nathan di avvertirla, se avesse pensato che fossero in pericolo.

Ecaterina era rimasta a Brasov per occuparsi di alcune cose. L'avrebbero rivista nel giro di un paio di giorni, prima che Bethany Anne andasse a svegliare Stephen... sempre che nessun altro lo avesse già svegliato e gli avesse parlato della morte di Petre.

Mentre erano nel centro commerciale di Brasov, Nathan aveva riconosciuto il profumo e poi il volto di una donna che lo aveva seguito e gli aveva messo delle cimici nei vestiti quando era arrivato in Romania. La sconosciuta era parsa piuttosto esitante quando Nathan le si era avvicinato. Bethany Anne aveva tenuto d'occhio la situazione mentre provava le scarpe, tra tutte le paia che le piacevano.

I due erano usciti nel cortile per parlare. Bethany Anne aveva notato che Nathan si guardava furtivamente intorno per vedere se qualcuno li stesse tenendo d'occhio.

Bethany Anne aveva deciso di pagare il paio che le stava meglio e di chiedere alla commessa di tenerglielo da parte. Per fortuna l'inglese della signora era sufficiente e aveva compreso la sua richiesta.

Alexi, l'orso mannaro che Ecaterina aveva per zio, era in visita dalla famiglia prima di tornare a vivere sulla sua montagna. Bethany Anne sapeva dove trovarlo in caso di bisogno e, tutto sommato, Alexi non era un grande amante della compagnia.

Ecaterina aveva deciso di venire con loro negli Stati Uniti, come previsto. Al momento era con il fratello Ivan, a sbrigare alcuni affari e a prepararsi per la discussione che sarebbe seguita quando avesse detto ai genitori che sarebbe partita. Be', che sarebbe partita con un uomo non sposato e una donna che non conoscevano. Non era preoccupata per suo padre, ma aveva detto che sua madre le avrebbe fatto «com'è che dite voi? Il diavolo a otto?» Era *diavolo a quattro* ma Bethany Anne non aveva intenzione di correggerla ogni volta che sbagliava. I modi di dire si imparavano meglio strada facendo.

Bethany Anne aveva trovato divertente il fatto che Ecaterina non avesse restituito a Nathan i soldi dell'escursione. Aveva detto che era per assicurarsi che Ivan imparasse che non importava «quanto un uomo fosse attraente.» Lei si era guadagnata quel denaro, e anche di più. Ivan doveva imparare da lei e assicurarsi che le belle donne non gli scucissero soldi. Soprattutto ora che lei non sarebbe stata lì a proteggerlo da quelle fossette.

La donna con cui Nathan stava parlando se n'era andata. Bethany Anne aveva inarcato un sopracciglio e lo aveva guardato con curiosità.

«Una rappresentante del branco locale. Hanno ricondotto i loro problemi a me e a "forze sconosciute". Non apprezzavano il modo in cui Algerian li stava coinvolgendo con Petre e, ora che tutti quelli che erano a favore dei vampiri sono morti, volevano accertarsi che non li stessi prendendo di mira.» Aveva sorriso e il suo viso si era illuminato. «Un problema risolto!»

Bethany Anne aveva osservato la donna che attraversava il cortile. Poco prima che arrivasse dall'altra parte, a circa trenta metri di distanza, due uomini l'avevano raggiunta, e insieme avevano svoltato l'angolo.

«Come possiamo essere sicuri che stiano dicendo la verità?»

Nathan aveva seguito lo sguardo di Bethany Anne. «Politica di branco. Dice che non era solo il branco di Brasov a volere che le cose cambiassero, ma che il branco ha contattato il Consiglio e che poi ha ottenuto una direttiva. Senza Algerian, non hanno modo di muovere obiezioni a quella decisione. Non posso chiamare Gerry negli Stati Uniti e chiedergli di confermarla.»

Bethany Anne lo aveva guardato. «In che senso non puoi chiamarlo?»

Lui aveva scosso la testa. «No. Be', potrei anche farlo, ma equivarrebbe a infrangere alcune regole di decoro locali. Se un europeo facesse la stessa cosa in America non si solleverebbero troppe sopracciglia. Se lo facessi io si alzerebbe un polverone.» Quindi aveva spostato gli occhi sulla fronte aggrottata di Bethany Anne.

«Ma davvero?»

Nathan ormai si era abituato al disinteresse di Bethany Anne per tutti i canali di comunicazione adeguati. Non si sarebbe meravigliato se avesse deciso di telefonare lei stessa, e ormai era rassegnato. In ogni caso non sarebbe stato in grado di farle cambiare idea.

***

Entrarono nella banca svizzera, Bethany Anne in un abito grigio scuro alla moda e Nathan in una giacca sportiva casual su un paio di jeans. Era un monumento all'uso della pietra come materiale da costruzione. L'entrata era alta più di dodici metri, e le loro scarpe ticchettarono e risuonarono sul pavimento che doveva essere lì da secoli.

Due guardie fiancheggiavano l'ingresso all'area bancaria principale. Sulla sinistra c'era una fila di cassieri mentre sulla destra c'era una serie di uffici a cubicoli, e quattro divani erano stati disposti in un quadrato su un tappeto nel mezzo, come un'area d'aspetto. Una receptionist sedeva a una scrivania di fronte alla zona centrale. A ogni angolo erano appesi grandi schermi, sintonizzati su stazioni finanziarie. Solo uno mostrava la CNN.

Si avvicinarono alla scrivania e la signora non tardò a sorridergli. Bethany Anne ridacchiò quando ci mise un po' di più ad accogliere Nathan. Il suo sorriso amabile e la sua calorosa stretta di mano sembrarono farle perdere la testa.

Bethany Anne alzò gli occhi al cielo. «Mi scusi?»

La receptionist si affrettò a guardare nella sua direzione, arrossendo debolmente. «Sì, signora, come possiamo aiutarla?»

«Ci sono dei conti aperti a mio nome e ho bisogno di accedere a questi conti e di avere qualche dettaglio. Chi può aiutarmi?»

La receptionist abbassò lo sguardo sul telefono, dove alcune linee lampeggiavano. «Dovrebbe parlare con il signor Berger. Purtroppo in questo momento è al telefono. Posso avere il suo nome e fargli sapere che lo sta aspettando?»

«Mi chiamo Bethany Anne. La prego, gli comunichi anche che non sono molto paziente.»

La receptionist prese le informazioni con freddezza e sollevò il telefono per effettuare una chiamata. Bethany Anne e Nathan girarono intorno alla scrivania per sedersi su un divano.

Nathan parlò a bassa voce in modo che non potessero sentirlo. «Perché non hai dato il cognome? Riusciranno a trovarti lo stesso?»

Bethany Anne prese un respiro e lo guardò. «Oh, certo che ci riusciranno. Questa banca fa affari con i vampiri. Riesco a fiutare il loro odore. Debole, ma c'è. E poi i vampiri non hanno cognomi, signor Lowell. Ho rinunciato a *Reynolds* quando mi sono trasformata, almeno per il prossimo futuro. Michael ha creato un gruppo in questa banca e un paio di ausiliari per gestire la situazione senza dover creare nuovi alias più o meno ogni trent'anni. Se il signor Berger non fa parte degli eletti che sanno tutto, immagino che il mio nome sarà segnalato e che ci forniranno un altro contatto.»

«Come farai a capire se sa qualcosa?»

Bethany Anne gli sorrise. «Perché lo vedremo sudare freddo, signor Lowell.»

***

Quella di Kevin Berger era proprio una bella giornata. Aveva appena finito di parlare al telefono con una piccola impresa che aveva deciso di spostare i suoi conti in quella banca. Anche se la cosa non gli avrebbe procurato un aumento, una serie di quelle piccole vittorie lo avrebbe portato sulla buona strada per ricevere un'ottima valutazione trimestrale.

La spia era accesa, così prese il telefono e chiamò la receptionist. Lei gli spiegò che una certa "americana impaziente" lo stava aspettando nell'atrio. Si fece dare il nome di quell'americana e riagganciò.

Nessuna americana impaziente sarebbe riuscita a rovinare quel senso di trionfo. Fece scorrere il nome nel sistema per vedere se avesse qualcosa in sospeso.

Non solo c'era qualcosa in sospeso, ma c'era anche un indicatore accanto al nome. Il sangue gli defluì dalla faccia. Ecco il modo giusto per rovinare il suo momento di benessere.

Aprì i file necessari e li esaminò. Quella... signora... doveva avere accesso a otto conti. Premette rapidamente i tasti per vedere cosa contenessero e, se gli fosse rimasto del sangue sul viso, sarebbe defluito subito anche quello.

In quei conti c'era abbastanza denaro da sostenere una nazione medio-piccola. Non solo era una *Nacht*, ma doveva anche essere di una posizione elevata per avere accesso a quel tipo di denaro. Non poteva assolutamente farla arrabbiare, o la sua valutazione trimestrale sarebbe stata inutile. Si sarebbe trovato disoccupato o magari – se l'avesse fatta arrabbiare abbastanza – si sarebbe trovato a sperare in una morte rapida.

Kevin era uno degli interni, come venivano definiti in banca, ma quello era il suo primo vero incontro con un Nacht. Dato che lavorava solo di giorno, non aveva mai pensato di dover interagire con uno di loro.

Prese rapidamente tutti i documenti di cui avrebbe avuto bisogno, li inserì nelle cartelle e spense il computer. C'era solo un modo in cui i Nacht potevano confermare la loro... *unicità*. Si augurava solo che non fosse affamata.

Si infilò la giacca – sperando di nascondere il sudore sotto le ascelle – e uscì per incontrare la sua nuova cliente. Sfortunatamente, la receptionist aveva sbagliato tutto. Stando a ciò che sapeva dei Nacht, quella signora era incredibilmente paziente. Fece del suo meglio per non mettersi a correre.

CAPITOLO TRE

Zurigo, Svizzera

Nathan si guardò intorno nella banca, ma soprattutto si focalizzò sul grande televisore sintonizzato sulla CNN. Sentì dei passi veloci in avvicinamento, così ruotò la testa per scoprire cosa stesse succedendo. Non si aspettava niente di brutto, ma non era nemmeno uno stupido.

Un uomo più giovane, probabilmente sulla trentina, in un abito a tre pezzi blu scuro con strisce rosse, si diresse verso di loro a passo svelto. Un po' più veloce e la camminata si sarebbe trasformata in una corsa. Nathan capì che doveva essere "del giro". Stava sudando e i suoi occhi continuavano a spostarsi su Bethany Anne per poi saettare via subito.

La receptionist si rese conto che il direttore era stressato e fece scivolare la mano sotto la scrivania. L'uomo se ne accorse e scosse furtivamente il capo, la receptionist tolse la mano.

Accanto a lui, Bethany Anne si alzò. Se si metteva da parte la storia del vampiro, era una donna incredibilmente bella. La grazia con cui si muoveva portava a credere che fosse una ballerina. Il suo aspetto indusse persino il rappresentante della banca a guardarla due volte. Era ovvio che la persona che si aspettava di vedere e quella che si trovava effettivamente davanti fossero due persone diverse.

«Signora Bethany Anne? Sono Kevin Berger, il suo rappresentante, e posso aiutarla a completare l'impostazione dei conti in modo che possa accedere ai fondi. Vuole venire con me?»

Bethany Anne gli prese gentilmente la mano e la strinse. «Certamente, signor Berger. La prego, mi faccia strada. Il mio compatriota, il signor Lowell, si unirà a noi.» Non aveva chiesto al signor Berger il permesso di far venire anche lui, ma Nathan dubitava avesse intenzione di rifiutarle qualcosa.

Attraversò l'atrio e si diresse verso una parete rivestita di legno. Spinse un piccolo fermo difficile da vedere e, quando un pannello si aprì, si fece da parte. Nathan entrò per primo, seguito da Bethany Anne, che rivolse a Berger un sorriso amabile.

Lui trasalì e chiuse la porta dietro di loro.

All'interno c'era un breve corridoio con un bar, un frigorifero e degli snack disposti sulla sinistra, mentre sulla destra, in una stanza di circa tre metri per cinque, c'era un divano contro la parete, con un tappeto raffinato e un tavolino. All'altra estremità c'era una scrivania circondata da tre sedie. Al chiudersi della porta si era sentita la pressione. Quella stanza era insonorizzata.

«Posso offrirvi qualcosa?» Sperava di non dover semplicemente offrire il collo. Kevin fece una smorfia. Era contento che non lo avessero visto alzare gli occhi al cielo di fronte alla propria stupidità.

«No, siamo a posto, signor Berger.»

«Molto bene, signora. Vuole unirsi a me al tavolo? Questa stanza è insonorizzata e non sono ammessi dispositivi di registrazione elettronica. Ho la piena fiducia della banca. Da quando i Nacht hanno stabilito i requisiti per la verifica non è permesso registrare nulla.»

Bethany Anne guardò Nathan. Lui estrasse una scatoletta dalla giacca e recuperò un piccolo dispositivo rettangolare che collegò al cellulare. Dopo un minuto scosse la testa.

«Molto bene, signor Berger. Come vuole che confermi o verifichi la mia identità?»

«Non lo sa?» Kevin avrebbe voluto prendersi a schiaffi. Si era lasciato sfuggire la sua sorpresa nel momento meno opportuno.

«No, signor Berger. Vuole illuminarmi o devo giocare a Venti Domande? Le posso garantire che potrei irritarmi dopo le prime due.»

La cosa iniziava a turbarla. Aveva pensato di dover semplicemente dare il DNA o qualcosa del genere. O almeno era quel che aveva pensato Carl. Magari neanche lui conosceva il vero sistema?

Il sudore imperlava la fronte di Kevin. «Um, signora, non deve dimostrare *chi è*. Deve soltanto verificare che è, in effetti, un vampiro.»

Bethany Anne avrebbe voluto ridere di gusto. Il rappresentante della banca era passato da preoccupato a spaventato a morte in un secondo quando era stato costretto a pronunciare la parola *vampiro* ad alta voce.

Tutti pensavano che l'unica cosa che i vampiri facessero fosse bere sangue? Anche se era tentata di vedere cosa avrebbe fatto se avesse tirato fuori le zanne, decise che prima avrebbe potuto provare qualcos'altro.

«Signor Berger, ci sono modi specifici per dimostrare la mia *innaturalezza*? Presumo che lei non voglia che la morda, giusto?» Dovette trattenersi per non schioccare le labbra mentre gli guardava il collo. Non c'era bisogno di sentire la puzza della sua urina.

«Be', a essere onesti, non mi sarei mai aspettato di dover eseguire una presentazione del genere. Io, uh, credo che mostrarmi semplicemente le zanne potrebbe funzionare.»

Sembrava così speranzoso che Bethany Anne quasi fece quel che le aveva chiesto. Eppure le vennero in mente alcuni modi in cui un non-vampiro avrebbe potuto provare a ingannare qualcuno. Quell'uomo le sarebbe servito anche in futuro e non voleva che languisse nella sua ignoranza.

«Che ne dice se facciamo così, signor Berger? Le stacco la testa dalle spalle con uno schiaffo. Se dovessi fallire allora avrà la certezza che non sono un vampiro. In caso contrario, se ci riuscissi... no, credo che faremmo solo un gran casino.»

Kevin a quel punto stava annuendo rapidamente.

Sul serio? Bethany Anne si stava quasi innervosendo per essere costretta a fare qualcosa di tanto prosaico come mostrare le zanne. Voleva fare qualcosa di classe. Fu allora che Nathan inclinò la testa e fece un cenno verso l'ingresso.

Anche Bethany Anne aveva sentito il frastuono. Era come se stessero rapinando la banca.

Con una voce calma ma seccata, Bethany Anne disse: «Questi idioti mi stanno rovinando la giornata. Giuro su Dio che se mi sporcano di sangue il vestito, gli infilo le pistole su per il culo.» Presumeva che qualsiasi cosa avesse fatto e che fosse finita in un video sarebbe stata cancellata prima che qualcuno potesse vederla. Qual era la cosa peggiore che poteva succedere, che Michael si presentasse per sculacciarla? *Quasi le sarebbe piaciuto,* così avrebbe potuto cantargliene quattro.

Si tolse le scarpe e le appoggiò sul tavolo, poi si diresse verso la porta e scomparve.

Kevin rimase a bocca aperta e guardò Nathan, che stava ancora fissando la porta. Era insonorizzata, perciò cosa stava sentendo?

Kevin si avviò verso l'uscita.

Nathan allungò il braccio per fermarlo. «Devi rimetterti dov'eri un attimo fa. La signora tornerà subito e, se non dovesse passare per la porta, ti conviene non essere dove potrebbe finire. Sono abbastanza sicuro che ti rovinerebbe la giornata.»

Kevin fece un passo indietro e tornò dov'era. La donna riapparve, questa volta con due pistole e un AR-15. Consegnò il fucile e una pistola a Nathan e ne infilò una alla cintura. Si guardò alle spalle. «Ricordami di prendere una fondina ascellare, va bene, Nathan?»

Nathan annuì, controllò l'AR-15 e mise la sicura a entrambe le armi prima di spostarsi verso il corridoio. Si posizionò come se si aspettasse che qualcuno potesse entrare da un momento all'altro.

Bethany Anne attirò l'attenzione di Kevin. «Chiedo scusa per questo contrattempo, ma c'era una rapina in corso. Mi dispiacerebbe molto se la mia giornata venisse interrotta.»

«Cosa... cos'ha fatto?» Kevin era impallidito quando aveva visto le pistole con cui la donna era apparsa all'improvviso.

«Hmmm? Oh, ho appena tolto le pistole ai fastidiosi idioti qui fuori che volevano rapinare la banca. Non ho tempo da perdere con i poliziotti, adesso. Possiamo darci una mossa? Scomparire e riapparire con delle armi va bene come verifica? Altrimenti potrei utilizzare un po' di energia.» Quando ebbe finito di parlare, costrinse gli occhi a diventare rossi. Di solito assumevano quell'aspetto quando era completamente vampirizzata, ma aveva parlato con TOM, che le aveva spiegato come manipolare i nervi giusti per ottenere quell'effetto.

Le riuscì splendidamente. «No, no, la traslocazione andrà benissimo. Ho i documenti e i numeri di conto proprio qui.» Si affrettò a sedersi al tavolo e tirò fuori dalla giacca i documenti e una penna. Le indicò tutti i punti in cui avrebbe dovuto firmare e le fornì delle copie.

Bethany Anne firmò ovunque, prese le copie e infilò la busta nella sua borsa Coach.

Bussarono alla porta e Nathan inarcò un sopracciglio all'indirizzo di Bethany Anne, che si rivolse a Kevin. «Signor Berger, in questo momento preferirei non essere interrotta. La prego di vedere cosa vogliono. Oh, e avrò bisogno di carte di credito appropriate per prelevare dai miei conti. Come faccio a procurarmi tre tipi di carte?»

Bussarono di nuovo. Kevin saltò in piedi e scivolò oltre Nathan per aprire la porta di un centimetro e parlare con una persona dall'altra parte. La chiuse rapidamente e tornò da loro. «Come ha detto, c'è stato un tentativo di rapina e gli agenti stanno interrogando i presenti prima che lascino l'edificio. Ho spiegato che lei era una cliente molto importante e che non voleva essere coinvolta, ma sono molto confusi riguardo a quanto è accaduto. Un attimo prima i criminali avevano pistole e maschere nere, e quello successivo erano tutti a terra senza maschere né pistole. Li hanno ammanettati ma non capiscono cosa sia successo. Vorrebbero visionare i nostri video.»

«Con chi ha parlato là fuori?»

«Un agente locale, credo. Sono sicuro che manderanno un ispettore il prima possibile.»

«Quando arriva l'ispettore, mi faccia la cortesia di accompagnarlo qui. Mi occuperò io delle sue domande. Avrò bisogno di un bel cappello e di un velo per uscire.»

«Perché non si limita a...» Kevin mosse le mani come se fosse appena esploso qualcosa.

«Dovrò richiederle un piccolo pegno del suo affetto, signor Berger. Diciamo, qualche grammo. È d'accordo?»

«No, no. Mi scuso per essermi fatto prendere dalla curiosità. È stato imperdonabile. Troverò un cappello, signora.» Detto questo, Kevin si inchinò e uscì dalla porta.

Nathan si sedette sul divano, lontano dalla linea visiva diretta di qualcuno che fosse entrato nell'ufficio segreto. «Perciò il trucchetto della sparizione richiede molta energia?»

«Sempre alla ricerca di informazioni, non è vero, Nathan?» Bethany Anne gli offrì un sorriso malizioso. «Non ho utilizzato troppa energia per ciò che ho fatto. Volevo solo incoraggiare il signor Berger a essere un po' più cauto.»

«Potresti portare qualcuno con te?»

Bethany Anne socchiuse le labbra. «Non saprei. Se lo facessi, la quantità di energia richiesta potrebbe essere drammaticamente superiore. Potrei ritrovarmi dall'altra parte con l'immediato bisogno di una ricarica, e la persona che sto portando con me potrebbe diventare il mio spuntino. Mi sembra un po' rischioso.»

«Devi sempre, ah, mangiarli?» Nathan ripensò alla radura dove si erano incontrati per la prima volta. Bethany Anne aveva sollevato almeno ottanta chili di lupo affamato come se fosse una piuma. Poi aveva proceduto a lacerargli il collo e a bere il suo sangue prima di far ricadere il corpo senza vita sul terreno di fronte a lui. La cosa lo aveva impressionato.

«Sai, Nathan, non ho ancora provato a prendere solo un sorso. Che ne dici, facciamo un tentativo?»

Nathan capì improvvisamente come si sentisse il signor Berger, al momento scomparso. Era un modo dannatamente utile per zittire qualcuno alla svelta.

«Sono a posto così, grazie.»

Pochi minuti dopo, bussarono alla porta e il signor Berger fu di ritorno. Consegnò a Bethany Anne una cartellina. «Signora, ecco le carte che le permetteranno di accedere ai conti praticamente ovunque, almeno in Europa. L'ispettore è arrivato e presto ci raggiungerà. Ho fatto in modo che il video non sia disponibile. Come responsabile dei suoi conti, ho la possibilità di scavalcare anche il presidente della banca, se necessario. Daremo loro qualsiasi video non mostri direttamente quel che è successo. Non ne saranno molto soddisfatti, ma in effetti non dovranno neanche occuparsi di una rapina. Credo che ne siano usciti vittoriosi comunque. Infine ho appena incaricato una collega di acquistare il cappello e il velo richiesti.»

«Molto bene, signor Berger. Mentre aspetto, sarebbe così gentile da fornirmi una stampa dei conti e delle eventuali rendite, e può spiegarmi come si ricava il reddito e a quanto ammonta? Grazie mille.»

Kevin chinò la testa e se ne andò.

«Cosa vuoi farne delle armi?» Nathan guardò bramosamente l'AR-15.

«Be', probabilmente potremmo cavarcela con le pistole, ma non sono sicura di come fare per il fucile. Non è che possiamo portarlo con noi sul treno. Ma in effetti potremmo procurarci una valigia in cui nasconderlo.»

«Non è riconducibile a noi, e mi sentirei più sicuro con un paio di armi. La casualità di questo attacco mi preoccupa.»

«Perché, credi che possa non essere casuale?» Bethany Anne andò verso il divano e si sedette. Nathan infilò la pistola nella cintura sotto il cappotto. Posò il fucile sul divano e raggiunse Bethany Anne.

«Già, credo che molto probabilmente sia stato casuale. Dare per scontato che ogni problema sia un'azione nemica mirata a te ci porterebbe solo a essere paranoici, ma sarebbe anche sciocco non prendere precauzioni nel caso in cui ci stessimo sbagliando. Solo perché il Consiglio Europeo ha detto al branco di Brasov che si sarebbe tirato indietro non significa che non ci sia una squadra di insubordinati che non desideri far fuori un nuovo vampiro.»

Bethany Anne inarcò un sopracciglio all'indirizzo di Nathan.

«Ascolta, praticamente tutti danno per scontato che i nuovi vampiri non siano potenti quanto te.»

«Dammi solo un minuto.» Bethany Anne si ritirò in se stessa.

TOM, cos'è questa storia del "vampiro debole"?

Ha senso, Bethany Anne. Se consideri che i nanociti si propagano e danno alcune delle caratteristiche migliori e peggiori del donatore all'ospite successivo, non saranno mai puri come quelli della mia nave. A ogni generazione ci vuole più tempo per realizzare il cambiamento, così come per connettersi con l'Eterico. Si creano sempre meno nanociti in grado di connettersi all'Eterico. Nemmeno Michael ha lo stesso numero di nanociti che hai tu, e io sono sempre al corrente di quel che stanno facendo. A Michael non è mai stato insegnato come orientare il suo potere, perciò dubito che i suoi figli sappiano come fare.

Molto interessante. Non lo sapevo.

Tu hai me.

Giusto, ma non per sempre. Non dimenticare che alla fine mi aspetto di trovare un altro ospite da lasciarti infastidire.

Mi ferisci, Bethany Anne. Sono stato silenzioso per un po'.

Lo so, e la cosa mi preoccupa.

Perché?

Come con i bambini piccoli, i guai peggiori capitano quando stanno tranquilli. Quando avremo finito, io e te dovremo fare una bella chiacchierata.

Bethany Anne non ricevette risposta, il che confermò il suo sospetto che TOM stesse tramando qualcosa e che non volesse ammetterlo. Dannazione. Le stava bene dopo che nell'ultima settimana lo aveva ignorato. Si rivolse di nuovo a Nathan. «Okay, quello che dici ha senso. È molto improbabile che un comune vampiro sia potente quanto me.»

Fu il turno di Nathan di riflettere in silenzio per qualche istante. «Perciò potrebbero aver organizzato questo attacco per studiare la tua reazione?» Bussarono alla porta. Nathan si alzò e fece cenno a Bethany Anne di restare seduta.

Lei nascose un sorriso nel vedere quell'uomo che si assumeva la responsabilità di proteggerla nonostante avesse visto con i suoi occhi quanto fosse più abile di lui nel gestire le minacce.

Eppure di sicuro il suo aspetto contribuiva a fare in modo che le persone riconsiderassero l'uso della violenza anche solo dopo avergli dato un'occhiata.

Nathan tornò dopo aver chiuso la porta e le offrì una busta della spesa con all'interno una scatola ingombrante. Bethany Anne la estrasse e la mise sul tavolino. Conteneva un cappello alla moda con un velo nero, che avrebbe impedito a qualsiasi macchina fotografica di scattare una buona immagine del suo viso.

Nathan sbuffò e lei ridacchiò come una bambina mentre provava il cappello. «Come sto?»

Nathan scosse la testa, ma gli fu risparmiato di rispondere a quella domanda quando bussarono di nuovo. Si avvicinò e guardò fuori. Vedendo l'ispettore, aprì la porta e lo fece entrare.

CAPITOLO QUATTRO

Zurigo, Svizzera

Se l'ispettore Golay non fosse stato indirizzato verso quella sezione del muro ricoperto di legno, neanche si sarebbe accorto della presenza di una porta.

Chiunque ci fosse all'interno, doveva essere un cliente importante. Non volevano far parte del circo che si era scatenato all'esterno. Anche se poteva comprendere, non era disposto a offrire trattamenti di favore solo perché la direzione della banca era pronta a prostrarsi.

Era ancora infastidito dalla faccenda del filmato. Il fatto che ci fosse tutto tranne i segmenti in cui i criminali erano stati arrestati era più che sospetto. Non consegnare delle prove alla polizia era un reato.

Quella era una delle più antiche banche della Svizzera, e custodivano segreti su segreti. Cercare di ottenere troppe informazioni gli avrebbe provocato qualche emicrania... se non direttamente dal suo capo, allora dalle persone che si appoggiavano al suo capo.

Stando a ciò che gli avevano riferito doveva trattarsi di una coppia di americani. Sebbene non fosse particolarmente raro che degli americani aprissero conti in Svizzera, non ci si aspettava che evitassero di attirare l'attenzione. Parevano sempre essere a caccia di visibilità.

La porta si aprì e uno degli uomini più grossi che l'ispettore Golay avesse mai visto gli si parò davanti. Era vestito con una giacca sportiva e aveva la barba di un paio di giorni. Guardò dietro di lui e poi spalancò la porta per lasciarlo entrare.

Era un professionista. Dava l'impressione di essere una guardia del corpo, ma Golay non era così sicuro che non avesse esperienza anche in operazioni più oscure.

Quando entrò nella suite, la porta si chiuse dietro di lui e ogni rumore cessò. *Ah*, pensò, *insonorizzata.*

Tirò fuori il registratore mentre si inoltrava nella stanza. Alla sua sinistra, una donna con un abito e un cappello con il velo sedeva pudicamente sul divano.

«Benvenuto, ispettore. Come possiamo aiutarla?»

«Grazie, apprezzo la sua disponibilità. Le dispiace togliersi il cappello?»

«Perché ha bisogno che faccia qualcosa del genere, ispettore?» Riusciva a vedere abbastanza della parte inferiore del volto per scorgere un sorrisetto.

Golay si guardò intorno, andò verso il tavolo, prese una sedia, la riportò al divano e si accomodò. «Preferisco guardare le persone negli occhi. Di sicuro non ha niente da nascondere.» La donna gli sorrise, ma non disse nulla e non si tolse il cappello.

«Ispettore, sta insinuando che una donna è stata capace di abbattere quei rapinatori senza che nessuno vedesse niente?» Sollevò un piede e una gamba molto formosa da dietro il tavolino. «E con i tacchi alti, nientemeno? È questo che sto cercando di nascondere?»

Be', era ovvio che non fosse andata così. Persino in quel vestito serio, era sicuro che qualunque uomo l'avrebbe notata.

Alzò lo sguardo verso la guardia del corpo, che era venuta a mettersi accanto al divano, con le braccia incrociate sul petto. «E lei?» Abbassò lo sguardo sui suoi appunti. Si era fermato al banco della receptionist e aveva scritto i nomi di tutte le persone che avevano fatto la fila. «Signor Lowell?»

Gli occhi verdi dell'uomo si fissarono nei suoi. Il fatto che conoscesse il suo nome non lo aveva turbato. «Mi dispiace, ispettore. Da quando siamo entrati in questa stanza non sono mai uscito. Mi piacerebbe poterla aiutare, ma non ho visto nulla.» Si strinse nelle spalle.

L'ispettore sapeva che stava perdendo tempo. Avevano degli alibi solidi. Le altre persone li avevano visti entrare nella stanza ma non uscirne. La porta non si era mai aperta. Era sicuro che qualcuno si sarebbe accorto se una porta fosse apparsa nella parete da un momento all'altro.

Ma c'era qualcosa che non lo convinceva. Erano troppo calmi, troppo raccolti. Almeno avrebbero dovuto voler parlare di quel che era accaduto.

Si guardò intorno, continuando a osservarli con la coda dell'occhio. «Sapete che le pistole dei rapinatori sono scomparse?»

Ah! L'uomo sussultò e poi guardò la donna. Magari non sarebbe stata una perdita di tempo, dopotutto.

Bethany Anne decise di assumere il controllo della conversazione. «Ma sì, ispettore Golay. Lo sapevo. Come crede che sia successo?» Cosa aveva detto Ecaterina a Petre? Ah, già: *Mio padre dice sempre di usare l'esca giusta.* Si alzò e passò davanti all'ispettore andando verso il tavolo, permettendo a Nathan di tornare a sedersi sul divano. Gli occhi dell'ispettore seguirono Bethany Anne per tutto il tragitto, ignorando Nathan.

Nathan ne approfittò per spingere l'AR-15 più in profondità sotto il divano. Sarebbe stato ben nascosto, a meno che l'ispettore non avesse deciso di inginocchiarsi per controllare.

«Be', in realtà non saprei. È per questo che lo chiedo a voi. Pensavo che magari degli americani potessero saperne qualcosa. A quanto pare negli Stati Uniti ci sono armi ovunque.»

Bethany Anne rise sottovoce. Proprio lei era finita nello stereotipo dell'*americano con la pistola.* Se l'ispettore avesse saputo quanto sapesse essere pericolosa senza un'arma, non si sarebbe disturbato a porle quella domanda. Poi si rese conto che non era affatto uno stereotipo. Sia lei che Nathan al momento avevano delle pistole con loro. Non erano stati loro a portarle in banca, ma ora avevano tutta l'intenzione di tenerle. *Gott Verdammt,* il profilo in quel caso era giusto. Bethany Anne detestava essere uno stereotipo. Sospirò e lo guardò, alzando un po' le braccia per accentuare la sua figura. «Ha bisogno di perquisirmi, ispettore?»

L'ispettore Golay iniziò a sudare. Quella donna aveva appena cambiato le carte in tavola. Stava giocando con lui. Era tentato di ispezionarla semplicemente per farle dispetto. Eppure, nessuno dei due aveva un AR-15 sotto la giacca. Lei non nascondeva nulla di illegale – magari qualcosa di immorale, ma non di illegale – sotto la giacca. Si alzò. «Certamente no, *Fräulein*. La ringrazio per il suo tempo. Se avessi altre domande dove posso contattarla?»

«Mi dispiace, ispettore, io e il signor Lowell siamo qui solo per occuparci di affari bancari. Ce ne andremo tra un paio d'ore.»

«Sta tornando in America, *Fräulein*?»

«No, a dire il vero stiamo per tornare in Romania, ispettore. Adesso possiamo andare?»

«Certo. Esco da solo, non disturbatevi. Avvertirò gli altri che siete liberi di andare. Vi auguro una buona giornata.»

Detto questo, l'ispettore Golay fece un cenno di saluto a Nathan e lasciò i due americani nella stanza.

Sul treno, Nathan avvistò due uomini che lanciavano occhiate fugaci a Bethany Anne. Entrambi avevano occupato un posto che permetteva di vedere la porta dello scompartimento di Bethany Anne. Il primo doveva essere semplicemente qualcuno che era rimasto invaghito dalla sua bellezza. L'altro, però, aveva un aspetto che suggeriva un cacciatore. Probabilmente un agente governativo.

Bussò alla porta di Bethany Anne. «Sì?»

«Sono Nathan. Hai un momento?» Lei aprì e sbirciò attraverso la fessura, inarcando un sopracciglio.

«In privato?» Bethany Anne serrò le labbra e aprì la porta per farlo entrare. La cuccetta era molto piccola. Voleva stare sdraiata e non voleva condividere uno scompartimento, così aveva pagato per il suo e aveva chiesto a Nathan cosa volesse. Lui aveva detto di non avere sonno e aveva optato per un sedile per vedere cosa sarebbe successo. Il fatto che si fosse verificata una rapina proprio mentre erano in banca ancora non lo convinceva.

Indossava una camicia da notte e una vestaglia. Appropriato, ma non molto pudico. Per fortuna, lui era ancora ben consapevole del suo lato oscuro e, francamente, era ansioso di rivedere Ecaterina. Ecaterina era meravigliosa, divertente, socievole, amava la vita all'aria aperta e non aveva gli occhi rossi. Un particolare da non sottovalutare. E poi aveva un accento fantastico.

Nathan arrivò dritto al punto. «Ci sono due tizi che tengono d'occhio la tua cuccetta. Credo che uno abbia un interesse romantico, ma l'altro probabilmente è sotto copertura.»

«Vuoi dire tipo l'ispettore della polizia che abbiamo incontrato in banca?»

«No, tipo più un agente governativo.»

«Europeo?»

«Forse, ma potrebbe anche essere americano. Non ne sono sicuro. È da un po' che non parlo con Frank, perciò potrebbe essere qualcuno che è stato mandato per badare a me mentre io bado a te. O potrebbe essere legato al branco. In entrambi i casi sono rimasto fuori dai radar.»

Bethany Anne sentì una fitta di rimorso. Sapeva di aver sottratto troppo tempo a Nathan, ma era nuova al Mondo Ignoto e lui le serviva come ancora di salvezza per evitare di commettere troppi errori. Eppure in quel momento non doveva neanche approfittarsi dei pochi amici che aveva.

«Credo che dovremmo parlare con Frank, ma mi rifiuto di considerarla una chiamata di controllo. Non mi piace l'idea che qualcuno sia convinto di tenermi al proverbiale guinzaglio. E lo stesso vale per te.» Poi rivolse a Nathan quel sorriso da *mi divertirò a tue spese* a cui lui ormai si stava abituando. «Be', cerchiamo di essere onesti, mi sta bene solo se sono io a tenere il tuo guinzaglio... o magari Ecaterina?»

Il grande e cattivo Mr. Lowell guardò la vampira, quindi arrossì e le rivolse uno sguardo sofferente. «È così ovvio?»

«Solo a tutti, Nathan. Sai che anche lei è molto presa da te, non è vero?» Bethany Anne non aveva promesso di non lasciarsi coinvolgere, e più a lungo quei due ballavano uno intorno all'altra e più la situazione diventava fastidiosa.

«Davvero?»

Bethany Anne alzò gli occhi al cielo. «È ovvio per Alexi, Ivan e anche per me. Gli unici a non saperlo siete tu ed Ecaterina. Siete come due adolescenti che fantasticano uno sull'altra. Togliti quel sorriso dalla faccia, Nathan. Cosa suggerisci di fare con il tuo Consiglio, Frank e i nostri ospiti inattesi qua fuori?»

Nathan cercò di reprimere il sorriso e di concentrarsi sulla questione, ma Bethany Anne non avrebbe dovuto dargli conferme su Ecaterina se voleva la sua completa attenzione.

«Ah, dannazione. Uhhhh, fammi chiamare Gerry per capire come stanno le cose, poi contatterò Frank. Vuoi parlare con uno dei due?»

«Non ancora. Non ho problemi se aggiorni Frank sugli ultimi eventi, ma non voglio che creda che adesso ho bisogno di lui. Al diavolo, potrei non aver affatto bisogno di lui, considerando quanto c'era nei conti.»

Già, era vero, pensò Nathan. Quando Bethany Anne aveva dichiarato di essere ufficialmente così ricca da essere indipendente, lui era stato al tempo stesso sollevato e preoccupato. Se Michael le aveva dato accesso a quella mole di ricchezza, si poteva presumere che si aspettasse di essere fuori dai giochi abbastanza presto. Bethany Anne aveva accesso alle proprietà di Michael in tutto il mondo. Aveva chiesto a Nathan di tenere per sé i particolari, ma di condividere con lei le sue idee e le sue preoccupazioni riguardo a Michael.

«Nathan, una volta che avrai parlato con Gerry e Frank, credo che dovremmo organizzarci. Se avverti il bisogno di tornare negli Stati Uniti lo capisco. Ecaterina e io ti seguiremo non appena avrò finito con Stephen. Apprezzo tutto ciò che hai fatto per me e mi auguro che possiamo restare amici.»

Nathan era sorpreso. Bethany Anne era stata molto distaccata da quando si erano conosciuti. Quella era la prima volta che gli tendeva la mano dell'amicizia. «Allora se ti chiedo di nuovo come hai fatto a rialzarti con un buco nell'addome attraverso il quale si vedeva il muro, me lo dirai?» Sorrise a quel ricordo.

Bethany Anne gli sorrise di rimando: «Già, come no. Magari soltanto tra un minuto, signor Lowell.» Iniziò a tirar fuori un paio di jeans e una camicia. «Dammi un paio di minuti per vestirmi, poi potrai usare la mia cuccetta. Controlla che non ci siano cimici prima di chiamare. Io vado in bagno e poi a mangiare un boccone.»

Nathan sorrise e uscì dallo scompartimento.

★★★

Bethany Anne si mise il cappello in testa e aprì la porta. Nathan si alzò dal sedile a pochi passi di distanza. Lei scese e lo lasciò entrare nella cuccetta per parlare con Gerry e Frank.

Si diresse verso il vagone bar/buffet. Il cibo era incluso nel prezzo del suo biglietto Premier. Non aveva mai mangiato su un treno e la prospettiva le piaceva. Tutto le pareva abbastanza elegante.

I sedili erano rivestiti di un velluto rosso intenso, i tavoli avevano tovaglie bianche, e drappi rossi coprivano le finestre. C'era un'enorme quantità di ottone lucidato nel vagone. Di sicuro era un'esperienza di lusso. Si sedette a un tavolo con due posti. Non avrebbe voluto essere scortese e prendere un intero tavolo per sé, e non era sicura di quanto tempo Nathan sarebbe rimasto al telefono. Era stata piuttosto severa quando non gli aveva permesso di fare rapporto, e ora doveva subirne le conseguenze. Quelle telefonate sarebbero state lunghe.

Quando il cameriere si avvicinò e chiese che tipo di vino le sarebbe piaciuto, lei sorrise e gli chiese di sorprenderla. Con il cappello in testa, un vezzo che cominciava ad apprezzare, tutto ciò che la gente poteva vedere di lei erano la bocca e il mento. Per un po' si limitò a guardare la campagna che le scorreva accanto.

Aveva molte cose da fare, e Michael le aveva dato i mezzi per realizzare tutto ciò che voleva. Aveva le ricchezze accumulate in un migliaio di anni e, francamente, si sentiva sotto pressione.

Ripensò alle basi. Riparo, acqua e cibo. Be', non le sarebbero mancati ripari, considerando le proprietà di Michael in tutto il mondo. Sfogliando i documenti, aveva trovato diversi domicili in tutti i continenti e alcuni luoghi segreti in Sud America e in Africa. Immaginava che avesse un senso, con i figli dei Rinnegati in quelle zone.

Ma voleva usarli davvero?

Il vino arrivò, Bethany Anne ringraziò il cameriere e bevve un sorso. Un ottimo Chianti italiano, le aveva detto. *Era ottimo.* Aveva notato il disegno di un gallo nero sul collo della bottiglia prima che il cameriere togliesse il sigillo.

Stava ancora cercando di dare un senso alla sua vita. Doveva considerare obiettivi a breve termine, come parlare con Stephen e stabilire un collegamento con il Mondo Ignoto, e fare piani per il futuro, quando il mondo avrebbe dovuto essere capace di difendersi.

TOM, di cosa abbiamo bisogno per produrre i pezzi per la nostra nave?

***La nostra nave*?**

Continui a parlare di un nostro corpo. Per me ha senso.

Percepì che TOM era un po' confuso. Da quando le era stato inserito un computer organico nella testa, era più semplice collegarsi con Tom.

Okay, credo che abbia senso, ma è un po' troppo da assimilare. Sono nel tuo corpo, quindi lo *stiamo* condividendo. La nave era mia, ma non posso riprenderne il controllo senza un corpo, quindi penso che tu abbia ragione.

Torniamo alla domanda, TOM.

Be', ha bisogno dei due giunti strutturali che sono stati distrutti durante l'atterraggio. Senza di quelli, non possiamo far rientrare le gambe di atterraggio nel corpo, e la nave senza atmosfera non funzionerebbe. Inoltre l'intera struttura dovrà essere ispezionata e rattoppata con delle leghe piuttosto sofisticate e sono abbastanza sicuro che il vostro mondo ancora non le abbia a disposizione. Naturalmente, c'è il propulsore del salto, e qualsiasi altra cosa che potrebbe essersi danneggiata quando sono arrivato con l'ultimo salto. Non ho avuto modo di fare una diagnostica completa del motore, e non è possibile farla nell'atmosfera.

Quindi, per riassumere, sistemando il carrello d'atterraggio potremmo uscire dall'atmosfera. Ma qui a terra? Perché non hai mosso la nave dopo l'atterraggio?

Non sapevo quale altre parti fossero danneggiate e, anche se aveva energia, non volevo rischiare di distruggerla completamente con altre ascese e discese. Quando Michael è arrivato fino alla nave, dopo trenta o quaranta giri solari, ho ritenuto di trovarmi in un posto piuttosto sicuro. Non avevo compreso che non avrei visto nessun altro fino al tuo arrivo.

Bethany Anne considerò quell'affermazione. Probabilmente la nave era in grado di compiere un viaggio fino a un hangar che lei avrebbe potuto acquistare. Lì, si sarebbe occupata della ristrutturazione e decodificazione. Ma come avrebbe fatto senza coinvolgere le autorità? Sapeva che il suo governo avrebbe preso l'astronave e l'avrebbe nascosta in un buco nero da cui persino *lei* avrebbe avuto difficoltà a tirarla fuori. Il che spiegava perché i potenti lavoravano con governi più piccoli e più facilmente manipolabili.

Ma se voleva fare la differenza, alla fine avrebbe dovuto lavorare con le grandi potenze. Tutte: Stati Uniti, Cina, Russia, India e le nazioni europee. Se avesse deciso di iniziare con un Paese più piccolo, sarebbe stato più difficile che venisse coinvolto uno Stato più potente, ma non era impossibile. E poi dubitava di tenere testa a una potenza del genere, per quanto fosse diventata potente lei stessa.

Che maledetto mal di testa. Terminò il suo bicchiere.

«La bella signora mi permette di offrirle un altro calice di vino?»

Bethany Anne guardò attraverso il velo e di fronte a lei vide uno spettacolare esempio di gentiluomo europeo, ben curato e distinto. Aveva i capelli scuri, abito e scarpe italiani, gemelli d'oro e un bicchiere di vino in ciascuna mano. Si ergeva dall'altra parte del tavolo, sorrideva anche con gli occhi. «E come fa a sapere che sono bella, caro signore?» Si trovò a sorridere nonostante fosse stata interrotta mentre parlava con TOM.

Quell'uomo non poteva averne la minima idea. E comunque aveva un aspetto familiare.

Lo hai visto seduto due file dietro Nathan quando hai lasciato la cuccetta.

Aveva dimenticato che TOM vedeva e ricordava tutto, ma in quel momento le era dannatamente utile. Finché non fosse diventato un rompiscatole del tipo *te lo avevo detto*, se lo sarebbe fatto andar bene.

«Signora, chiunque ottenebri la propria bellezza per risparmiare a tutti gli altri la tristezza di non poter più vedere il proprio volto allo specchio, non solo è bello fuori, ma anche dentro.»

Non c'era da stupirsi che le donne americane amassero gli europei. Anche se erano soltanto stronzate, le rendevano profumate come fiori in primavera. Bethany Anne allungò la mano per accettare il vino e il signore si sedette. Il cameriere fu pronto a portarle via il bicchiere in più. Lei bevve un sorso.

Bethany Anne, questo vino ha un ulteriore composto chimico che non era presente in quello che hai appena bevuto.

Bethany Anne si accigliò, senza lasciare che la preoccupazione raggiungesse i suoi occhi.

Che vuoi dire?

Voglio dire che questo ha delle sostanze chimiche che il vino che hai bevuto all'inizio non aveva. Fammi vedere cosa ti sta facendo, ti faccio sapere.

Fallo subito.

«Posso presentarmi?»

«Solo nomi, per favore.»

L'uomo sorrise. «Sicuro. Io mi chiamo Rafael e lei?» Parve farsi ancora più sicuro di sé mentre si sedeva. Era dovuto al fatto che lei aveva accettato o a qualcosa che aveva messo nel vino?

«Bethany Anne.»

TOM, sbrigati, cazzo.

«Com'è stato il viaggio finora? Sta andando in Romania o è di ritorno? Lei è americana, giusto?»

«Sto tornando, Rafael, e sì, sono americana.»

Ci sono, Bethany Anne. Si tratta di un insieme di sostanze chimiche che operano sulla tua capacità cognitiva e che ti rendono meno funzionale. Avresti iniziato a vedere gli effetti circa venti o trenta minuti dopo aver bevuto il vino.

Puoi sbarazzartene?

Assolutamente.

Okay, TOM, sei stato promosso allo status di non-più-una-spina-nel-fianco.

Questo significa che non starò più sul divano.

Al diavolo, no.

Be', ci ho provato.

Bethany pensò alle sue opzioni. Quando scivolava nella sua "velocità da vampiro", tutto intorno a lei rallentava, ed era in grado di completare una quantità significativa di attività, sia fisiche che mentali. Considerando che quell'idiota aveva appena cercato di drogarla, una delle sue opzioni era quella di buttarlo giù dal treno in corsa. Ma con la fortuna che si ritrovava, avrebbero fatto una specie di conteggio dei passeggeri, avrebbero scoperto che c'era una persona scomparsa e avrebbero fermato il convoglio. Naturalmente era possibile che quell'uomo stesse lavorando per qualcuno che stava cercando di rapirla.

La prima opzione le piaceva comunque. La violenza era sempre stata tra le sue preferite.

La sua voce divenne seta su acciaio. «Mi dica, Rafael, qual è il suo vero nome?»

L'uomo si fece spaventato, poi il suo viso assunse un'espressione quasi vuota.

«Paul. Paul Rutherford.»

«Allora non è affatto spagnolo, vero?»

«In parte sì. Mia madre era spagnola e mio padre inglese, ma abbiamo vissuto in Francia.»

«E cosa voleva farne di me, signor Rutherford?»

«Una volta sotto gli effetti della droga, l'avrei invitata a passare la notte nel mio scompartimento. Lì avrei frugato nella sua borsa e avrei rubato i soldi e le carte di credito. L'avrei anche spinta a rivelarmi i codici PIN.»

«Quante volte ha fatto una cosa del genere, signor Rutherford?»

«Tre volte.»

«E perché non è mai stato denunciato e arrestato?»

«Le signore non ricordano nulla per via della droga, e io smetto di usare le carte entro settantadue ore. Spesso sono troppo imbarazzate per sporgere denuncia.»

Bethany Anne scambiò i calici. «Beva, signor Rutherford. Credo che lei stia per passare una pessima serata.»

Paul bevve il bicchiere di vino, finendolo in una lunga sorsata.

Dopo essersi fatta dare il numero del suo scompartimento, Bethany Anne gli ordinò di andare a dormire e di non muoversi fino a quando il treno non avesse raggiunto la sua fermata. A quel punto, sarebbe dovuto andare dal poliziotto più vicino e riconoscere i suoi crimini. Si alzò per andarsene e, quando si girò, si imbatté in Nathan che usciva dalla carrozza. Paul ignorò Nathan e si diresse verso la sua cuccetta.

«Cos'è successo?» Nathan si sedette.

«Ha solo cercato di drogarmi. Ha fatto cadere del Rohypnol nel vino che mi ha offerto. A quanto pare ha l'uccello piccolo e un talento persino inferiore. Trova donne ricche e sensibili a qualche lusinga e le spinge a bere un drink corretto con la droga.»

Nathan mantenne il viso inespressivo.

«Nathan, stai zitto. Stavo cercando di essere carina. Ha interrotto i miei pensieri, e ho fatto del mio meglio per non comportarmi da stronza furiosa, e guarda a cosa mi è servito.»

«Mi sorprende che tu non lo abbia scaraventato giù dal treno. Senza le braccia.»

«Ci ho pensato. Ci sto *ancora pensando*, in realtà. So dove dorme.»

«Immagino che le droghe non abbiano effetto su di te.»

«Non la piccola quantità che ho bevuto prima di... be', prima di capire che aveva drogato il vino.» Non aveva la minima intenzione di fargli sapere che era stato TOM a capirlo.

Grazie infinite. Il mio valore non viene mai riconosciuto.

Zitto, o torni nella cuccia del cane.

Va bene, va bene.

«È una buona notizia. Forse l'unica buona notizia, almeno per un po'. Allora, ho una notizia brutta e una pessima. Quale vuoi per prima?» Nathan attirò l'attenzione del cameriere e scoprì che avevano a disposizione sia la bistecca che l'agnello. Ordinò entrambi i piatti, con un doppio contorno di verdure.

Bethany Anne inarcò il sopracciglio quando sentì delle verdure.

«Non dire niente. Ti prego... non farlo.»

Bethany Anne strinse le dita e fece come se volesse chiudersi la bocca. Era il minimo che potesse fare considerando che Nathan aveva suggerito di strappare le braccia del signor Rutherford. Era un'idea stellare, e lei la stava prendendo in seria considerazione.

CAPITOLO CINQUE

Da Zurigo, Svizzera, a Brasov, Romania

Rimasero al tavolo in un silenzio confortevole mentre Bethany Anne si faceva portare un altro bicchiere di vino. Un minuto dopo, il cameriere tornò con il cibo. Nathan, notò, sapeva perfettamente come comportarsi a tavola.

Le offrì un discreto aggiornamento mentre mangiava. «Il nostro contatto a Washington ha parecchi problemi. Ha perso diversi uomini senza l'appoggio di Bill. I piani alti gli stanno facendo pressioni, dato che non può fornire alcuna risorsa se non informazioni. Il resto della famiglia non vuole parlare con lui senza Carl come intermediario, perciò anche qui in Europa nessuno può ricevere aiuti. I meccanismi iniziano a incepparsi e, con tutti questi morti, non ci vorrà molto prima che qualcuno si renda conto che c'è stato un aumento sostanziale di decessi con cause inspiegabili.»

Finita la carne, Nathan passò alle verdure. «Ora passiamo a Gerry, che ha un problema con i giovani, stupidi e pieni di testosterone, della comunità dei mannari. A loro non sono mai piaciute le regole stabilite da Michael. Continuano a circolare voci sul fatto che Michael sia morto e nessun vampiro in America le ha messe a tacere, così il Consiglio fatica sempre di più a tenere sotto controllo i piantagrane. Almeno qui il Consiglio ha avuto un incidente con il coinvolgimento dei vampiri. Be', coinvolgimento in modo pro-attivo. Tutti sanno che, se si va a mettere sotto torchio un vampiro, bisognerebbe aver pagato l'assicurazione sulla vita. Ma negli Stati Uniti il problema è che senza la direzione di Michael – o di Carl, in questo caso – non stanno facendo assolutamente nulla.

«Presumibilmente Stephen non è sveglio, e Barnabas non si vede da una dozzina di anni, se non di più. Peter in Asia è sveglio, ma si occupa di quella zona senza il coinvolgimento di Michael. L'ultimo, David, negli ultimi cinque anni è rimasto in Russia e su di lui non ho alcuna informazione. So che ha un altro figlio, ma non riesco a ricordare il nome.»

Bethany Anne mise giù il drink. «Ne parlerò con Stephen. Non è sulla mia lista dei buoni visto che non ha prestato la dovuta attenzione. Petre è stato un buon esempio. Lo motiverò.»

«Come pensi di fare? Non è che puoi semplicemente lanciarlo al sole come hai fatto con Petre. È l'unico altro vampiro diurno.»

«Nathan, tutti hanno un punto di pressione. In caso contrario, e se non posso fidarmi di loro, allora posso sempre promuovere qualcun altro all'interno dell'organizzazione qualora si verificasse un'improvvisa apertura al vertice della famiglia.»

«Sai, mi fai un po' paura quando fai così.»

«Cosa?»

«Ti comporti come Michael. Con lui, uccidere è sempre la prima, ultima e fondamentalmente unica soluzione.»

«Nathan, non voglio che uccidere sia la mia prima scelta, ma a quanto pare ora come ora è l'unica punizione capace di fare breccia.»

Il cameriere si avvicinò e loro rimasero in silenzio mentre prendeva i piatti di Nathan e tornava con un caffè per tutti e due.

Bethany Anne continuò: «Dovresti notare che Michael aveva un punto debole. Fatte eccezione per i Rinnegati, non ha mai punito direttamente i suoi figli quando hanno tenuto una condotta non proprio esemplare.»

«E come vorresti fare? Senza offesa, ma dare la caccia a Stephen, a Barnabas o a qualcuno degli altri sarebbe troppo per te.»

«Nathan, hai mai avuto dei figli?»

«Sì, uno, ma l'ho perso in Vietnam.»

Bethany Anne si ricordò di quanti anni avesse davvero Nathan anche se ne dimostrava una trentina. «Mi dispiace. Hai avuto problemi a punirlo?»

Nathan si sedette, ripensando agli anni in cui suo figlio era piccolo. «Già. Dicono che le ragazzine si rigirino i padri come vogliono. È un bene che Adam non fosse una femmina, perché mi si rigirava come voleva comunque. Era sua madre a doverlo punire, perché io al massimo gli davo uno schiaffetto sulla mano.»

«Allora comprenderai bene la situazione di Michael. Ha riconosciuto in se stesso un tratto del carattere che non funzionava per tutti, perciò ha optato per un cambiamento.»

«E questo cambiamento saresti tu? Perché far entrare in gioco una sorella dovrebbe far cambiare i fratelli?»

«È proprio questo il punto, Nathan. Ti svelo un segreto che dovrai custodire, pena la morte. Non ha creato una sorella, ma una *madre*. E, in quanto madre, dovrò insegnare a Stephen quanto sia davvero arrabbiata la "mamma".»

Nathan riuscì a vedere i suoi occhi brillare di rosso dietro il velo. *Oh, fottutissimo cazzo,* pensò. Era stato preoccupato quando aveva creduto che Bethany Anne fosse un vampiro potente per la sua età, qualcuno con cui Michael avrebbe dovuto fare due chiacchiere quando, e se, fosse tornato. Ora non era sicuro che Michael potesse o volesse correggerla, se avesse fatto ritorno.

Nathan aveva disperatamente bisogno che Gerry e il Consiglio mettessero in riga i piantagrane e formassero un cerchio. Era abbastanza sicuro che se Bethany Anne fosse stata costretta a sistemare le cose si sarebbe verificato un bagno di sangue di cui si sarebbe parlato per altri centocinquant'anni.

Brasov, Romania

Ecaterina era nella sua stanza d'albergo, e stava aspettando che Bethany Anne e Nathan facessero ritorno. Ivan era andato a prenderli alla stazione ferroviaria. Era emotivamente stanca per aver litigato con sua madre.

Perché le madri rivolgevano le loro aspettative sui figli? Ecaterina non aveva mai desiderato una casa piccola, un marito e due figli. Non aveva mai giocato alla casalinga mentre cresceva. Era sempre stata fuori, o in montagna con suo padre. Che sua madre avesse continuato a cercare di farla diventare una donna di famiglia era una riprova della sua capacità di ignorare la realtà.

Quando era arrivato il momento di parlare con i suoi genitori, la madre di Ecaterina aveva provato con il senso di colpa, con tanto di crisi di pianto. Quando la cosa non aveva funzionato, aveva chiesto al padre di far ragionare sua figlia. Aveva continuato spiegandogli che la sua vita sarebbe diventata un inferno se non l'avesse aiutata a far cambiare idea a Ecaterina. A Ecaterina si era quasi spezzato il cuore nel vedere suo padre diviso tra le due donne che amava. Però suo padre aveva scelto di vivere con la moglie perciò, per quanto gli volesse bene, non poteva togliergli quel peso dalle spalle.

Alla fine sua madre si era limitata a chiudersi nella sua stanza. Suo padre l'aveva aiutata a mettere i bagagli nella Mercedes di Ivan. L'aveva guardata con un sorrisetto.

«Sei fatta così, Katia. Tua madre realizzerà la sua vita attraverso uno dei tuoi fratelli. Magari Ivan, se riuscirà a smettere di aiutare ogni bella donna e a sceglierne una, giusto?» Sorrise a Ivan, che aveva un'espressione sofferente sul volto.

«Vorrebbe avere dei nipotini e sperava fossi tu a dargliene. Le avevo già detto che non sarebbe mai successo, e lei mi diceva che i fatti mi avrebbero dato torto. Be', ora te ne stai andando e, peggio ancora, tua madre sa che avevo ragione io. Sono sicuro che alla fine si calmerà. Non preoccuparti per me. Se avrò bisogno di un po' di pace e tranquillità trascorrerò qualche notte in montagna. Ma non dimenticarti di noi, okay? Facci sapere come stai.»

Aveva promesso a suo padre che gli avrebbe mandato delle e-mail, di tanto in tanto. Non sapeva dove fosse diretta, ma immaginava di finire in America.

Suo padre aveva cominciato a fare domande a Ivan a proposito di Bethany Anne e Nathan, soprattutto di Nathan. Le domande erano diventate così imbarazzanti che Ecaterina era arrossita furiosamente e aveva iniziato ad arrabbiarsi. Suo padre si era limitato a strizzarle l'occhio, l'aveva salutata e se n'era andato.

Era imbarazzata. Suo padre l'aveva provocata e lei era caduta nella trappola. Ora sapeva che a lei piaceva Nathan dopo che aveva passato tutta la notte a lavorare sodo per mantenere l'attenzione su Bethany Anne. *Gott Verdammt*!

Constanta, Romania

Bethany Anne decise che Nathan doveva portare Ecaterina in America. Non voleva ci fossero potenziali ostaggi nei paraggi mentre si occupava della famiglia di Stephen.

Fece recapitare un messaggio a Frank dicendo che avrebbero parlato quando fosse tornata negli Stati Uniti. Usò alcune delle conoscenze di Nathan. Era utile averlo al suo fianco per ottenere dei passaporti validi. Grazie ai suoi contatti in Svizzera, ora aveva un passaporto svizzero perfettamente legale. Frank le aveva fatto sapere che avrebbe avuto un passaporto americano che l'aspettava in Inghilterra e che avrebbe potuto ritirare prima di tornare a Washington.

Era incredibile il potere che conferiva qualche miliardo di dollari. Era molto più di quanto pensava di dover gestire. Avrebbe avuto bisogno di un maledetto team di contabili per capire tutto. Non aveva idea di come facesse Michael.

Una volta che Ecaterina e Nathan furono in viaggio e al sicuro, Bethany Anne andò a cercare Stephen per fargli il discorsetto. Senza Nathan a metterla in guardia, più pensava al modo in cui aveva lasciato agire Petre e più si arrabbiava. Non si era assunto la responsabilità di quella mina vagante.

Le ci vollero tre giorni per trovare finalmente la sua dimora, e che dimora! Era a tre piani, eretta in una pietra meravigliosa che sembrava marmo e si trovava nelle campagne fuori da Constanta, in Romania. Anche la città era splendida, con strade di mattoni risalenti a centinaia di anni prima e rastrelliere per biciclette sistemate in modo che la gente potesse semplicemente prendere una bici per andare ovunque. Bethany Anne avrebbe voluto fare una passeggiata e gustarsi quella visita, ma avvertiva la pressione di dover tornare in America il prima possibile per aiutare Frank a gestire i suoi problemi.

Mentre cercava di trovare la casa di Stephen, aveva pensato di dover, ancora una volta, seguire il denaro. Aveva trovato le tre banche più vecchie della città e aveva visitato le prime due per aprire dei conti. Dopo aver depositato un milione di dollari, l'avevano presentata ai direttori. Quando aveva ammesso che avrebbe potuto depositarne ancora, se si fosse sentita bendisposta, si erano fatti in quattro per rispondere alle sue domande. Alla seconda banca aveva fatto centro. Il presidente aveva ammesso che la sua banca aveva un cliente molto ricco di nome Stephen che non aveva un cognome, e che sarebbe stato lieto di darle l'indirizzo e una lettera di presentazione. Lei lo aveva ringraziato per l'aiuto e se n'era andata.

Dopo pranzo, Bethany Anne era tornata alla stazione ferroviaria e aveva cercato un posto isolato. Ne aveva trovato uno dietro la biglietteria. Dopo aver portato a termine quel compito, le ci erano voluti pochi minuti per attirare l'attenzione di un tassista. Si era fatta lasciare presso una stazione di servizio a circa mezzo miglio dalla strada che portava a casa di Stephen.

Ammirando il panorama, si avvicinò alla casa e suonò il campanello. Era un vero e proprio campanello del cazzo. Fu costretta a tirare una corda che passava attraverso un buco sopra la porta e ascoltò il rintocco all'interno. Dopo aver tirato la corda tre volte e aver aspettato venti minuti, considerò l'idea di picchiare sulla porta d'ingresso o di buttarla giù. Finalmente sentì dei passi lenti che si avvicinavano. Le serrature vennero girate e un vecchio rugoso apparve di fronte a lei.

Se il suo naso non lo avesse confermato – così come lo aveva confermato a TOM – non avrebbe mai creduto di avere davanti il figlio di Michael, Stephen.

Era vecchio. Non del tipo *Nonno, smettila di guardare le ragazze, è disgustoso*. Era vecchio del tipo: *Nella tomba, basta chiudere il coperchio della bara*. Aveva macchie solari sulla testa calva e i suoi occhi sembravano velati da una pellicola grigio chiaro.

Ma che cazzo?

«Sì?» La voce era un po' affannosa, ma non troppo male.

«Stephen?» Non era riuscita a trattenersi. Si era aspettata qualcuno... più giovane.

«Sì?»

Be', che cazzo avrebbe dovuto fare adesso? Se avesse schiaffeggiato il nonno, avrebbe potuto spezzargli il collo, ma non aveva la minima intenzione di colpire quel mucchio d'ossa.

«Hai qualcosa da dire o devo chiudere la porta, ragazza?»

Già, giusto. Non riusciva a percepire l'odore di una vampira. Al diavolo, magari non riusciva a fiutare alcun odore.

«Posso entrare? Ho delle notizie che magari vorresti sentire. Riguardano Petre.»

«Sì, certo. Cosa ha fatto ora quel piccolo malandrino?» Stephen si voltò e rientrò in casa. Aveva licenziato i suoi custodi cinque anni prima. Aveva ancora i giardinieri che venivano ogni settimana, e un servizio di pulizie spolverava e passava l'aspirapolvere una volta al mese, compiti che non lo avrebbero svegliato mentre dormiva in cantina.

Bethany Anne si guardò intorno. La casa era pulita, ma ovviamente non ci viveva nessuno. Si sedettero nella sala d'ingresso. Aveva soffitti alti tre metri e tende che coprivano pareti intere. Un busto romano sedeva su un piedistallo in un angolo. I mobili sembravano vecchi di secoli. Merda, avrebbero potuto essere dei mobili *originali*.

Arrivò al punto. «Quel miscredente ha usato i mannari di Brasov come i suoi gorilla personali, e quelli hanno cercato di assassinare un rappresentante del Consiglio del Branco Americano e un paio di abitanti del posto. Un'umana e un orso mannaro che vivevano sulla montagna sono stati catturati nel corso dell'attacco e per poco non sono rimasti uccisi.»

«Be', cosa vuoi che faccia?» Stephen stava ancora cercando di svegliarsi. Quella donna era attraente, ma ormai le donne attraenti non gli facevano molto effetto.

«Niente. L'ho ucciso.»

Stephen a quelle parole sobbalzò. «Tu?» La pellicola si ritirò dai suoi occhi mentre si svegliava. «Come? Perché?»

«Il come è stato trascinandolo un po' alla volta verso il sole quando non voleva, o non poteva, rispondere alle mie domande, e il perché è stato perché si stava comportando da stronzo. Oh, già, mi ha anche sparato.»

Stephen adesso era del tutto sveglio. «Quando è successo?»

«Un paio di settimane fa.»

«Non sembra che ti abbiano sparato.»

«Guarisco molto in fretta. Dovresti saperlo. Al diavolo, anche Petre stava guarendo velocemente. Ecco perché continuavo a colpirlo con la mazza da cricket. Be', ero anche incazzata perché mi avevano sparato. Ti ho già detto che quella merdina mi ha sparato alla schiena?»

Stephen sgranò gli occhi. «Non hai l'odore di qualcuno capace di fare qualcosa del genere. Hai un odore... normale. Perché dovrei crederti?»

«Vuoi che venga lì e ti faccia annusare meglio?» Lei inarcò un sopracciglio, sfidandolo ad accettare l'offerta.

«La prendo in parola, signorina.»

Bethany Anne si avvicinò a Stephen e gli offrì il polso. Prima di raggiungerlo, passò alla velocità da vampiro, e il mondo andò alla moviola. Lasciò il braccio a circa un metro dal viso di Stephen.

Bethany Anne vide il momento in cui Stephen decise che avrebbe dato un morso a quel polso succulento e i suoi incisivi iniziarono a crescere. Il vampiro cercò di lanciarsi dal divano e di afferrarle il braccio con entrambe le mani per portarselo alla bocca.

Non voleva che la mordesse. Sapeva che alla fine avrebbe potuto avere la meglio, ma sarebbe stata una sofferenza, ed era sicura che la sua energia eterica sarebbe stata prosciugata. E anche se dargli pan per focaccia sarebbe stato giusto, il pensiero di bere il suo sangue geriatrico la disgustava.

Così gli afferrò la fronte con la mano sinistra e la spinse all'indietro. Avvicinando la mano destra al petto, riuscì a compiere una rapida rotazione e a spezzare la presa. Poi lo colpì all'orecchio destro, e lui schizzò via per atterrare a qualche metro di distanza, nell'atrio. Bethany Anne si avvicinò. Stephen giaceva a terra e gemeva, le mani a coprirsi le orecchie.

«Perché te la prendi con un vecchio?»

«Ti spezzo quelle gambe da vecchio che ti ritrovi se non la smetti di comportarti da fottuto idiota. Cerca di trovare un po' di fegato, Stephen. Mi aspettavo qualcosa in più dal figlio di Michael.»

Stephen alzò lo sguardo verso di lei, rendendosi improvvisamente conto che stava giocando con qualcuno che, non solo era a conoscenza del Mondo Ignoto, ma sapeva anche chi era Michael e come si collegava a lui. Il che significava che doveva avere un'idea di quanto avrebbe potuto essere potente se negli ultimi cento anni si fosse ringiovanito.

Era venuta da sola e lo aveva appena colpito a un orecchio.

«Che vuoi?»

«Voglio che alzi quel tuo culo ossuto e che cominci a parlare davvero. Sei un capofamiglia patetico. Che diavolo ti è preso?»

«Lo vuoi proprio sapere?» Stephen si alzò con passo leggero e si diresse con un certo decoro verso il soggiorno. Almeno lì i pavimenti erano rivestiti di moquette, nel caso fosse stata necessaria una ripassata. Bethany Anne aveva spezzato facilmente la sua presa, perciò non aveva la minima possibilità di sopraffarla. Forse dopo il ringiovanimento... forse!

«Già. Non solo voglio sapere, ma dannazione, ne ho bisogno.» Bethany Anne si sedette vicino a lui per mostrargli che non era eccessivamente preoccupata che potesse attaccarla di nuovo, e gli diede qualcosa di cui Stephen aveva un disperato bisogno: attenzioni.

Finirono per parlare tutta la notte. All'alba, era ovvio che Stephen stava annegando nella solitudine. Aveva anche un gran bisogno di energia eterica. Era così debole che anche un bambino avrebbe potuto ucciderlo.

Bethany Anne considerò cosa avrebbe potuto fare. Quando era arrivata aveva pensato che avrebbe dovuto prenderlo a calci in culo e probabilmente ucciderlo. Ora, voleva – no, *doveva*– salvarlo. Salvarlo sia fisicamente che emotivamente, visto che stava soffrendo. Aveva una coscienza, ed era quello il suo tallone d'Achille. Si nascondeva dai suoi problemi dormendo, e non voleva dar vita a un altro figlio per tornare giovane.

TOM, c'è un modo per trasferire in sicurezza una parte della mia energia eterica a Stephen senza mettermi in pericolo?

Sì, potresti dargli un po' del tuo sangue.

Non lascerò che quelle zanne da vecchio mi mordano. Al diavolo, proprio no.

Tagliati il polso e lasciane cadere un po' in una ciotola o in una tazza. Potrà bere da lì.

E i nanociti? Cosa gli faranno?

Di solito seguono le tre fasi, ricordi? Il suo corpo non ha bisogno di essere preparato come per le fasi due e tre, perciò dovrebbero semplicemente ringiovanirlo. Dubito ci siano abbastanza nanociti in una tazza di sangue per fare molto, però. Dipende dalla quantità di energie eterica che potrai fornirgli.

Perciò i nanociti non lo renderanno super potente?

Uhhhhh, un secondo.

Cominciò ad avvertire un'emicrania. TOM stava accedendo al computer organico nel suo cervello. Un giorno o l'altro si sarebbe rintanata da qualche parte e avrebbe aggiustato quelle cazzo di connessioni. Non permetteva a TOM di accedere al computer perché la faceva star male, ma senza computer non avrebbe potuto ottenere informazioni. Era uno schifo.

Una decina di secondi dopo, il dolore cominciò a scemare.

Okay, posso usare un po' di energia eterica e riprogrammare i nanociti in modo che non operino ulteriori cambiamenti.

Aspetta, possiamo chiedere loro di effettuare ulteriori modifiche?

Be', è possibile. Cos'avevi in mente?

Si possono programmare per avere una porta sul retro o qualcosa del genere?

Cosa sarebbe una porta sul retro?

In questo caso qualcosa che possiamo contattare attraverso l'eterico e fargli cambiare routine, se vogliamo?

Altro silenzio da parte di Tom.

Sì. Possiamo almeno fargli comunicare la posizione, se vuoi. Non so cos'altro. È qualcosa che non avevo **considerato.**

Basterà. Se riesco a capire dov'è, dovrei anche essere in grado di capire se sta facendo ciò che voglio.

Bethany Anne si alzò e andò in cucina, e Stephen la guardò con curiosità. Anche se era fisicamente provato, il suo cervello era sveglio. Erano passati molti, molti decenni da quando aveva parlato con qualcuno con cui potesse condividere i suoi segreti. Le restrizioni lo limitavano a parlare con i suoi fratelli, che erano sparpagliati in tutto il mondo. Si sentiva in colpa per ciò che aveva fatto Petre, ma a quanto pareva quella donna se n'era già occupata. Gli dispiaceva per lui, ma era andato contro le regole quando le aveva sparato. E aveva sbagliato di grosso quando non aveva cercato di capire chi fosse. Se Stephen avesse saputo che Petre aveva cercato di fare del male a una persona legata a Michael, avrebbe dovuto ucciderlo con le sue mani. Quella donna gli aveva risparmiato l'angoscia di uccidere uno dei suoi figli.

Non sembrava farsi molti problemi. Lo aveva colpito senza battere ciglio. Stephen si domandò se la sua generazione non apprezzasse quanto ci volesse per vivere tanto a lungo, o se lo avrebbe colpito anche prima di essere trasformata.

Bethany Anne frugò nella cucina finché non trovò un coltello per sfilettare, prese una tazza da sopra il lavandino e la portò in soggiorno. Si guardò intorno. Non voleva sporcare, ma non sarebbe servito a nulla se non lo avesse fatto davanti a lui.

Mise il coltello e la tazza sul tavolino che li divideva. Stephen si sedette sul divano, guardò prima gli oggetti e poi di nuovo lei.

«Stephen, apprezzo tutto ciò che hai condiviso con me. Sappi innanzitutto che *io non sono Michael.* Se stringo un patto con te, puoi essere sicuro che farò tutto ciò che è in mio potere per onorarlo. Ho bisogno di un Nacht potente qui in Europa. Ho bisogno che torni di nuovo tra i vivi, Stephen. Che ti svegli e che resti sveglio. Ho bisogno che tu diventi i miei occhi e le mie orecchie qui in Europa. Ho bisogno che tu sia di nuovo forte, Stephen. Per me, per i Nacht e, francamente, per il mondo intero. Accetterai questo dono del mio sangue... sangue che ti rafforzerà e ti collegherà a me? E lavorerai con me per rendere questo mondo migliore per i Nacht, per il Mondo Ignoto e anche per gli umani?»

Stephen la guardò negli occhi, quei bellissimi occhi che immaginava avessero brillato mentre le raccontava la sua storia nel corso della notte. Lei era diventata la sua sacerdotessa, la sua sorella e la sua amica. Lo avrebbe fatto? Sarebbe stato disposto a fare una cosa del genere? Per gli umani? No. Non nutriva abbastanza amore per nessun umano o mannaro in quel momento. Forse in futuro. Ma per Bethany Anne? Per Bethany Anne lo avrebbe fatto, e l'avrebbe seguita finché la tomba non avesse reclamato il suo corpo.

Si portò il fragile braccio al petto. «Sì, mia signora. Farò ciò che mi chiedi. Ma sappi che ho vissuto molti secoli. So che non segui le vecchie maniere, maniere che erano vecchie centinaia di anni prima che nascessi. Ma se mi permetterai di bere dal tuo polso, sarò il tuo servitore fino alla fine dei miei giorni, che sia oggi o tra mille anni.»

Bethany Anne guardò la tazza e il coltello e si rese conto che non erano adatti a sigillare la fedeltà di Stephen. Se doveva diventare una regina, la Regina del Mondo Ignoto, non lo avrebbe fatto con una tazza di porcellana e un coltello per sfilettare.

Si alzò e si avvicinò a Stephen, che continuò a guardarla negli occhi. «Bevi, Stephen. Giurami la tua fedeltà e io ti darò sostentamento. Ma se non ti fermi quando te lo dico, ti pianterò un pugno nel cranio. Mi hai capito?»

«Sì, mia regina. Capisco.»

Bethany Anne offrì il suo polso e Stephen lo prese amorevolmente. Lentamente, sempre più lentamente, le perforò la vena con le zanne, assicurandosi di essere più che prudente con quella donna che lo aveva salvato dalla mortalità della solitudine e gli aveva offerto una nuova speranza e una nuova ragione di vita.

Quando cinque minuti dopo lei lo colpì delicatamente sulla testa, la sua mente e il suo corpo erano in fermento. Il sangue lo stava cambiando. Sembrava che lo stesse trasformando di *nuovo*. Ogni punto di luce nella stanza era più luminoso.

«Sdraiati, Stephen, e dormi. Ti proteggerò io mentre riposi. Hai la mia parola.»

Stephen chiuse gli occhi e fu subito in stato comatoso. Bethany Anne gli tirò su le gambe sul divano e cercò in casa finché non trovò una coperta. Non era sicura che ne avesse bisogno, ma poteva essere di conforto. Poi tornò sulla poltrona di fronte a lui e si sedette.

La famiglia di Michael è disfunzionale, poco ma sicuro, pensò.

Aveva scoperto che TOM aveva la capacità di registrare ciò che accadeva anche quando lei non stava prestando attenzione, come quando era stato capace di individuare il punto in cui aveva già visto Paul Rutherford sul treno. A quanto pareva TOM poneva attenzione a tutti i suoi sensi in ogni momento e con il passare del tempo imparava sempre più cose. Era molto intelligente, ma ignorava gli usi terrestri, e carpiva costantemente informazioni. Considerando che sarebbe stato pericoloso se fosse stata colta alla sprovvista, aveva bisogno che TOM memorizzasse ogni cosa di cui lei non era consapevole.

Le mancava la sensibilità da cane da guardia di Nathan e si augurava che lui ed Ecaterina stessero bene.

Si alzò e andò alla porta d'ingresso per assicurarsi che tutte le serrature fossero al loro posto. Tornò all'armadio dove aveva preso la coperta per Stephen e ne prese un'altra per sé, quindi si sedette di nuovo. Chiese a TOM di fare il primo turno. Dovette poi spiegargli che la gente di solito divideva la notte in turni di guardia, così alcuni avrebbero potuto dormire mentre gli altri sarebbero rimasti svegli a proteggerli. Lui le rispose che sarebbe stato felice di fare il primo, il secondo e il terzo turno di guardia. In ogni caso non aveva bisogno di dormire.

Chiuse gli occhi. Emotivamente svuotata com'era, si addormentò in pochi secondi.

CAPITOLO SEI

Constanta, Romania

Bethany Anne, sento che Stephen si sta svegliando. Bethany Anne aprì gli occhi, valutando rapidamente la stanza. Non era cambiato nulla. Lei era ancora sulla poltrona e Stephen giaceva ancora sul divano.

Come?

Il battito cardiaco è appena aumentato del dieci percento. È un'anomalia che non si è verificata per tutto il tempo in cui ha dormito.

Perciò il suo battito cardiaco è cambiato e sei pronto a dire che si sta svegliando?

Bethany Anne si alzò e scrutò Stephen. Aveva un aspetto migliore.

Anche se era ancora un vecchio, la faccia somigliava un po' meno a un teschio con uno strato di pelle simile a cuoio, era un po' più rosea e piena. Non c'erano più quelle macchie solari, i segni e le imperfezioni, e sembrava ringiovanito di almeno dieci anni.

I suoi occhi si aprirono di colpo, facendola trasalire.

«Ehi, sei sveglio.»

Stephen si guardò intorno e si mise a sedere. Guardò la coperta che aveva addosso e poi di nuovo Bethany Anne.

«Non potevo lasciarti lì come un pezzo di legno. Non sapevo se avessi freddo, così ho trovato l'armadio della biancheria e ho preso in prestito un paio di coperte.»

«Grazie. È passato molto tempo dall'ultima volta in cui qualcuno si è preso cura di me. Forse secoli.»

Bethany Anne sorrise. «Credimi, sono felice di essermi presa cura di te mentre dormivi. Di sicuro è stato meglio di doverti far ragionare.» Tornò a sedersi sulla poltrona.

«Sì, credo che avresti fatto proprio quello.»

Bethany Anne sospirò. «Già. Sono diventata un po' cinica visto che a quanto pare i vampiri capiscono soltanto la violenza – molta violenza – di conseguenza mi aspettavo di venire qui e di doverti trascinare fuori per avere la tua attenzione. Sapevo che eri un diurno, ma ho pensato che così ti saresti svegliato.»

«Posso chiedere cosa avresti fatto poi?»

«Be', pensavo che avrei dovuto strapparti un braccio e usarlo per picchiarti finché non mi avessi prestato la dovuta attenzione. Dopodiché avrei seguito l'intuito. Speravo fossi un tipo ragionevole ma, dalle storie che avevo sentito, non pensavo che le probabilità fossero molto alte.»

Stephen guardò la sua nuova regina per un minuto. Era una tale dicotomia: la gentilezza da un lato e la violenza dall'altro. Sarebbe stata un'ottima regina, decise. Era davvero più felice di quanto non lo fosse da secoli. Il suo periodo di solitudine – da quando Michael era andato nel Nuovo Mondo – era terminato. Per lei avrebbe persino preso un aereo per andarla a trovare. Anche se non aveva mai volato, ora aveva un motivo per farlo.

«Cosa farai ora, Stephen? Devo andare in America per un po'. Dovrò tornare qui, ne sono sicura, se non altro per parlare con te. Come fai a mantenere i tuoi terreni mentre sei in letargo?»

«Ci sono delle persone.» Tralasciò il fatto che si trattava semplicemente di un'agenzia che aveva fondato una decina di anni prima e con la quale non aveva più parlato.

«Okay, vedo che stai meglio. Come hai intenzione di...» Bethany Anne si interruppe. Non sapeva cosa servisse per tornare più giovane.

«Rigenerarmi?»

«È così che si dice?»

«Sì. Per rendere i nostri corpi di nuovo giovani, dobbiamo consumare una quantità significativa di sangue e scambiarlo con quello di qualcun altro. Ma tramite questo processo l'altra persona si trasforma in vampiro e rende il genitore di nuovo giovane.»

«Costringete le persone a trasformarsi?» Bethany Anne non era sicura di poterlo permettere. In effetti, *sapeva* di non poterlo permettere. Ci doveva essere un altro modo.

«No, nessuno nella famiglia di Michael costringerebbe qualcuno a trasformarsi. Ha stabilito delle regole a cui ci atteniamo. Una di queste è che la persona deve capire le sue opzioni, e un'altra è...»

Bethany Anne terminò la frase: «... che devono avere solo sei mesi di vita. Sì, questa parte la conosco.» Cominciò a mordersi l'interno della guancia, una vecchia abitudine di quando rifletteva.

«Hai dormito abbastanza, non è vero? Non hai più nessuno che possa desiderare qualcosa del genere. Merda, sarà una bella gatta da pelare.» Bethany Anne si alzò e cominciò a camminare avanti e indietro. Pensava meglio, quando era in movimento.

TOM, cos'è che fa davvero tornare giovane ***il corpo del vampiro?*** È ***il sangue, o è l'energia eterica che il sangue conferisce?***

L'energia. L'età ha a che fare con il decadimento delle cellule. Con tutta quell'energia, i nanociti sarebbero in grado di tornare di nuovo al primo stadio.

Perciò se collegassimo Stephen a una batteria di energia eterica succederebbe la stessa cosa, giusto? In pratica, fare una trasfusione di sangue... Bethany Anne si rese conto di avere una risposta... forse.

«Stephen, i vampiri hanno mai consumato sangue da una banca del sangue?»

Lui la guardò e ci pensò su. «Io no. Dato che non parlo con i miei fratelli, non posso rispondere per loro. Se una cosa del genere funzionasse, non credo che condividerebbero l'informazione.»

«Perché no?»

«Saremo anche fratelli, in quanto figli di Michael, ma siamo in competizione tra di noi e, francamente, custodiamo i nostri segreti. È uno dei motivi per cui non ci parliamo.»

Bethany Anne iniziò a seguire quella linea di pensiero. Se un vampiro – o più d'uno – avesse davvero studiato il sangue, probabilmente sarebbe stato in grado di identificare i componenti che si collegavano all'Eterico. Magari non avrebbe capito *come* funzionava, ma sarebbe stato sufficiente vederne gli effetti. Con tutta la ricerca genetica che aveva avuto luogo negli ultimi quattro decenni, immaginava che ci fossero molte informazioni a disposizione. Dato che Stephen e Michael avevano ignorato l'umanità ed erano rimasti in uno stato d'ibernazione, era possibile che non fossero al corrente delle ultime scoperte scientifiche.

«Okay, credo di avere una risposta. Fammi fare qualche ricerca in più.» Estrasse lo smartphone e si assicurò di avere campo.

«Cos'è?»

«Hmm? Oh, questo è un telefono che è in grado di connettersi a Internet. Da lì posso recuperare informazioni, qualcosa di simile ai libri all'interno di una biblioteca di una qualsiasi parte del mondo.»

«Davvero? Ho dormito troppo. Non ne so nulla.»

«Lo so, fidati di me. Per prima cosa ho bisogno di farti rigenerare, e alla svelta. Poi devo aggiornarti sul mondo odierno e metterti in contatto con il Consiglio.»

«Il Consiglio?»

Bethany Anne si portò il telefono all'orecchio. «Il Consiglio Europeo dei Mannari.» Alzò un dito per fermare la domanda seguente.

«Pronto? Sono Bethany Anne. Ho letto sul web che la Lituania ha quattro siti per la donazione di sangue e che paga più o meno dodici euro per ogni donazione, per circa sessantatremila donazioni all'anno. È vero? Sì, sì, sono disposta a fare una donazione. No! Non voglio donare il sangue. Voglio acquistare sangue in cambio di una donazione finanziaria. Quanto? Be', vediamo. Ci sono circa cinque litri di sangue in un corpo, giusto? Okay, che ne dice di cinquemila euro per venticinque litri di sangue?»

«Già, sto cercando di fare una donazione di cinquemila euro per venticinque litri. Deve arrivarmi in aereo entro stasera.

Pagherò tutte le spese necessarie se lo farete arrivare...» Mise la mano sul telefono.

«Stephen, conosci un buon punto per effettuare una consegna da queste parti? Non voglio che arrivi direttamente a casa tua.»

«Possiamo usare l'ospedale. Ho una fondazione che si occupa di quella struttura. Non mi negheranno questo favore.»

«Davvero? È incredibile. Ricordami di farti sapere che sei il mio nuovo vampiro preferito.» Tolse la mano dal telefono e comunicò l'indirizzo dell'ospedale per la consegna.

Venti minuti dopo la richiamarono. Avevano stretto un accordo con l'ospedale in modo che fornisse i venticinque litri di sangue dalle sue scorte, e loro avrebbero pensato a rifornire la struttura. Così avrebbero ridotto i costi di trasporto e loro avrebbero avuto subito accesso al sangue.

Bethany Anne sorrise. Era bello che qualcosa andasse per il verso giusto, tanto per cambiare. Ora, decidendo di mettere alla prova la sua fortuna, fece una telefonata a Brasov.

Le rispose la voce di un uomo. «Pronto?»

«Ivan, sono Bethany Anne.»

«Ciao! Come sta la mia... uh... signora preferita?» Ivan balbettò un po' quando si rese conto di non poter dire alcune cose ad alta voce.

«Sono a posto. Ehi, vuoi fare un favore alla tua signora preferita e guadagnarci anche qualcosa?»

«Probabile, ma sai che hai portato fuori dal Paese la mia negoziatrice, non è vero? Non ti approfitteresti mai di me, conoscendo il mio debole per le fossette, giusto?» Il sorriso di Ivan si sentiva anche attraverso il telefono.

«Certo che no. Ti dico una cosa, ho bisogno che tu venga da queste parti a insegnare al mio amico come usare la tecnologia. Cellulari, Internet, computer... tutto. Se riuscissi a essere qui per domani mattina sarebbe fantastico. Potresti farlo? Giuro che in questo momento mi stanno spuntando le fossette.»

Ivan scoppiò a ridere. «Domani mattina è un po' troppo presto, persino se si tratta di te. Domani pomeriggio potrebbe andarti bene? Devo incontrare un paio di persone prima di partire. Per quanto tempo avrai bisogno di me?»

Bethany Anne guardò Stephen e considerò ciò che le aveva detto la sera prima. «Prevedo un paio di mesi. Non è molto aggiornato.»

«Almeno è istruito? Per caso non è una donna? Potrei arrivare un po' prima per una donna. Be', forse no. Se ti servo per tutto questo tempo, dovrò parlare con un altro amico e far sapere a mio padre che sarò via.»

«E tua madre?»

«Ancora si rifiuta di parlare con noi. Credo che adesso sia imbarazzata e che il suo orgoglio non le permetta di dire *mi dispiace*.»

«Be', spero che la cosa si risolva prima che torni a Brasov. Sai che potresti semplicemente sposare qualche ragazza per risolvere tutto, non è vero?»

«Oddio, no! Chiamerò mio padre mentre vado fuori città. Grazie per avermi ricordato cosa potrebbe succedere se mia madre lo venisse a sapere. Hai detto che verrò pagato?»

«Sì. So quanto male hai fatto a Nathan. Come hai potuto scucirgli così tanto?»

«Ehi, lo stavo facendo per Ecaterina. Un ricco americano... che altro avrei dovuto fare?» Ivan stava sorridendo di nuovo.

«Già, okay. Ti dico una cosa. Pagherò la stessa cifra per ogni settimana in cui sarai qui ad aiutare il mio amico.»

«E le settimane parziali?»

«Sì, anche le settimane parziali!» Bethany Anne si trovò a ridere. Ivan era in modalità negoziazione, e nemmeno le fossette sarebbero bastate a distoglierlo.

«Okay. C'è qualcosa di speciale che dovrei sapere sul tuo amico?»

«Be', si chiama Stephen...»

«Bethany Anne, non hai appena negoziato affinché io insegni come usare la tecnologia a un... un... uh...»

«Sì, Ivan. Proprio così. Ora, sii uomo e ammetti che ti sei fatto fregare dalle fossette. Ci vediamo domani.»

«Okay, ma se non sarò al sicuro ti riterrò personalmente responsabile.»

Bethany Anne sorrise a sua volta. «Ivan, mentre sei qui sarai uno degli uomini più al sicuro di tutta la Romania. Te lo garantisco!»

Riagganciarono.

«Stephen, andiamo in ospedale. Sento che sta per accadere un miracolo.»

«Come vuoi arrivarci?»

«Fammi indovinare, non hai una macchina?»

«In realtà ne ho una. Ho imparato a guidare, ma probabilmente dopo tutti questi anni non partirà.»

Bethany Anne tirò di nuovo fuori il telefono. «Be', usiamo questo dispositivo magico per prendere un taxi.»

Stephen non poteva farci niente. Con Bethany Anne nei paraggi, scoprì di non vedere l'ora di tornare a vivere. La speranza si era riaccesa.

«A proposito, Stephen?»

«Sì?»

«Se succede qualcosa a Ivan, tornerò qui e userò le tue braccia per picchiarti a sangue.»

«Mia signora, se dovesse succedere qualcosa a Ivan vorrebbe dire che sono già morto.»

«Era ciò che volevo sentire.»

«Capisco. Non ti deluderò.»

Per una volta, Bethany Anne si sentì come se ci fosse un po' di luce in fondo al tunnel, almeno in Europa. Continuarono a parlare dei cambiamenti necessari e all'arrivo del taxi passarono ad argomenti normali.

Constanta, Romania

L'ospedale fu quasi un non-evento. Quando si presentarono era ancora prima serata, quindi l'amministratore dell'ospedale era presente. Quando Stephen spiegò che, in qualità di esecutore testamentario della fondazione, voleva vedere come l'ospedale utilizzasse i loro fondi, ricevette immediatamente un trattamento preferenziale.

Bethany Anne fu stupita di vedere quanto stesse migliorando. Si muoveva come un settantenne vivace mentre camminavano per l'ospedale. Lei indossava di nuovo il cappello; amava l'aria di mistero che le conferiva.

E poi le stava dannatamente bene.

Stephen era felicissimo della sua compagnia e non permise a Bethany Anne di far altro che stare a braccetto con lui durante il tour. Sapeva che Bethany Anne approvava che avesse finanziato l'ospedale ed era molto orgoglioso di poterla rendere felice. Alla fine, Bethany Anne cambiò voce e diede istruzioni all'amministratore di far mettere venticinque litri di sangue freschissimo in una stanza sicura e di lasciarlo lì. Quindi gli disse di lavorare almeno altre tre ore e aspettò nella stanza con Stephen fino a quando non fu consegnato il sangue. "Disse" all'operatore dell'ospedale che il sangue era stato prelevato ma che lui non riusciva a ricordare da chi.

Una volta che l'operatore se ne fu andato, si rivolse a Stephen.

«Va bene, devo darti qualche informazione. Mi aspetto che tu mantenga il segreto, a meno che non ti dica altrimenti, o se, a tuo giudizio, valga la pena rischiare. Mi hai capito?»

«Sì, naturalmente.» Guardò la quantità di sangue. Era parecchio sangue. Molto più di quanto potesse berne.

«Come sai, quando trasformi un umano, l'atto di trasformarlo in un vampiro ti ringiovanisce. Ciò che ignori è che ci sono macchine genetiche infinitamente piccole all'interno del tuo corpo, e per funzionare hanno bisogno di energia. Quando succhi il sangue da un altro umano e poi lo spingi di nuovo nel suo corpo, ciò che stai facendo è mettere queste macchine in un altro organismo, e quelle macchine poi lo trasformano in un vampiro. Allo stesso tempo il processo fornisce ai tuoi nanociti l'energia necessaria per rigenerarti. Ecco cosa ti fa ringiovanire.

«Quando si scambia il sangue con un umano, si drenano quattro o cinque litri di sangue alla volta. Ho acquistato venticinque litri perché non so quanto sia potente il sangue e quanta energia ti servirà.»

TOM scelse quel momento per interromperla.

Bethany Anne, potresti rendere tutto più facile mescolando il tuo sangue a quello nella sacca. Se aspettiamo un po', i nanociti inizieranno a propagarsi nella miscela e forse la renderanno più efficace.

Ci pensò su. Non voleva che Stephen avesse troppi nanociti, ma non voleva nemmeno rimanere lì tutta la notte. Era abbastanza sicura che l'energia eterica fosse raccolta da tutto il corpo, non solo dal sangue, dove era concentrata.

«Va bene, Stephen, voglio che inizi a bere il sangue. Mescolerò uno di questi sacchetti con il mio e, a seconda di quanto tempo ci vorrà, lo consumerai dopo.»

Stephen impiegò due ore per consumare tre sacche. Il quarto litro era quello a cui Bethany Anne aveva mescolato il suo sangue, due ore prima.

Persino prima di prendere l'ultima sacca, Stephen pareva aver perso altri vent'anni.

Al termine della quarta sacca era ovvio che non avrebbe avuto bisogno di altra energia.

«Eh, immagino di aver esagerato un po'.» Guardò le altre ventuno sacche nei frigoriferi.

La vitalità di Stephen era aumentata. Era come se avesse appena mangiato un tacchino del Ringraziamento tutto da solo.

«No, mia signora. Non andrà sprecato. Lo donerò all'ospedale e chiederò loro di mettere da parte una scorta di sangue fresco da tenere a disposizione ventiquattr'ore su ventiquattro. Se avessi saputo che il ringiovanimento era possibile senza bisogno di creare un vampiro, avrei potuto farlo prima, anche se non posso esserne sicuro. Fino a quando non sei arrivata tu, ero pronto al riposo eterno. Apprezzo tutto ciò che hai fatto per me.»

Bethany Anne gli sorrise. «Non preoccuparti, Stephen. Lavorerai diligentemente per riportare l'Europa in carreggiata. Faremo in modo che funzioni. Sono felice di averti potuto aiutare, e sono felice di non averti dovuto strappare il braccio.» Gli diede una pacca sulla spalla. «Ivan arriverà domani. Ha un telefono e conosce il mio numero. Hai presente quella stanzetta accanto all'armadio della biancheria di casa tua?»

«Sì, credo di sì. A destra o a sinistra?»

«A sinistra. In questo momento c'è una brandina.»

«Sì.»

«Bene. Voglio che togli quel letto e che chiuda a chiave la porta. Consenti a qualcuno di pulirla solo una volta ogni tre mesi. Se hai bisogno di me, verrò.»

«Come farai?»

Bethany Anne afferrò una sacca di sangue. «Così.» E poi scomparve.

Stephen fissò il punto dove era stata per un minuto prima di rendersi conto che poteva spostare all'istante il suo corpo in luoghi diversi. Doveva essere certa che nessuno occupasse lo stesso spazio per essere al sicuro. Stephen avrebbe fatto in modo che la stanza restasse sgombra.

In effetti, decise, si sarebbe assicurato che tutta l'Europa fosse un luogo sicuro per la sua regina. Si mise il refrigerante con il sangue sotto il braccio e lasciò la stanza. Anche se si sentiva fin troppo pieno, non era mai troppo presto per darsi da fare.

CAPITOLO SETTE

Washington, DC, USA

Erano le 15:30 quando il telefono di Frank squillò. Il display mostrava un numero sconosciuto.

«Frank Kurns.»

«Ciao, Frank, sono Bethany Anne.»

Lui si raddrizzò sulla sedia. «Salve, signorina Reynolds. Apprezzo la chiamata.»

«Non sono più la signorina Reynolds, Frank. I Nacht non hanno cognomi. È qualcosa che perdiamo quando ci trasformiamo.»

Era un modo rapido ed efficiente per informare Frank che non stava parlando con la stessa donna che aveva lasciato l'America. Era una donna nuova. Completamente diversa.

«Sì, capisco.» Non era proprio così, ma doveva tornare in gioco. Per quasi un anno non aveva parlato con Carl né con nessun vampiro, e ricordava quanto sapessero essere particolari. «Ti chiamerò Bethany Anne, allora. Apprezzo la chiamata. Sei negli Stati Uniti?»

«No, in realtà sono in Romania, in una stazione ferroviaria. Stavo pensando di prendere un volo di linea per tornare e ho immaginato che avremmo potuto lavorare insieme. Devo trovare un modo rapido per rientrare in America, ma mi piacerebbe un volo in cui non devo preoccuparmi che altre persone siano vittima di danni collaterali. So che mi vuoi negli Stati Uniti perché ti aiuti sia con le operazioni che con il problema dei mannari. Per caso avresti una soluzione?»

«Uhm, danni collaterali?» In cosa era rimasta invischiata? Cosa avrebbe potuto scatenare danni in un volo di linea?

«Già. A quanto pare io e il signor Lowell siamo stati seguiti a bordo del treno che dalla Svizzera ci ha riportati in Romania, e qualcuno ha già provato a drogarmi con il Rohypnol. Anche se so di potermi prendere cura di me stessa, tendo a essere un po' estrema quando si tratta di reagire.»

Frank considerò come rispondere. Perciò il suo uomo sul treno era stato individuato. Avrebbe dovuto dirglielo così come avrebbe dovuto organizzare alla svelta un viaggio per attraversare l'Atlantico.

«Be', posso aggiornarti sull'incidente del treno. Avevo un agente incaricato di localizzare te e Nathan per ottenere qualche informazione sugli ultimi eventi. Durante il viaggio Nathan si è messo in contatto con me e io ho comunicato al mio uomo di lasciar stare prima di stabilire un contatto.»

«Si chiamava Paul Rutherford?»

«No, affatto. Perché?» Frank scrisse a matita quel nome con accanto un punto interrogativo su un block notes. Più tardi avrebbe fatto qualche ricerca su di lui.

«Volevo solo confermare una cosa.»

«Va bene, per quanto riguarda il trasporto, sono abbastanza fiducioso. Ho un'operazione in corso domani sera. Se riesco a farti arrivare qui in tempo, sei disposta a occupartene?»

«Probabile. Quali sono i parametri?»

«Abbiamo un problema nelle Everglades, in Florida. Crediamo ci siano due Nosferatu. Sono scomparse delle persone e per il momento la colpa è ricaduta sugli alligatori. Il punto è che non posso inviare una grossa potenza militare. Attirerebbe troppe attenzioni. La mia squadra più piccola è valida, ma quei ragazzi hanno affrontato quattro operazioni in tre mesi e, francamente, sono esausti. Di recente hanno perso due uomini.»

«Ci sono dei Nosferatu negli Stati Uniti? Queste larve da culo. Sì, sarò felice di andare laggiù e dare una mano. Assicurati solo di avere l'attrezzatura giusta. Non ho comprato un paio di anfibi e non ho la minima intenzione di rovinare le mie Louboutin in quella palude.»

Frank avrebbe voluto staccare il telefono dall'orecchio. Larve da culo? Bethany Anne era molto diversa dalle persone con cui era abituato a lavorare. Quella mattina Nathan gli aveva lasciato un breve messaggio vocale che gli consigliava di prenderla molto sul serio e di non farla incazzare.

In effetti tutti cercavano di non farla incazzare anche quando era soltanto umana. Alla luce delle sue abilità super letali, sia prima che ora, chiunque cercasse di farla incazzare si sarebbe trovato a dover pagare per la propria stupidità. Frank non era vissuto tutti quegli anni commettendo errori del genere.

Ma il consiglio di Nathan lo aveva portato a domandarsi quanto fosse diventata potente. A quanto pareva, non le ci era voluto molto per far accrescere i suoi poteri.

«Ti richiamo tra quindici minuti e ti darò i dettagli del trasporto. Mandami le taglie dei vestiti e qualcuno ti preparerà delle divise.»

«Okay, per me va bene. Sarò nel punto di ritiro principale nei pressi della stazione ferroviaria. Solo un avvertimento. Non mandare qualche leccaculo a prendermi o potresti non riaverlo. Ci vediamo.» Bethany Anne riattaccò e lasciò cadere la sacca di sangue in un bidone della spazzatura mentre si dirigeva verso l'area di raccolta principale.

Frank guardò il telefono prima di riagganciare e aprire il computer. Già, non era cambiata molto, almeno stando a ciò che dicevano le sue ricerche. Be'... tranne per il fatto che quando aveva detto *potresti non riaverlo*, era abbastanza certo che non intendesse in senso figurato.

Doveva darsi da fare se voleva assicurarsi che la squadra avesse buone possibilità di sopravvivenza, l'indomani.

Sperava solo che si ricordassero di badare alle buone maniere quando fosse arrivata Behtany Anne. Era una donna attraente, e quei ragazzi delle operazioni speciali credevano di poter camminare sull'acqua. Un atteggiamento del genere non sarebbe stato visto di buon grado da una donna che avrebbe potuto essere *davvero* in grado di camminare sull'acqua.

Atlantic Ocean

Bethany Anne era stata prelevata su una berlina nera da una capitana. La donna non fece domande, fu molto gentile con lei e la accompagnò a un aeroporto a circa un'ora e mezza di distanza. In macchina c'erano una tuta da volo e stivali della sua taglia. Bethany Anne si cambiò nell'abitacolo, anche se non le piaceva l'idea di abbandonare quel vestito. D'impulso, chiese alla capitana se magari avesse una scatola da qualche parte, in modo da poter portare il cambio sull'aereo.

Un po' confusa, la donna le spiegò che in un jet da combattimento biposto non c'era abbastanza spazio per cambiare idea, tantomeno per portare abiti extra. Avrebbe fatto in modo che la scatola venisse spedita con l'etichetta rossa FedEx la mattina seguente.

Bethany Anne era un po' sorpresa che Frank le avesse fornito un jet da combattimento per quel viaggio. In seguito scoprì che i piloti dovevano avere abbastanza ore di volo. Il suo era un po' a corto, dal momento che aveva volato perlopiù su aerei da trasporto più grandi, e quando si era presentata l'occasione di fare qualche ora a bordo di un F-15 aveva accettato subito. Se avesse saputo che avrebbe dovuto riportare una modella negli Stati Uniti, si sarebbe tagliato i polsi. Bethany Anne aveva sentito il sorriso nella voce dell'uomo quando aveva fatto quell'osservazione, ma per fortuna non era ai livelli dei commenti scurrili che aveva ricevuto mentre lavorava a Washington.

Prese il complimento per quel che era e lo ringraziò. Si sarebbero riforniti in volo, dirigendosi subito in Florida. Una volta in aria, si rilassò e lasciò che fosse TOM a prestare attenzione a ciò che succedeva. Una volta superata la metà dell'Atlantico notò di aver perso la capacità di avvertire dove fosse Stephen, ma riusciva comunque a capire che era vivo. Si chiese se quell'abilità sarebbe sparita del tutto mentre il suo sangue si faceva strada attraverso l'organismo del figlio di Michael.

Un paio d'ore dopo, la voce del pilota le parlò in cuffia e indirizzò la sua attenzione sulle Azzorre mentre le sorvolavano. Il volo era tranquillo, per quanto potesse esserlo a quella velocità. Alla fine Bethany Anne decise di mettersi semplicemente a dormire.

Poche ore dopo si svegliò con la costa in lontananza. Non si era neanche accorta del rifornimento a mezz'aria, essendosi completamente isolata. Il pilota era stupito che fosse riuscita a dormire per tutto il viaggio. Tutto ciò che sapeva della sua passeggera era che doveva portarla in Florida alla svelta.

La fecero scendere talmente in fretta dall'aereo che non ebbe neanche la possibilità di chiederle il numero di telefono.

New York City, NY, USA

Ecaterina guardò tutte le strane ed eccitanti luci della città. Nathan l'aveva fatta viaggiare in prima classe e si era assicurato che ci fosse una limousine ad aspettarli quando fossero usciti dai cancelli di sicurezza del John F. Kennedy.

La sicurezza era stata un incubo durato due ore visto che Ecaterina non era mai stata fuori dal suo Paese.

Nathan riuscì finalmente a superare i controlli ed Ecaterina pareva entusiasta di essere nella limousine. Nathan disse all'autista di passare per Times Square. Avrebbe perso quarantacinque minuti, ma non gli importava. Il viso della ragazza, raggiante di gioia, era tutto il compenso di cui aveva bisogno.

Ecaterina finalmente gli si avvicinò mentre lasciavano Times Square. Gli rivolse un timido sorriso, gli prese dolcemente la mano e appoggiò la testa sulla sua spalla, chiudendo gli occhi.

Mio Dio, pensò, *amo questa donna.*

Erano passati più di trent'anni da quando aveva avuto un qualsiasi tipo di relazione seria. La sua prima moglie aveva sofferto quando il loro bambino era stato ucciso in Vietnam, e non era più stata la stessa. Anche se alla fine aveva superato il lutto e la grave depressione che ne era seguita, non era più stata la donna vivace che aveva sposato.

Lei non sapeva che fosse un Wechselbalg. Non era un problema serio, ma significava che Nathan era sempre consapevole che la loro relazione non era del tutto trasparente. Ora, grazie a Bethany Anne più di chiunque altro, aveva la possibilità di godersi davvero una relazione, e stavolta non ci sarebbero stati segreti.

In quel momento si sentiva il cuscino più speciale del mondo mentre ascoltava il respiro di Ecaterina che dormiva su di lui.

Sottovoce, disse all'autista di prendere la strada più lunga per arrivare a casa sua. Aveva i soldi necessari per pagare quel viaggio, e aveva tutta l'intenzione di usarli.

***

Svegliare Ecaterina nella limousine non fu la lotta che Nathan pensava sarebbe stata. Fu subito all'erta e si guardò intorno. Si rese conto che non si stava comportando in modo diverso da come si sarebbe comportata nella foresta.

Dio, amava davvero quella donna.

L'autista afferrò tutti i bagagli – solo due erano di Ecaterina – e li lasciò cadere sulla soglia della sua abitazione in pietra arenaria. Soltanto due borse per trasferirsi in un altro Paese. Dio, amava davvero, davvero quella donna.

Ciò che non sapeva era che Bethany Anne aveva altre tre casse da spedire. Alcune delle cose che Ecaterina voleva portare con sé non potevano viaggiare su un volo di linea. Avevano la tendenza a disapprovare le armi da fuoco e le munizioni. E non andavano matti neanche per le trappole.

Bethany Anne non si era fatta problemi e, poiché Ecaterina aveva un attaccamento emotivo alla sua attrezzatura, aveva preso il telefono e aveva affittato un posto fuori Newark dove far spedire le casse. Personalmente aveva un attaccamento emotivo alla trappola per orsi ed era tornata a prenderla. Uno dei membri del Branco l'aveva presa, ma si era affrettato a rinunciarvi. Non si facevano mai le cose abbastanza in fretta quando si trattava di lei. Pensò che avrebbero potuto finalmente fare il collegamento tra lei e il vampiro sconosciuto.

Nathan aveva pagato e dato la mancia all'autista prima di accompagnare Ecaterina a casa. Aveva pensato che avrebbe potuto portarla dentro in braccio. No. In effetti, era pronta a esplorare il quartiere al buio. Sperava che le donne delle pulizie fossero state lì mentre era via. Di solito facevano un buon lavoro. L'unico problema era che mettevano nella dispensa tutto ciò che c'era in cucina. Ogni volta. Così la cucina sembrava immacolata, ma magari una settimana dopo avrebbe sentito l'odore del pane ammuffito perché si era dimenticato della sua esistenza. Era impossibile sapere cosa avrebbe trovato stavolta.

Portò le borse all'interno mentre Ecaterina girava per la casa, ammirando le curiosità e i soprammobili. Nathan le mostrò la camera degli ospiti al primo piano dietro la cucina. Aveva un bagno e la doccia, e un piccolo armadio. Il letto era il migliore della casa, perciò era la stanza che offriva alla maggior parte dei suoi visitatori.

Ecaterina gli sorrise e gli diede un bacio sulla guancia per averle portato i bagagli. Non si aspettava che lo facesse ma, essendo curiosa di vedere la casa, non ci aveva pensato finché non era stato troppo tardi.

«Grazie, Nathan. Sono sicuro che dovrò stare qui solo per pochi giorni prima dell'arrivo di Bethany Anne e poi andremo... da qualche parte. Viveva a Washington DC. È molto lontano?»

Nathan le sorrise. «No, forse quattro o cinque ore di treno. In aereo ci vuole molto meno, ovviamente. Fai come se fossi a casa tua. Qualunque cosa ti serva, prendila e basta. Non farmelo ripetere, va bene?»

Il suo sorriso radioso rimase con lui mentre saliva le scale fino al secondo piano, dove si trovava la sua stanza. Fece una doccia e si preparò per andare a letto. Sui comodini c'erano due foto. Una con lui e suo figlio, e una con tutta la famiglia.

Afferrò quella con tutti e tre e la guardò per un paio di minuti, poi andò all'armadio e tirò giù la scatola delle foto. Era il momento di andare avanti. La vita riusciva sempre a trovare il modo per far guarire le ferite. Infilò la cornice nella scatola e rimise il coperchio.

Spense le luci e andò a dormire.

Giù, al pianoterra, Ecaterina avrebbe desiderato che Nathan le avesse chiesto di salire con lui. Le pareva che fossero distanti mille miglia. Ma era comunque felice. Impaziente, sì, ma molto, molto felice.

Speriamo che Bethany Anne non faccia troppo in fretta, pensò mentre spegneva le luci per andare a dormire.

CAPITOLO OTTO

Everglades, FL, USA

La trattarono con i guanti bianchi dall'atterraggio alla base dell'aeronautica militare fino al centro operativo avanzato a un'ora e mezza di distanza. Il jet si era fermato all'interno di un hangar e da lì l'avevano fatta salire su un SUV con i vetri oscurati. Era come trovarsi in un film di Hollywood. L'intero scenario la faceva sorridere. Un SUV nero, pelle nera, vetri antiproiettile e finestrini oscuratissimi. Chi credevano di trasportare?

Essendo l'unico passeggero nella parte posteriore dell'Explorer in edizione limitata – *Vai, Ford,* pensò – aveva solo l'autista e il suo fucile con cui parlare. Quei tizi erano dei professionisti. Volle sapere perché la tinta dei finestrini fosse tanto scura e loro parvero confusi per un istante prima che Eric, l'autista, ammettesse che era proprio per lei. Il passeggero, John, aggiunse di aver avuto l'impressione che gli "agenti del suo gruppo" avessero un'avversione per la luce del sole come il loro precedente contatto, Bill.

Eric indossava un abito scuro con una camicia bianca e una cravatta rossa. John seguiva il codice di abbigliamento prescritto ma con un'elegante cravatta blu. Almeno non erano Men in Black, pensò. Be', cazzo, magari era lei a rappresentare i Men In Black, visto che era lei quella con l'alieno.

«Avete lavorato spesso con Bill?» Non era riuscita a convincere Carl a parlargli di Bill durante il loro volo verso la Romania, perciò era curiosa di cosa pensassero gli agenti di un vampiro vero. Sebbene Bethany Anne sapesse che tutti la consideravano un vampiro, non lo era nel senso classico.

John riprese la conversazione e lasciò che Eric si concentrasse sulla guida. «Sì, signora. Ho lavorato con lui in otto operazioni o giù di lì. Era spaventoso da morire, senza offesa, signora.»

Bethany Anne pronunciò il seguente commento con l'accento inglese più sofisticato che riuscì a imitare. «John, dovrai farti crescere due fottuti testicoli, se vuoi imprecare in mia presenza. Non esistono parolacce che voi coglioncelli possiate dire capaci di offendermi, e darò dieci punti a chi riuscirà a farmi ridere.»

Eric fu costretto ad accostare al lato della strada. Stava ridendo così forte che le lacrime gli scorrevano sul viso, limitando il suo campo visivo. John si girò sul sedile. Non ci volle molto perché il centro operativo si mettesse in contatto via radio, chiedendo se fosse tutto a posto. Il GPS diceva che si erano fermati. Il tono pareva un po' preoccupato.

Bethany Anne tolse il microfono dalle mani di Eric, che non riusciva a smettere di ridere abbastanza a lungo da rispondere alla domanda. Con entrambi i suoi accompagnatori ormai incapaci di farlo, attivò il microfono e disse: «Centro operativo, qui è Bethany Anne. Avevo bisogno di sgranchirmi le gambe dopo aver volato così a lungo. Ci rimetteremo in viaggio tra cinque minuti.» Spense il microfono e uscì dal veicolo per fare un giro, dando a John ed Eric un momento per ricomporsi.

Avevano avuto bisogno proprio di quel tipo di catarsi dopo l'ultimo semestre. Francamente, la squadra aveva bisogno di tutto l'aiuto possibile, ma stavano molto attenti in presenza di Bethany Anne. Non sapevano che tipo di personalità avesse. Sapevano solo che era un vampiro e conoscevano il tipo di creature che avrebbero dovuto affrontare.

Sia John che Eric erano stati nell'hangar quando il caccia aveva superato la soglia. Mentre il tettuccio si sganciava e si tirava indietro, il passeggero sul sedile posteriore si era alzato, si era voltato e aveva sceso le scale. Entrambi avevano avuto abbastanza presenza di spirito da non dire nulla nel caso in cui lei fosse stata attenta, ma non si erano resi conto che avrebbero dovuto accompagnare una donna capace di fargli uscire gli occhi dalle orbite.

Si era tolta il casco e l'aveva passato al tizio del supporto a terra, e John ed Eric avevano notato che era ancora a bocca aperta. John era rimasto a guardare mentre altri due aiutavano a togliere tutti i pezzi di supporto sulla tuta. Aveva salutato il pilota con un sorriso, poi si era avvicinata al SUV ed era salita.

All'interno dell'auto, John ed Eric udirono il centro operativo chiedere a nessuno in particolare: «Ha appena detto di volersi sgranchire le gambe?»

Pochi minuti dopo, Bethany Anne sentì John che abbassava il finestrino e diceva con voce normale. «Signora, quando è pronta siamo pronti a riprendere questo cazzo di viaggio.» Lei sorrise, si voltò di nuovo verso il veicolo e percorse i cinquanta metri a velocità normale. Non c'era bisogno di spaventarli quando li aveva appena sistemati.

Si sedette sul sedile posteriore. «A casa, James.» Entrambi gli uomini sorrisero, Eric si immise con il SUV nell'autostrada a due corsie e spinse il motore al massimo per cercare di recuperare il tempo perduto.

Dio, pensò John, *è bello avere di nuovo una speranza.* I due agenti trascorsero l'ora seguente a raccontarle storie riguardanti le operazioni svolte con Bill, tentando diverse parolacce per capire se potessero sorprenderla. Non ci riuscirono, ma quasi costrinsero Eric a lasciare di nuovo la strada. John era semplicemente felice di non dover guidare.

New York City, NY, USA

Gerry avrebbe strangolato qualcuno prima della fine di quella giornata. Al momento era nel suo ufficio nel Queens. Nathan era tornato la sera prima e sarebbe dovuto arrivare a mezzogiorno. Aveva ricevuto un impressionante numero di chiamate dal branco locale nell'ultima settimana mentre Nathan era fuori città. Nirene aveva fatto del suo meglio per aiutarlo, ma la quantità di lecchinaggio richiesto lo stava facendo incazzare.

Parlando con Nirene e Nathan a scadenza settimanale, non aveva mai pensato ci fossero tutti quei giochi politici. Loro non glielo avevano mai detto apertamente. Ora si era reso conto che i membri del branco avevano scoperto che Nathan odiava i leccaculo, l'intimidazione o qualsiasi altra forma di manipolazione. Un idiota aveva provato a ricattarlo, solo per scoprire che tutti i suoi segreti erano stati svelati sui social media.

Poi aveva ricevuto un'e-mail da una fonte anonima che gli diceva che subito dopo sarebbero stati colpiti i suoi conti finanziari. Voleva davvero continuare con i ricatti? Quando la storia si era diffusa, nessuno aveva più provato a ricattare Nathan.

Il telefono di Gerry squillò. Era un altro membro del branco che "aveva solo bisogno di vederlo".

Il viso di Gerry si distese forse nel primo sorriso genuino della settimana. «Max, capisco, ma oggi sono molto impegnato. Domani? No, non sono disponibile domani, ma Nathan è tornato in città e sono sicuro che potrai parlare con lui. Devo dirgli che lo chiamerai? Come? Sarai tu a metterti in contatto con lui? Va bene, fai pure.»

Gerry riattaccò e sorrise, soddisfatto. Magari non sarebbe stata una giornata tanto pessima, dopotutto.

Ora, se fosse riuscito a lasciare che Nathan si occupasse dei problemi del Consiglio, la vita sarebbe potuta tornare a sorridergli. Per sua sfortuna, in qualità di Alfa del Consiglio, era un suo fardello. Nathan quella mattina gli aveva lasciato un breve messaggio telefonico in cui diceva che non aveva trovato Michael, ma che il Consiglio avrebbe fatto meglio a mettersi d'accordo in fretta altrimenti si sarebbero trovati a sperare che Michael si facesse vedere presto. Gerry non riusciva affatto a capirne il senso. Chi avrebbe potuto desiderare il ritorno di Michael?

Non poteva trattarsi della nuova vampira, giusto? Aveva sentito dire che era stata coinvolta negli eventi di Brasov e che aveva fatto fuori un altro vampiro, ma prima di crederci avrebbe aspettato la conferma da Nathan.

In ogni caso, nel giro di poche ore ne avrebbe saputo di più.

Everglades, FL, USA

L'agente Dan Bosse aveva sentito la vedetta tattica anteriore – un eufemismo per dire *cecchino* – attraverso l'auricolare. «Signore, ho il veicolo in vista.»

«Ricevuto. Che te ne pare?» Dan sperava che il cecchino riferisse di avere due agenti vivi sui sedili anteriori. Quello era un contatto sconosciuto e, sebbene gli fosse stato detto che non era un mostro carnivoro, era pagato per preoccuparsi e tenere vivi i suoi uomini. Per sua sfortuna, ciò significava lavorare con quei contatti per sconfiggere altri mostri che di notte impedivano di dormire persino ai suoi uomini. Era un peccato che non potesse semplicemente ricoprire l'area di napalm e risparmiare ai suoi ragazzi il rischio di morire, quella sera.

Dan aveva lavorato insieme a Bill per quindici anni e in tutte quelle operazioni aveva perso solo due uomini. Ora ne aveva persi due soltanto nell'ultimo mese, senza contare gli altri nel corso dell'anno.

Dopo aver lavorato con Bill per tutto quel tempo, il suo team aveva finito per attribuirsi gran parte dei meriti di quelle operazioni. Detestava ammetterlo, ma i suoi uomini si stavano facendo massacrare. Se davvero era necessario collaborare con un mostro per abbattere altri mostri, allora lo avrebbe fatto.

«Signore, li ho nel mirino... non ci crederesti mai.»

«Sputa il rospo, Killian.»

«Signore, gli agenti stanno ridendo. Riesco a vedere il contatto, e porca troia, signore, è sexy.»

«Killian, cerca di essere professionale. Se parli così di fronte a uno di questi agenti potrebbe decapitarti.»

«Già, ma che bel modo di andarsene.»

Dan scosse il capo. Almeno aveva due agenti vivi e, a quanto pareva, di buonumore. Era la prima buona notizia della giornata. Be', non era del tutto vero. Quando aveva detto alla radio che sarebbe uscita dalla macchina per sgranchirsi le gambe alla luce del sole era stata una buona notizia.

Se era abile quanto Bill, allora sarebbero stati a posto. La sua capacità di camminare alla luce del sole avrebbe dato alla sua squadra un enorme vantaggio tattico.

Lasciò la tenda di comando quando sentì il SUV che si avvicinava e guardò Eric che usciva dal posto di guida e faceva un passo indietro per aprire la portiera del passeggero.

La donna che scese dal sedile posteriore non era quel che si aspettava. Se fosse stata una sfilata di moda, forse, ma non lì nelle Everglades, in Florida, e fu ancora più sorpreso di scoprire che Eric sembrava rispettarla. Non solo la trattava come una signora. La maggior parte dei ragazzi cresciuti nel sud aveva modi del genere. No, la trattava con rispetto, come avrebbe fatto con un superiore con cui andava d'accordo.

Merda, se non fosse stato attento, quella donna avrebbe portato tutti i suoi uomini a mangiarle dalla mano. Be', almeno stando a come si stavano comportando Eric e John.

Ma, se fosse stata in grado di combattere, la serata non sarebbe andata tanto male. Andò a presentarsi.

CAPITOLO NOVE

Everglades, FL, USA

Bethany Anne apprezzò che Eric le avesse aperto lo sportello. Lo aveva fatto perché voleva farlo, non perché dovesse. Era una cosa che l'aveva toccata e l'aveva lasciata impressionata.

Vide l'agente in carica uscire dalla tenda e aspettò che venisse da lei. Non sapeva con certezza cosa pensasse, ma si era fatta un'idea. Dopo le storie che le avevano raccontato Eric e John, aveva scoperto che gli agenti del suo gruppo erano stati accettati come espediente tattico. Ma solo alla morte di Bill – quando non era apparso alcun sostituto e il numero di feriti e morti nel corso delle operazioni era incrementato – era diventato ovvio che senza aiuto avrebbero avuto la peggio.

Perciò comprese che quell'agente stava soffrendo non solo per le perdite nel suo gruppo, ma anche per l'orgoglio ferito. Doveva chiedersi se sarebbe stata una risorsa o un rompicoglioni che si sarebbe comportato da primadonna.

Non le piaceva l'idea di non avvicinarsi, ma costringerlo a venire da lei le pareva il giusto precedente.

Li raggiunse e allungò la mano per stringere la sua. «Agente Dan Bosse.»

Lei ricambiò la presa con la stessa forza. «Bethany Anne, agente. Capisco che abbiamo un'infestazione e che dobbiamo eliminarla alla svelta. Come vuole procedere?»

L'agente Bosse rimase sconcertato per un paio di secondi. Si era aspettato che l'agente di fronte a lui fosse... be', non esattamente così. Era una persona professionale, educata e irradiava sicurezza. Erano trent'anni che faceva quel lavoro e capì subito che quella donna aveva già partecipato ad azioni del genere. «Grazie, agente Bethany Anne. La prego, mi segua e la aggiornerò. Ho anche i vestiti da lei richiesti.» Dan si voltò e iniziò a tornare verso la tenda. Se non avesse avuto informazioni da parte dei suoi superiori, non avrebbe mai creduto che quella donna fosse più di quel che sembrava: un'elegante modella.

Alla fine dell'operazione, Dan Bosse avrebbe capito che non avrebbe mai e poi mai dovuto far incazzare quella donna. Poi avrebbe pregato che diventasse l'unico agente con cui avrebbe dovuto lavorare per il resto della sua carriera.

«Agente, solo Bethany Anne. Un nome, nessun cognome, e di certo non sono un'agente.»

Dan si guardò alle spalle. «Oh?»

«Non nei termini in cui sta pensando, agente Bosse. Aiuterò la sua squadra attraverso i soliti contatti che già conosce, ma nella famiglia non occupo la stessa posizione che occupava Bill.»

Entrarono nella grande tenda che veniva usata come centro operativo. Due laptop e un paio di grandi schermi erano stati impostati per mostrare il radar meteorologico su uno e quella che sembrava una diretta via satellite sull'altro.

«Se non è inappropriato, posso chiederle qual è il suo ruolo nella famiglia?»

«Non è stato formalmente quantificato, agente Bosse, ma sono sicura che, quando avrò modo di incontrare tutti, alcuni mi chiameranno Bethany Anne e per altri sarò la Regina delle Stronze.»

Le sorrise. «Con affetto?» Dan stava cercando di capire quando quell'incontro fosse andato fuori strada.

«Oddio, spero proprio di no. Se non faccio arrabbiare nessuno allora vuol dire che non sto facendo il mio lavoro come si deve.»

Dan non riuscì più a trattenersi. Quella donna gli aveva appena fornito più informazioni di quante gliene avesse mai rivelate Bill. «Che lavoro?»

Quella era la domanda a cui Bethany Anne sarebbe voluta arrivare per tutta la conversazione. «Agente Bosse, sono qui per risolvere i problemi di cui la sua squadra è a conoscenza, quelli di cui non siete a conoscenza, e i problemi che si stanno sviluppando da migliaia di anni. Se le creature sovrannaturali non si danno una mossa, è meglio che trovino un prete. La maggior parte di questi para-umani comprende solo la forza e la violenza, e se c'è una cosa in cui sono brava, Dan...»

Stava guardando quella bellezza dai capelli corvini quando il suo viso perse l'aspetto angelico, e il suo romboencefalo iniziò a dare di matto, in preda al terrore. Aveva partecipato a un centinaio di operazioni e aveva visto Nosferatu e i due vampiri della famiglia. Di tanto in tanto, nel cuore della notte, ancora si svegliava tutto sudato per quei sogni legati alle operazioni peggiori.

Ma divenne un credente in tutto e per tutto quando scorse la personificazione della distruzione e del tormento che lo guardava con occhi rosso sangue e le zanne che le spuntavano dalla bocca.

Una voce più profonda e malevola terminò: «... è trasmettere messaggi violenti. Qualche domanda?»

L'agente Dan Bosse si limitò a scuotere la testa.

Le zanne si ritrassero e gli occhi tornarono al loro colore naturale. Aspettò qualche secondo che il battito del cuore si calmasse. «Allora, mi dica, cosa c'è dietro agli idioti che sono alla base dell'operazione di stasera?»

L'agente Bosse era entrato nella tenda come comandante, con l'idea di condividere informazioni con qualcuno che nel migliore dei casi era uno specialista qualificato. Ora la situazione era cambiata. Continuò con la presentazione, come avrebbe fatto con un potente socio che aveva la capacità di far piovere morte e distruzione sul nemico.

Per la prima volta in dieci anni, desiderò poter mettere la divisa ed entrare in azione, perché i quattro agenti che sarebbero andati con quella donna ne sarebbero tornati cambiati. Era sicuro che le loro storie sarebbero diventate leggenda.

Dan si schiarì la gola e iniziò a descrivere lo scenario. Per quanto ne sapevano si trattava di due Nosferatu, nascosti nel miglio quadrato delle Everglades che lui le aveva mostrato sulla mappa. Non potevano rintracciarli durante il giorno. In qualche modo, si proteggevano dal sole; l'ipotesi migliore era immergendosi nel fango. C'era voluto un po' di tempo per ottenere la priorità con il satellite poiché si sospettava solo che un paio di persone fossero state divorate dagli alligatori.

Poi un gruppo di adolescenti era uscito per fare festa. Avevano affermato di aver visto uno zombie uccidere un uomo intento a pescare e trascinarlo sott'acqua, l'uomo scalciava ancora.

La notizia si era trasformata nella storia di un serial killer che operava nelle Everglades e la loro richiesta per il satellite, che era sullo schermo due, così come gli occhi nel cielo con fotocamere FLIR incredibilmente sensibili, era di colpo diventata la priorità. Quella era la prima sera in cui avrebbero potuto portare a termine la missione. La Polizia di Stato della Florida e la Guardia di Stato stavano pianificando un'operazione nelle Everglades nelle prossime trentasei ore. La preparazione era già in corso e molti notiziari ne avevano parlato. Le autorità stavano facendo del loro meglio per far sapere alla popolazione che stavano dando il massimo per catturare l'assassino.

Dovevano risolvere quel problema in fretta, prima che diventasse un fottuto casino.

Bethany Anne domandò come operassero quando Bill faceva parte del team.

Dan spiegò che normalmente Bill assumeva il comando e il resto della squadra offriva supporto. Fondamentalmente, se qualcosa si fosse avvicinato a Bill, avrebbero cercato di ucciderlo, di contenerlo o fare in modo che Bill potesse eliminarlo.

«Va bene, ho capito. Assumo io il comando. Il mio compito è sconfiggere i cattivi e la responsabilità della mia squadra è guardarmi le spalle. Se dovessi essere sopraffatta cosa faranno?»

«Be', non abbiamo avuto troppi problemi in quel senso... finora. Sfortunatamente, l'ultima operazione di Bill è stata quella che ci ha fatto capire che la situazione stava degenerando. In generale la squadra ha un punto di riferimento ed è a lui che dovrai dare dettagli.»

«Chi sarà il mio punto di riferimento?»

«John Grimes. Ti è venuto a prendere prima.»

«Oh.»

«Ho fatto venire John ed Eric a prenderti per capirti meglio. Eri una sconosciuta, e loro dovevano stabilire una relazione con te il prima possibile. Devo ammettere che sono sorpreso che abbiate legato tanto rapidamente. Bill all'inizio parlava con i membri del team quando gli venivano presentati, ma con il tempo si è fatto più taciturno: arrivava, portava a termine l'operazione e se ne andava. Il che mi ricorda una cosa, non hai un equivalente di Carl?»

«No. Carl è scomparso, qualora non lo sapessi. Spero che non dovremo diventare troppo avanzati a livello tecnologico.» Indicò con gli occhi i monitor che mostravano il meteo, la spia e le informazioni FLIR. «Credo sia tutto sotto controllo, al momento.»

Dan guardò le attrezzature. Anche se sembravano abbastanza avanzate, specialmente con le Everglades come sfondo, si sarebbe sentito più a suo agio con l'attrezzatura e le abilità di Carl come supporto. Sospirò.

«Lo spero. Da quando Bill è stato abbattuto è stato un vero inferno. Continuo a chiedermi quando cadrà il prossimo fulmine.»

«Che vuoi dire?»

Il viso di Dan si fece pensieroso. «Credo che l'attacco di Bill sia stato solo la prima mossa. Le nostre operazioni si sono fatte più frequenti e pericolose da quando è successo. Ecco, lascia che ti mostri una cosa.» Si rivolse all'agente dietro gli schermi. «Barry, potresti recuperare le mappe con le posizioni delle operazioni?»

Si spostarono dietro di Barry, guardando oltre la sua spalla mentre faceva apparire un programma di mappatura sul monitor sinistro. Le location iniziavano nel nord della California e proseguivano in tutto il sud-ovest e nel Midwest, interrompendosi infine in Florida.

Bethany Anne grugnì. «Eh, non posso portare lo spettacolo nell'Atlantico. O è una cosa grande oppure cambieranno direzione e risaliranno la costa.»

«Stavo pensando la stessa cosa. È uno dei motivi per cui sono stato sollevato quando ho saputo di avere qualcuno del tuo gruppo. Se le cose dovessero mettersi male, avrò bisogno di tutto l'aiuto possibile.»

«Come hai impostato lo spettacolo?» Guardò Dan, cogliendo il senso delle sue emozioni oltre che della sua logica.

«Immaginavo una squadra di cinque persone. Tu, più Grimes, Escobar, English e Jackson. Ho altri sei tiratori qui con me e due medici. Ne ho fatto aggiungere un altro a causa degli infortuni che abbiamo subito.»

«Okay, dov'è la mia attrezzatura? Voglio essere pronta. Abbiamo ancora un po' di luce solare e mi piacerebbe portarmi avanti. Magari saremo fortunati.»

Dan gridò: «Grimes!»

John lasciò il gruppo di tre uomini con cui stava parlando, finendo di comunicargli le sue istruzioni. «... guarda se non lo faccio. Scommetto cinquecento dollari che ne esco pulito. Ci stai?» Eric fu l'unico a rifiutare la scommessa.

«Puoi chiamare l'agente... puoi portare a Bethany Anne la sua attrezzatura? Se dice che vuole qualcosa, va' a vedere se ce l'abbiamo nell'arsenale.»

John mantenne la faccia inespressiva. «Sissignore.» John in precedenza aveva percepito un atteggiamento gelido da parte dell'agente Bosse nei confronti dei vampiri. A quanto pareva adesso le cose erano cambiate. Be', durante il viaggio in auto Bethany Anne era riuscita a far sentire a suo agio *lui*, perciò era solo un po' sorpreso che fosse stata capace di esercitare lo stesso effetto sul loro comandante.

Dan lasciò la tenda, dirigendosi verso uno dei furgoni bianchi che fungevano da area di comando separata.

John si avvicinò a Bethany Anne, pronto a partire con il tono giusto. Le sorrise e disse con una voce forte che risuonò ben fuori dalla tenda: «Ehi, faccia da cazzo, che tipo di pistole vuoi?»

L'improvviso silenzio sbalordito fu più forte di un grido.

Bethany Anne guardò John, che le sorrise di rimando. Gli offrì pan per focaccia. «Ascolta, troietta da ghetto, faresti meglio a inventare qualcosa di meglio di *faccia da cazzo* quando ci provi o ti farò sdraiare e fare cinquanta flessioni con me in piedi sulla schiena. Ci siamo capiti?»

John smise di sorridere, ma i suoi occhi ancora scintillavano. «Sì signora. Quanto pesi?»

Bethany Anne scosse il capo. «Non sai che non bisogna mai chiedere a una signora quanto pesa? Merda, John, se non riesci a far fronte alle regole sociali più semplici, non sono sicura che andremo d'accordo nelle Everglades. Aspetta, non importa. Là fuori, ho bisogno di muscoli e testosterone. In quello te la cavi, giusto?»

John iniziò con «Signora...» ma vide Bethany Anne che socchiudeva gli occhi. «Voglio dire, sissignora!»

Bethany Anne sorrise e disse con voce calma: «Bene. Ora faresti meglio a darmi una mano con quei due novellini là fuori, o ti strappo l'uccello dalla gola. Capito?»

John deglutì. «Eh, sì. Ho capito, Bethany Anne.» Tirò fuori la scatola con la sua uniforme da combattimento da dietro il tavolo. Uscendo dalla tenda stava ancora sorridendo. Le facce degli altri membri della squadra d'assalto, a eccezione di quella di Eric, erano impagabili.

***

Le Everglades avevano un odore di muffa, talvolta accentuato, se così si poteva dire, dall'acqua stagnante. Bethany Anne sperava di poter fiutare i Nosferatu prima che si svegliassero. Era tardo pomeriggio e avevano coperto abbastanza bene la zona di ricerca. Per un po' erano riusciti a utilizzare un paio di barche Jon. Poi avevano trovato un tumulo considerevole e avevano setacciato e pungolato tutte le aree peggiori.

Prima della partenza del team, Bethany Anne si era presentata. John ed Eric li conosceva già, e ciò contribuì notevolmente a ridurre il nervosismo provato da Scott English e Darryl Jackson.

L'agente Scott English era un ex membro della squadra SWAT della polizia di New York. Con il suo metro e settantasette era il più basso del gruppo, ma aveva un petto massiccio e le sue braccia dovevano essere illegali almeno in tre stati. Aveva preso parte a un evento particolarmente sgradevole a Staten Island tre anni prima. La squadra SWAT era stata chiamata in quella che ritenevano fosse una situazione di ostaggi al quarto piano di un appartamento poco dopo le 22:00. I due piani inferiori erano stati evacuati, ma la squadra aveva trovato sangue al terzo piano e si sentivano le urla al quarto mentre salivano le scale su entrambi i lati dell'edificio. Non erano pronti alla carneficina e alla raccapricciante situazione che avrebbero trovato di sopra.

Un agente di cambio di trentadue anni, un nero, aveva letteralmente iniziato a fare a pezzi le persone e a morderle verso le 21:30 di quella sera stessa. Avevano chiamato la polizia. Avevano trovato l'assassino intento a cibarsi di una bambina sul pianerottolo del quarto piano. Persino dopo aver scaricato le loro armi su David Aldwabi, quello era stato capace di afferrare il primo ufficiale, il tenente Matt Sanchez, un veterano che operava sul campo da nove anni. L'agente di cambio lo aveva sopraffatto facilmente e Sanchez era rimasto ucciso. Aveva morso il collo di Sanchez mentre urlava di dolore e lo aveva tenuto stretto mentre moriva dissanguato. Il suo partner, il sergente Anthony Roberts, era riuscito a chiamare i rinforzi prima di essere massacrato a sua volta da Aldwabi. Il reo era troppo veloce per Roberts che, mentre cercava di fare marcia indietro, era inciampato in un braccio smembrato. L'aggressore gli aveva spezzato il collo.

Scott e la sua squadra avevano trovato Aldwabi che cullava Roberts e gli accarezzava lentamente la testa, lo sguardo assente e perso in lontananza. Sfortunatamente, il caposquadra di Scott gli aveva urlato di fermarsi. Tutto ciò che aveva ottenuto era di farlo uscire dal suo stato catatonico, poi erano iniziati gli spari e le urla. Aldwabi infine era stato ucciso quando la potenza di fuoco combinata di quattro fucili SWAT gli aveva polverizzato il petto e la testa. Il caposquadra di Scott aveva perso l'occhio e l'orecchio sinistri perché aveva seguito il protocollo con un Nosferatu.

L'altro tizio, Darryl Jackson, era un'ex recluta delle forze speciali. Darryl si era unito alla squadra sei mesi prima per riempire uno dei tanti posti vacanti. L'agente Bosse aveva contattato Frank per aiutarlo a trovare reclute e aveva localizzato Darryl, che lavorava nella Fossa, all'estero. Stava arrivando al suo terzo turno e, prima che potesse firmare di nuovo, Frank era riuscito a convincerlo che le sue abilità speciali avrebbero potuto essere utilizzate negli Stati Uniti per proteggere gli innocenti.

Darryl credeva di aver visto il peggio che il mondo avesse da offrire con l'ISIS. Ma il loro regno di terrore non poteva competere con i Nosferatu.

Finora aveva partecipato a tre operazioni, in Alabama, Louisiana e Oklahoma. Nessuno aveva idea del perché avessero saltato il Texas.

Darryl non aveva mai partecipato a un'operazione con uno dei vampiri buoni... buono in senso molto relativo, se non si presumeva che equivalesse a *morto*.

Cercava di mantenere una mente aperta. A differenza delle storie che aveva sentito su Bill, quella vampira era sia loquace che sexy. Bill, d'altra parte, si diceva che fosse massiccio, silenzioso e, di solito, distruttivo.

Sfortunatamente, Bethany Anne sembrava un po' piccola. Darryl non era troppo sicuro che fosse tagliata per quella missione.

Bethany Anne stava scrutando in lontananza quando udì un lamento acuto alle sue spalle.

A quanto pareva Darryl aveva risvegliato un Nosferatu che si era nascosto in un mucchio di rifiuti e vegetazione in decomposizione. Quando era saltato indietro e aveva lanciato via il bastone per afferrare il suo AR-15 dalla fondina, nelle sue orecchie stavano già risuonando gli spari della .45 di Bethany Anne.

In generale, la maggior parte dei veterani conveniva che non esisteva alcuna pistola in grado di infliggere un danno sufficiente a fermare un avversario determinato. I proiettili da 9 mm erano universalmente giudicati severamente dagli uomini e dalle donne tra le dune, e l'esercito aveva cercato di sostituire i loro M9.

Ciononostante Bethany Anne fu in grado di sparare così velocemente da farla sembrare un'automatica. Le orecchie di Darryl continuavano a fischiare mentre lei smetteva di sparare, infilava di nuovo la pistola nella fondina destra e allungava la mano in quella massa per estrarne un ripugnante corpo umanoide. Metà testa era stata spazzata via e da una cavità oculare colava un fluido. Riponendo l'altra pistola, Bethany Anne tirò fuori il suo coltello MKIII e decapitò la creatura.

Darryl la fissò, stupito dalla morte e dalla distruzione a cui aveva assistito nei pochi secondi che erano trascorsi da quando si era reso conto della presenza del Nosferatu. Tutte le sue preoccupazioni furono dimenticate all'istante.

Bethany Anne lanciò distrattamente la testa a quindici piedi di distanza. «Stupido cazzone scopa-gambe. Perché hai urlato come una ragazzina?» Un sorriso le illuminava il viso mentre ricaricava rapidamente le pistole.

Non poté farci niente. Darryl scoppiò a ridere a quelle imprecazioni e recuperò il sangue freddo. Aveva sentito parlare della sua boccaccia, perciò decise di fare del suo meglio.

Il resto del team rise quando Darryl fu costretto a eseguire dieci flessioni con Bethany Anne in piedi sulla schiena. Lo aveva costretto a pensare a una parolaccia diversa ogni volta che si sollevava. Bethany Anne avrebbe voluto fargliene fare cinquanta, ma doveva sbrigarsi a tornare all'opera, e credeva fosse stato sufficiente a far scemare l'adrenalina.

Durante le flessioni di Darryl, John aveva dato un aggiornamento al comando su quanto era successo. Bethany Anne non aveva prestato troppa attenzione alla radio, quindi si chinò e si infilò l'auricolare nell'orecchio sinistro. Il gruppo rimase coeso nella mezz'ora successiva e cercarono di assicurarsi che nessuno si allontanasse troppo da un agente di supporto. Quando il sole tramontò all'orizzonte e scese l'oscurità, tornarono uniti, lasciando che Bethany Anne mantenesse la posizione di guida.

Accaddero due cose contemporaneamente. Un altro Nosferatu saltò fuori dal suolo a una ventina di metri alla sua destra, e Bethany Anne sentì nell'auricolare che dodici uomini si stavano rapidamente avvicinando al centro operativo.

L'agente Bosse aveva ragione. Erano nel bel mezzo di un'imboscata e gli aiuti erano a chilometri di distanza.

***

Tornato nel furgone delle operazioni di comando, Dan pensava che non sarebbe sopravvissuto abbastanza a lungo da poter rimpiangere di non essersi preparato meglio.

***

Bethany Anne si rese conto che la base sarebbe stata fottuta se non fosse tornata subito. Eppure aveva un altro Nosferatu di cui occuparsi ed era appena saltato in acqua.

'Fanculo.

L'agente John Grimes odiava dover prendere decisioni in situazioni del genere. Aveva altri tre uomini per far fronte a quello che sperava fosse un solo Nosferatu. I ragazzi al campo avevano bisogno di Bethany Anne.

«Va'!»

Bethany Anne smise di scrutare l'acqua per cercare di capire dove si nascondesse il Nosferatu e guardò John.

Aveva visto Bethany Anne solo in momenti divertenti, o in situazioni non stressanti. La donna che lo guardava con gli occhi rossi e le zanne luccicanti lo fece trasalire per un secondo. Rendendosi conto che c'era intelligenza dietro quella faccia selvaggia, le disse di nuovo: «Va'! Ci occupiamo noi di questo segaiolo spandi-sperma. Aiuta il team al centro operativo!»

Bethany Anne gli sorrise – un gesto bizzarro, quando lo facevi con le zanne – e di colpo scomparve. «Porca troia!» Gli altri furono abbastanza professionali da continuare a sorvegliare davanti a loro e ignorarono il suo sfogo.

«Okay, ragazzi, abbattiamo questo bastardo, così Bethany Anne potrà fare il suo lavoro.»

Eric terminò il suo pensiero. «Sì, noi quattro contro un Nosferatu. Bethany Anne contro dodici. Mi sembra equo.»

«Be'», aggiunse Scott, «non vogliamo pensi che le abbiamo dato il compito più facile perché è una ragazza, giusto?»

Darryl si limitò a sorridere. «Fossi in te non le farei sentire niente del genere.»

«*Cazzo*, no!»

A quella risposta scoppiarono tutti a ridere.

CAPITOLO DIECI

Everglades, FL, USA

Bethany Anne arrivò al molo dove si era imbarcata poco prima. Era il posto più sicuro in cui teletrasportarsi, aveva pensato. L'area delle operazioni di comando era un campo di battaglia. Riusciva a vedere due Nosferatu con così tanti buchi che avrebbero dovuto essere a terra. Un agente veniva trascinato urlante verso le erbacce dietro la tenda, e quattro esseri sovrannaturali si stavano accanendo sul furgone.

Decise di attirare la loro attenzione. Con calma, prese la sua calibro 45 e sparò in testa a ogni Nosferatu.

«Venite. A. prendermi. Stupidi. Leccaculo. Senza. Occhi.» Ogni sparo fu scandito da una parola. In realtà le era parso un insulto debole. Per fortuna non l'aveva sentita nessuno.

TOM, quanta energia?

Il teletrasporto ha richiesto poco più della metà della tua energia.

***Gott Verdammt!* Non posso risucchiare energia da queste creature, vero?**

Be', come ultima risorsa, probabilmente. I loro nanociti potrebbero causare problemi di cui in questo momento non abbiamo bisogno.

Hai detto bene, cazzo.

Bethany Anne azionò la super velocità e corse dietro al Nosferatu che aveva visto trascinare via l'agente. Otto di quelle creature tentarono di afferrarla.

Sarebbe stata una bella sfida. Senza neanche rallentare, saltò in aria e sparò a due di loro, svuotando le pistole, quindi si girò prima di atterrare.

Con la coda dell'occhio, vide il Nosferatu che si guardava alle spalle. Nel momento in cui si rese conto che Bethany Anne stava venendo per lui, lasciò cadere la gamba dell'agente e si voltò verso di lei.

Non fu nemmeno un combattimento. Bethany Anne rimise la pistola nella fondina destra e afferrò il coltello. Lo conficcò nel cranio della creatura e lo usò per girargli la testa mentre correva. Il Nosferatu cadde a terra come una bambola di pezza.

Cinque abbattuti, sei alle calcagna, uno scomparso e i miei ragazzi si stanno occupando dell'ultimo. Merda.

Sperava di riuscire a eliminarli tutti, ma non aveva un lupo mannaro a portata di mano da cui attingere. Be', merda, sperava di non essersi già abituata a bere sangue di licantropo. Solo poche settimane prima il solo pensiero di bere sangue le faceva venire la nausea. E ora ci stava scherzando su mentre era inseguita da sei Nosferatu.

Quella corsa la stava facendo incazzare. Alla fine individuò un alberello con un tronco di tre pollici di diametro. Era perfetto.

Corse oltre l'albero, colpendolo forte. Quello cadde, ma Bethany Anne mantenne un ritmo sostenuto per aumentare un po' il suo vantaggio. Voleva che la seguissero. Alla fine si fermò e si voltò. Era a circa un miglio dall'albero. In attesa dell'orda famelica di Nosferatu, rimase lì con i pollici infilati alla cintura. Mentre si avvicinavano, lei alzò la mano destra e mostrò loro il dito medio. Poi scomparve.

I Nosferatu gemettero per la frustrazione. Si curvarono a terra, cercando di fiutare il suo odore. Venti secondi dopo si scatenò l'inferno quando Bethany Anne, con gli occhi incandescenti, tornò di corsa sulla stessa pista da cui erano appena venuti con un bastone lungo due metri e li trafisse. Il primo affondo colpì due teste. Esplosero in un bagno di sangue.

Il tronco le fu quasi strappato dalle mani quando impattò con quelle creature sovrannaturali. Era bello poter sfogare la rabbia. Adesso erano quattro contro uno, e Bethany Anne lanciò l'albero a un'altezza di tre metri, estrasse le pistole e sparò in testa a due Nosferatu. Le ci volle una frazione di secondo per rimettere nella fondina le pistole ormai scariche e afferrare l'albero mentre cadeva. Impugnandolo come una lancia, lo scagliò nel petto del Nosferatu alla sua destra. Corse verso l'ultimo e si lasciò cadere, scivolando sotto di lui. Gli afferrò le gambe e la creatura finì con la faccia nel fango. Si voltò e saltò, assestando una ginocchiata alla testa dell'essere, che finì schiacciata, spandendo materia cerebrale su tutta la sua gamba destra.

Gah, che schifo.

Il Nosferatu impalato stava cercando di estrarre il tronco dal suo petto mentre Bethany Anne ricaricava con le ultime munizioni. Con calma si avvicinò alla creatura in difficoltà e la accompagnò nell'oblio con un'ultima deflagrazione.

Aveva una pistola completamente carica e una con solo tre colpi. Aveva controllato con TOM ma non era riuscita a capire quanta energia le fosse effettivamente rimasta, perciò non poteva teletrasportarsi alla base di comando attraverso l'Eterico. Tornò a correre alla massima velocità.

Dov'era quell'ultimo Nosferatu?

John stava ripensando alla sua decisione di lasciare che Bethany Anne se ne andasse. Quello che avrebbe dovuto essere un solo Nosferatu ora si era in qualche modo raddoppiato, e i due stavano giocando con John e la sua squadra.

Erano completamente fottuti.

Fu allora che Eric alzò la posta. «Vieni a prendermi, gigantesco mangiatore di merda! Già, tu e il tuo amico lecca-palle, vecchio sculaccia-chiappe laggiù!»

Gli uomini sorrisero. Bethany Anne non era presente, ma Eric stava di sicuro incanalando il suo spirito. Gli uomini impugnarono i fucili e chiusero ogni varco.

Magari sarebbero caduti ma, dannazione, sarebbero caduti come la *sua* squadra, non come un gruppo di *stupidi cazzoni scopa-gambe.*

John assunse il comando. «Al tre, Scott, voglio che tu tenga occupato il coglione numero uno tra i cespugli. Eric, tu e Darryl girate e proviamo a illuminare il cazzone numero due qui. Se riusciamo ad abbatterne uno, aumenteremo le nostre possibilità di sopravvivenza del mille percento.»

«Uno, due, tre!»

Bethany Anne sentì la raffica di spari spezzare il silenzio mentre tornava di corsa al centro di comando. La sua squadra, i suoi uomini, stavano dando battaglia. Temeva di sapere dove fosse finito l'ultimo Nosferatu.

Gott Verdammt! Corse all'accampamento, nel disperato tentativo di raggiungerli in tempo. Le barche non solo erano troppo lente, non erano neanche al centro operativo. Erano rimaste nelle Everglades.

Entrando nell'accampamento, riuscì a vedere gli uomini nelle loro posizioni difensive. Uno di loro premette il grilletto alla sua apparizione inaspettata, presumendo che qualsiasi cosa arrivasse all'improvviso non fosse umana. Gli ci volle un secondo per cessare il fuoco e a quel punto lei si era allontanata di trenta metri.

Trovò l'uomo che stava cercando, uno dei due medici di cui aveva parlato l'agente Bosse. Doveva avere l'aspetto di un incubo con tutto il sangue, le viscere e le cervella di cui era ricoperta, oltre all'intensità dello sguardo, perciò non c'era da sorprendersi che il dottore fosse senza parole. «Hai delle sacche di sangue?»

Lui continuò semplicemente a fissarla.

«Svegliati! Dov'è il sangue? Il mio team ne ha bisogno!» Okay, tecnicamente ne aveva bisogno lei per aiutare la sua squadra, ma non credeva che un chiarimento del genere sarebbe stato molto d'aiuto. Il medico si voltò e indicò un furgone vicino al veicolo più grande.

«Laggiù, una scatola bianca e sigillata. Puoi trovarla dietro...» Si rese conto che lei era già andata via, si scrollò di dosso la confusione e tornò ad aiutare l'agente Flores che giaceva su un tavolo davanti a lui.

Bethany Anne strappò lo sportello del furgone, afferrò la scatola e la mise a terra. Aprì il coperchio ed estrasse tre sacche di sangue. Ignorando le persone intorno a lei, aprì la prima e bevve. Quando la ebbe terminata, la gettò a terra e passò alla seconda. Era a metà dell'operazione quando confuse ancora di più i presenti scomparendo di colpo.

Everglades, FL, USA

La lotta fu violenta. Gli uomini avevano ferito il secondo Nosferatu, ma avevano permesso a quello che Scott stava cercando di distrarre di agguantarsi prima che avessero modo di tornare uniti.

Il Nosferatu – un vecchio rimbambito quando era ancora in vita, ma considerevolmente più agile e pericoloso ora che era stato trasformato – fece una finta a sinistra e si precipitò sulla destra. Darryl non fu in grado di centrarlo, e la creatura lo colpì, spingendolo contro Eric e afferrando John, che stava cercando di prendere la mira.

Il Nosferatu afferrò la canna della pistola con entrambe le mani e la ruppe. Poi gli assestò un manrovescio con la mano destra, facendogli perdere la lucidità, infine afferrò il coltello di John e lo pugnalò con forza. Atterrò a più di tre metri di distanza.

Sebbene non dovesse più preoccuparsi di John, il Nosferatu non ebbe alcuna possibilità quando tutti e tre i membri del team aprirono il fuoco. L'essere sobbalzò quando i proiettili lo crivellarono e alla fine perse l'equilibrio e finì di nuovo a terra. Scott si avvicinò e sparò ripetutamente con la pistola, fracassandogli la testa.

Eric disse agli altri due di finire il primo Nosferatu e si precipitò da John. Il coltello era profondamente conficcato nel pettorale destro.

«John, devo dirtelo, niente più tatuaggi sul petto, non starebbero bene con la cicatrice.»

John gemette e lo guardò. A ogni respiro sibilava, il coltello gli aveva perforato il polmone. Non avevano niente per poterlo aiutare là fuori, e non sarebbero neanche riusciti a portarlo al centro di comando. «Ti ho detto mai che sei un vero stronzo?»

Eric sorrise. «Ricordi cosa ha detto Bethany Anne a proposito di insulti così schifosi? Ti farà fare cinquanta flessioni.»

John guardò oltre la spalla di Eric e sorrise leggermente. «Non saprei, perché non lo chiediamo alla piccola dittatrice del buco rettale?»

Eric si voltò per vedere una Bethany Anne completamente sporca dietro di lui con in mano due sacche di sangue, una piena e una piena solo a metà. Stava sorridendo all'indirizzo di John. «Perciò devi quasi morire per tirare fuori un insulto decente, John?» Si inginocchiò accanto a lui.

«Sì, quella luce bianca in un certo qual modo migliora la creatività.» Tossì forte.

«Ti fidi di me, John? Posso guarirti, ma non c'è tempo per le spiegazioni. Ti fidi di me?»

John alzò lo sguardo su di lei e si rese conto che non stava guardando un mostro, ma un concentrato di speranza, compassione e preoccupazione avvolto in un involucro di sangue, budella e odore di polvere da sparo.

Scott e Darryl sorvegliavano l'area. Senza le torce, la visibilità era ridotta a tre metri.

Tutto era stranamente silenzioso.

John annuì. Bethany Anne afferrò il coltello che aveva nel petto. «Adesso estraggo la lama, mi taglio il polso e tu dovrai bere più sangue che puoi, hai capito?»

John non aprì gli occhi ma annuì di nuovo.

Bethany Anne guardò Eric. «Ho bisogno che tu scopra quella ferita. Strappagli il giubbotto in modo che sia visibile mentre beve il mio sangue.»

Eric annuì. «Si trasformerà in un vampiro?» Aveva appena espresso la preoccupazione di tutti.

«No. Il mio sangue lo guarirà. Ce ne vorrebbe un po' di più per trasformarlo. Basta con le chiacchiere, muoviamoci.»

Al tre, gli estrasse il coltello dal petto, si tagliò e, mentre lui ansimava per il dolore, gli avvicinò il polso alla bocca, ricordandogli di bere. Dovette trafiggersi altre due volte perché continuava a guarire.

Eric si sbrigò a sollevare il giubbotto e a tagliare la camicia con il suo coltello. John smise di succhiarle il polso e abbassò di nuovo la testa da un lato. Un po' di sangue gli gocciolava dalla bocca.

«*Gott Verdammt*, John, quella merda non ha prezzo!» Bethany Anne si tagliò il polso ancora una volta e lo lasciò gocciolare nella lacerazione, spingendolo giù con un dito. Si sdraiò, sperando che funzionasse più velocemente, poi afferrò la sacca piena e la trangugiò. Quella mezza vuota era caduta e si era rovesciata a terra.

Un po' stordita dal combattimento, dal teletrasporto e ora dal salasso, si sdraiò per un momento e chiuse gli occhi.

Darryl, Eric e Scott avevano tirato fuori le torce, e due erano puntate sulle Everglades. Eric guardò affascinato mentre le zanne di Bethany Anne scomparivano e la ferita da taglio del suo migliore amico, nonché leader del loro team, si chiudeva proprio davanti ai suoi occhi.

Scott aveva parlato con i ragazzi al centro operativo. Laggiù era ancora un gran casino. L'agente Bosse aveva contattato Frank, che aveva inviato supporto medico e ulteriore supporto dell'agenzia per la pulizia. Nessuno di loro sapeva ancora cosa dire a proposito di John. Se qualcuno avesse scoperto cosa era successo e John fosse morto, temevano cosa sarebbe potuto accadere a Bethany Anne. Decisero di dire che lo stavano medicando e che sarebbero rientrati nel giro di trenta minuti.

Un quarto d'ora dopo, John aprì gli occhi. Li chiuse velocemente mentre Eric lo illuminava con la torcia. «Dannazione, Eric. Punta quell'affare verso i cattivi, per l'amor del cielo.»

«È bello sentire la tua voce, rompicoglioni.» Eric sorrise, ma spostò la luce verso le Everglades. «Non vorrei che un alligatore fiutasse tutto questo sangue e volesse approfittare del buffet.»

«Cos'è successo?»

Eric continuò a parlare mentre concentrava la sua attenzione sul sottobosco al di fuori del loro piccolo cerchio. «Dipende da quando hai perso i sensi.»

John si massaggiò il mento con un dito. «Ho davvero bevuto il sangue di Bethany Anne? Sto diventando un vampiro, ragazzi?»

«Sì e no. Ha promesso che ti avrebbe solo guarito. Ha detto che avresti dovuto berne molto di più per diventare un vampiro. Anche se pensandoci bene potrebbe valerne la pena!» Scott e Darryl annuirono mentre continuavano a sorvegliare la notte.

John allungò il braccio sinistro e colpì il giubbotto di Bethany Anne, proprio dove si trovava il suo seno sinistro.

Lei parlò con calma nell'oscurità, tenendo gli occhi chiusi. «Ho appena fatto molti sforzi per guarirti, signor Grimes. Se non togli la mano dalla mia tetta, mi costringerai a sprecare tutto il mio lavoro perché dovrò ucciderti con le mie mani.»

John tolse la mano e ridacchiò. «Be', e per cos'altro dovrei spendere i miei punti?»

Non volendo fare battute in quel momento, Bethany Anne si limitò a dire, esasperata: «John, ho mal di testa.»

Gli altri ridacchiarono. Rendendosi conto di ciò che aveva detto, anche John si unì a loro. John finalmente aveva abbastanza forze per infilarsi di nuovo il giubbotto. «Dio, Bethany Anne, non potevi almeno togliermi la camicia come si deve?»

Ancora a terra, lei gli rispose: «John, lurido mangiachiappe, è stato Eric che ti desiderava così tanto da strappartela.»

Eric lo guardò e gli mandò un bacio. Gli altri tornarono a ridere. I due si riposarono per altri cinque minuti prima che Bethany Anne si alzasse, allungandosi per tirare su l'enorme agente John Grimes senza mostrare il minimo sforzo. Inclinò la testa da un lato. «Elicottero in arrivo. Cerchiamo di sembrare dei professionisti, ragazzi.»

Nel giro di sessanta secondi, un Marine Venom nero volò su di loro. Atterrò a trenta metri di distanza e ne saltarono fuori due marine con le torce montate sui fucili. I quattro formarono un cerchio attorno a Bethany Anne.

Non avrebbero mai lasciato che si verificassero malintesi sotto i loro occhi. Magari poteva avere l'aspetto di un mostro uscito dall'inferno, ma quel vampiro, per Dio, era il *loro* vampiro.

Salirono sull'elicottero, i due marine gli ultimi a salire, e uno diede il segnale. Il Venom nero spense le luci e si sollevò in aria, dirigendosi verso il centro operativo.

CAPITOLO UNDICI

Everglades, FL, USA

L'agente Dan Bosse contò le sue stelle fortunate, che abbondavano nel cielo sopra le Everglades. Così lontano da qualsiasi grande area metropolitana, l'inquinamento luminoso era pari quasi a zero. Gli ci era voluto un minuto buono per uscire dal suo stato di paura post-attacco.

Un elicottero Marine Venom si avvicinò, accendendo le luci e rovinando la sua splendida visuale notturna, così si Dan si voltò e si diresse verso il campo.

C'erano parecchie cose per cui essere grati. Quell'operazione avrebbe potuto rivelarsi un disastro monumentale. Erano state coinvolte venti persone e tutti, incluso lui stesso, sarebbero stati uccisi se non fosse stato per Bethany Anne.

Dan non aveva idea di cosa avesse fatto, di preciso. A quanto pareva, un minuto dopo l'attacco dei Nosferatu, era apparsa e aveva sparato a tutti. Era corsa dietro a uno dei suoi agenti mentre veniva trascinato via. Lo avevano trovato a una cinquantina di metri dietro la tenda di comando. Sarebbe sopravvissuto. Avevano anche trovato due Nosferatu con la testa quasi disintegrata da enormi ferite da arma da fuoco. La testa di un altro era girata e riportava una grande ferita da coltello sulla fronte.

Un sentiero facile da seguire portava a est. Circa un miglio fuori dal campo avevano trovato un ceppo d'albero e un mucchio di rami. Due miglia più in là avevano scoperto altri sei Nosferatu. Due non avevano la testa e altri due avevano il cranio distrutto dai proiettili. Uno giaceva con la faccia in una grande depressione nel terreno come se fosse stato colpito da un martello da guerra, e l'ultimo aveva un tronco che gli sporgeva dal petto e la testa frantumata dai proiettili.

Stando a quel che si raccontava, Bethany Anne si era presentata e aveva chiesto sangue a un medico, aveva strappato la portiera del furgone, ne aveva preso un po' e lo aveva bevuto. Poi era scomparsa di nuovo. Poco dopo, aveva avuto luogo una sparatoria tra il gruppo dell'agente Grimes e... qualcosa. Gli uomini erano stati cauti alla radio, Dan non era del tutto sicuro di cosa fosse successo.

Tornato al centro operativo, osservò l'elicottero atterrare a circa trentacinque metri di distanza. John e Scott furono i primi a saltare fuori, poi Bethany Anne e, infine, Eric e Darryl. Era come se stessero formando un cordone di sicurezza intorno a lei, anche se Dan non aveva idea del perché finché non si avvicinarono.

Bethany Anne pareva stanca. Esausta, in effetti. Era anche ricoperta di sangue e terra. Riuscì a malapena a sentire la sua voce sopra il rumore dell'elicottero. «E se riprovi a toccarmi le tette, John, ti prenderò a calci nel culo da qui a Miami. Ci siamo capiti?»

Dan alzò lo sguardo. Il giubbotto di John era gravemente danneggiato e aveva sangue sul petto, ma tra tutti gli agenti sembrava quello in condizioni migliori. Come se avesse appena dormito una notte intera e avesse consumato un'ottima colazione. Già, lì c'era una storia da raccontare.

«Sissignora.»

Gli uomini lasciarono i fucili appesi alle tracolle. John si avvicinò a Dan. «Team Regina a rapporto.» Si afferrò l'orecchio, gridò di dolore e si voltò a guardare Bethany Anne. Indicò semplicemente Scott, che alzò gli occhi al cielo.

In qualche modo – e avrebbe voluto sapere come – quella donna non solo aveva salvato il suo comando, aiutato a uccidere almeno quattordici Nosferatu, ma aveva anche riportato indietro il team. Indipendentemente dal sangue e dai danni al petto di John, tutti sembravano in buona salute e di ottimo umore. Dan scosse la testa.

Un'altra volta. Quella sera non voleva rovinare nulla.

New York City, NY, USA

Nathan lasciò dormire Ecaterina perché soffriva un po' di jet lag. Le lasciò delle banane e del succo di mela sul bancone.

Lui non aveva più sintomi del genere, dopo tutti i viaggi che aveva fatto in vita sua. Dovendo prendersi cura dei suoi affari, lasciò dei messaggi sia per Frank che per Gerry.

Fatto ciò, prese altro cibo dal negozio all'angolo e portò a casa le due buste della spesa. Ci era andato pesante con frutta e noci. Anche se avrebbe potuto ordinare pasti principali a domicilio, sapeva che a Ecaterina piaceva fare uno spuntino con del "cibo vero", quindi ne aveva preso in abbondanza.

Una volta che ebbe lasciato le buste in cucina, salì al secondo piano per recuperare il lavoro arretrato per la società di sicurezza e le altre svariate attività in cui era coinvolto. Passò prima attraverso tutte le società locali. Non avevano mai avuto problemi in passato, ed era vero anche in quel caso. Si assicurò che nulla nelle finanze della società immobiliare sembrasse sospetto e che la finestra del conto bancario fosse chiusa. Aveva programmato un incontro per le 10:30 con i due manager della sua agenzia, cioè nel giro di pochi minuti.

Nathan si prese il tempo per infilarsi una t-shirt e una camicia pulite, ma rimase in pantaloncini. Fuori faceva fresco, ma la temperatura all'interno era piacevole. Con una giacca, avrebbe potuto evitare di vestirsi troppo. Una settimana prima a New York era scesa un po' di neve, ma a quanto pareva si era sciolta con la stessa velocità con cui era caduta.

Aveva richiesto una chiamata Skype con il suo staff, perciò non avrebbero comunque potuto vedere più in basso della maglietta.

Alle 10:30 chiamò il primo e, una volta online, parlò con il secondo.

Chiese del progetto Guardian ed entrambi riferirono di essere grati per l'aiuto nell'implementarlo a tutti i loro clienti così velocemente. Altrimenti avrebbero potuto passare un brutto quarto d'ora. Nathan ne fu felice. Frank gli aveva fornito i migliori operatori di cui aveva bisogno per fargli scoprire dove si trovavano Michael e Bethany Anne. Lui aveva accettato l'offerta al volo. Sebbene Nathan fosse un hacker di livello mondiale, non avrebbe potuto svolgere lo stesso lavoro di un gruppo di amministratori di rete fin troppo competenti che lavoravano all'unisono. Era stata una decisione abbastanza facile da prendere.

Da quando era andato in Europa, aveva incontrato Ecaterina, la donna che in quel momento dormiva al piano di sotto, ed era quasi morto per lei. Sospirò. Sapeva che sarebbe andata con Bethany Anne quando fosse tornata, ma sperava che la vampira potesse restare lontana per qualche altro giorno. Magari un paio di settimane? Oppure, se fosse stato subdolo, avrebbe potuto hackerare le sue prenotazioni aeree e continuare a modificarle.

Sorrise. Per tenere in vita Ecaterina, lo avrebbe fatto a chiunque senza battere ciglio. A chiunque, tranne a Bethany Anne. Tanto per cominciare lo avrebbe scoperto di sicuro. Non era riuscito a spingerla a rivelare come facesse a conoscere le sue identità da hacker. E poi, quando lo avesse capito, la vita sarebbe diventata incredibilmente dolorosa. Nathan non sapeva esattamente come, ma era consapevole che Bethany Anne poteva essere davvero creativa quando infliggeva dolore.

In ogni caso Ecaterina era legata a lei, e lui era legato a Ecaterina, poco ma sicuro.

Grazie alle sue orecchie sin troppo sensibili sentì che la donna in questione si era appena alzata dal letto. Un paio di minuti dopo, udì la doccia che si apriva. Decise che sarebbe andato di sopra e avrebbe fatto un'altra doccia veloce anche lui. Anche se non aveva sudato molto quella mattina, non voleva correre rischi.

Dieci minuti dopo, scese vestito con jeans, maglietta e maglione e una giacca di pelle nera, pronto per recarsi da Gerry.

Sorprese Ecaterina a frugare nella frutta fresca per prendere una mela. Gli sorrise e si coprì la bocca con la mano mentre masticava.

«Buongiorno, Nathan.»

«Buongiorno a te, dormigliona.»

«Oh, quindi credi di poter iniziare a criticarmi il primo giorno che sono in America?» Il suo viso divenne un'immagine di giusta indignazione.

Oh, merda, pensò Nathan.

Stava ancora pensando a cosa dire quando Ecaterina di colpo sorrise e disse: «Ho capito, signor Lowell», e morse di nuovo la mela.

Nathan ricambiò il sorriso. Era così bello essere fuori dai guai! Aveva dimenticato i lati negativi di una relazione. La realtà era che le donne avevano così tante carte da giocare che era esasperante.

Poi si gustò quel sorriso e comprese che non gli importava. Avrebbe accettato tutto.

«Prima di finire quella mela, ti andrebbe di pranzare? Ho un incontro con Gerry e potresti venire anche tu. Come preferisci.»

Ecaterina abbassò lo sguardo sulla mela quasi ridotta a un torsolo, prese gli ultimi due morsi e sollevò il pollice. Passando davanti a lui, allungò un dito, poi andò in camera sua e chiuse la porta. Dato che indossava dei pantaloncini, Nathan non ebbe niente di cui lamentarsi.

Appena un minuto dopo, ne uscì vestita per un clima fresco con una giacca bianca, una camicia blu, jeans e scarpe da tennis di una marca che Nathan non riconobbe. Immaginò che fossero europee. Le avrebbe chiesto se le piacessero le Puma, una delle sue marche preferite.

«Pronti!» Una donna che impiegava solo un minuto per cambiarsi? Inestimabile.

Nathan non aveva voglia di guidare, così aveva chiamato un taxi mentre lei si stava vestendo.

Si sedettero e mentre aspettavano l'arrivo del taxi parlarono dei cibi diversi che le sarebbe piaciuto provare. Infine optarono per la pizza di New York. Dovette spiegarle che la pizza di New York non sarebbe stata affatto come quella italiana e nemmeno simile alla pizza fatta da veri italiani.

Trattandosi di pizza, lei ne fu entusiasta.

Decise di iniziare con Joe's Pizza nel West Village; avevano la pizza fondamentale di New York. Era universalmente accettato che, se qualcuno era nuovo in città, bisognava portarlo da Joe. Il traffico rallentò considerevolmente il viaggio e la mela della colazione non era servita a molto. Ecaterina aveva di nuovo fame.

Finalmente arrivarono da Joe, e lui pagò il taxi. La pizzeria era poco più di un buco nel muro in un edificio di mattoni con un sacco di scale antincendio esterne che correvano lungo la facciata e un grande cartello bianco con scritto *Joe's Pizza*. Sotto l'insegna c'era una sporgenza rossa con una sbarra di marmo bianco sul lato destro della porta. Un bancomat aperto ventiquattro ore su ventiquattro adornava il lato sinistro. All'interno, la sala era stretta e lunga, con il bancone della pizza dietro alcuni tavoli dove era possibile mangiare in piedi. Le bevande erano esposte in un refrigeratore self-service. Erano così orgogliosi del fatto che Joe's fosse stato mostrato nel film *Spider-Man* che lo avevano intonacato su un cartello appeso al muro. Dall'altra parte c'erano le foto di rito di personaggi famosi e meno famosi che erano venuti nel locale.

Sebbene New York fosse significativamente più sporca di Brasov, a Ecaterina pareva non importare. Un paio di volte Nathan notò che lei arricciava il naso. Riusciva a capirlo. Eppure apprezzò il fatto che non avesse permesso a un paio di cose che non le piacevano di rovinarle l'esperienza.

Raggiunsero il bancone ed entrambi ordinarono l'opzione *due fette e un drink*. Dopo averla portata a un tavolo, Nathan ebbe modo di godersi gli occhi di Ecaterina che si illuminavano di piacere mentre la prelibatezza di quella pizza suonava come un violino nella sua bocca.

Nathan assaggiò la sua fetta con il salame piccante. Dio, pensò, era così bello essere a casa.

Sorrise. Stava pensando: *Ehi, mamma, guarda cosa ho portato dalla Romania. Posso tenerla?* Sua madre era morta molti anni prima, ma credeva che avrebbe approvato.

Terminarono la pizza e passarono un po' di tempo a passeggiare. Alla fine Nathan fermò un taxi e diede l'indirizzo di Gerry all'autista.

Impiegarono troppo tempo e tuttavia non ne impiegarono abbastanza per raggiungere l'edificio di Gerry. Nathan uscì dal taxi e tenne la portiera per Ecaterina, poi la chiuse dietro di lei. Aveva già pagato il taxi con la carta di credito durante il tragitto.

Entrarono nell'edificio e salirono sul podio della sicurezza. La guardia diede un'occhiata a Nathan e gli fece capire che poteva passare con un rapido cenno della testa. Poi diede due occhiate a Ecaterina.

Nathan decise che meritava due sguardi. Se si fosse azzardato a scoccarle una terza occhiata, gli avrebbe strappato le orecchie.

Salirono sull'ascensore. Non era il più veloce di New York, ma nemmeno il più lento. Avrebbero potuto prendere l'ascensore nel negozio Prada. Sorrise, pensando che avrebbe dovuto portarci Bethany Anne, se non ci era già stata. Avrebbe amato quel negozio, e poi avrebbe perso la calma quando si fosse accorta della lentezza dell'ascensore. C'erano persino delle panche curve su cui le persone potevano sedersi per ammirare la merce attraverso il vetro, mentre l'ascensore si muoveva lentamente da un piano all'altro.

L'ascensore squillò e loro scesero. Fece un cenno a Stacey, al banco della reception, che rispose con la mano e poi si fermò all'improvviso quando si rese conto che la splendida donna che usciva dall'ascensore stava seguendo Nathan. Poi Nathan si fermò e si assicurò che lei lo raggiungesse. Stacy ne sarebbe stata di sicuro delusa.

Nathan bussò educatamente alla porta prima di aprirla. Di sicuro Gerry lo aveva fiutato mentre percorrevano il corridoio. Le prese d'aria erano state specificamente progettate per indirizzare il flusso lungo il passaggio fino al suo ufficio.

Subdolo bastardo.

Nathan aveva impiegato un paio di settimane a Nathan per rendersi conto che Gerry aveva ideato un sistema passivo per rilevare amici e nemici. Lo adorava. Quando qualcuno entrava nell'ufficio, la sua scrivania era a sei metri di distanza. Sulla destra c'erano un divano, un tavolino e due sedie che si affacciavano sulla parete opposta. Sulla sinistra c'era un impianto TV con un grosso schermo e, sotto di quello, alcuni armadietti. Dietro il divano, sulla destra, c'era un piccolo spazio per accedere al bar. Era ben fornito, con diversi liquori. C'erano luci che brillavano attraverso le bottiglie come nei locali più eleganti ed erano molto suggestivi. La scrivania di Gerry aveva due sedie davanti con un tavolino rotondo come divisorio.

Si alzò da dietro la scrivania per dare a Nathan un enorme abbraccio e un paio di pacche sulle spalle. «È dannatamente bello rivederti. Hai idea di quanto siano rompipalle i tuoi sottoposti?»

Nathan si limitò a guardarlo, impassibile.

Gerry sorrise. «Non importa, certo che lo sai!» Si rivolse a Ecaterina. «Le mie scuse più sentite, signora. Non ti ho notata quando ho visto comparire il mio caro amico. Mi chiamo Gerry.»

Ecaterina si protese per stringergli la mano e ricambiò con il suo accento sexy. «Ciao Gerry, è un piacere conoscerti. Io sono Ecaterina Romanov.»

Gerry guardò Nathan, perplesso. Forse si aspettava qualcun altro? Ah!

Nathan disse: «Gerry, Ecaterina è un'amica intima di Bethany Anne ed è nel suo circolo della fiducia. L'ho portata qui in America perché Bethany Anne voleva fare due chiacchiere con il figlio di Michael, Stephen, prima di tornare anche lei. Ecaterina sta da me.»

Quando Nathan mise l'accento sulle parole *sta da me*, Gerry capì che la stava rivendicando. I ragazzi del branco avrebbero fatto meglio a trattarla con gentilezza, o si sarebbe scatenato l'inferno. E questo solo per quanto riguardava Nathan. Gerry credeva che se Nathan avesse preso la sua libbra di carne, allora Bethany Anne avrebbe pensato al sangue.

Dato che conosceva Bethany Anne, Gerry si trovò a chiedere: «Ecaterina. Sai qualcosa delle, uh, peculiarità di Nathan?»

«Vuoi dire che si trasforma in, come si dice, un cagnolino?» Gerry vide Nathan sussultare a quella descrizione. Oh, Gerry aveva tutta l'intenzione di usarla di nuovo.

«Già, intendevo proprio quello. Si trasforma in un cagnolino.» Sì, Gerry ormai lo avrebbe chiamato così. Era fatta.

Ci sarebbero state parecchie donne in tutta l'America scontente di quella relazione. Gerry una volta aveva visto una bacheca in cui delle ragazze avevano condiviso tutto ciò che sapevano su Nathan per cercare di trovare un modo per agganciarlo. Gerry si domandò come avesse fatto quella donna a sedurlo tanto in fretta. Be', quella era una storia per un'altra occasione.

«Sediamoci. Ti andrebbe qualcosa da bere, Ecaterina? Oh, certo, Nathan, non mi sono dimenticato di te.» A Nathan non sfuggì l'enorme sorriso di Gerry. Oh be', comunque non si era aspettato di poter nascondere il suo interesse per Ecaterina.

Ma ora gli aveva dato del cagnolino. Non sapeva se fosse per la mancanza di conoscenza dell'inglese o se fosse una vendetta per quando quella mattina l'aveva chiamata dormigliona, o qualcos'altro.

CAPITOLO DODICI

New York City, NY, USA

Nathan andava d'accordo con Gerry. Insieme, formavano un sistema perfetto. Gerry rimaneva a capo di tutto e si occupava della diplomazia, e Nathan si assicurava che i rompipalle del branco non gli dessero il tormento di continuo. Il fatto che lavorare con i vampiri fosse la sua occupazione principale ora si era rivelato un boomerang.

Guardò Ecaterina stringere la mano a Gerry. Okay, quindi lavorare con la nuova vampira conferiva dei benefici.

Poi gli aveva dato del cagnolino. La sua facciata neutrale si era incrinata un po'. Lo aveva detto davvero?

Gli scenari peggiori erano scorsi nella sua mente. Quanti stronzi avrebbe dovuto affrontare prima di mettere la parola fine a quel casino? Avrebbe voluto strofinarsi il viso per la frustrazione, ma Gerry lo stava guardando con un enorme sorriso. Decise di non dargli un altro motivo per gongolare. Gerry gli chiese se volesse qualcosa da bere.

Avrebbe voluto due dita di whisky, seguite da altre tre, ma si rese conto che era di nuovo la frustrazione a parlare. «Sì, che ne dici di un po' d'acqua?»

Gerry riempì due bicchieri, ne diede uno a Ecaterina e l'altro a Nathan e, mentre si accomodavano sulle sedie, fece il giro dell'enorme scrivania e si sedette a sua volta. Guardò Nathan. «Non hai idea di quanto abbia fatto schifo la mia vita da quando te ne sei andato, amico mio.»

Nathan sorrise, godendosi l'apprezzamento. «In realtà una mezza idea ce l'avrei.» Okay, ora conosceva il vantaggio negoziale che avrebbe potuto usare per assicurarsi che il piccolo commento di Ecaterina non venisse diffuso. Magari il danno potrebbe essere mitigato. «Passiamo agli affari senza che ti lamenti per mezz'ora. I piantagrane? Il Consiglio ha qualche idea?»

«Pochissime, purtroppo. La metà di loro vorrebbe torcergli il collo, mentre l'altra metà sostiene che i giovani dovrebbero sfogarsi un po'. Sono troppo concentrati sul fatto che Michael se ne sia andato. Perciò cosa faranno, uccideranno i loro simili?»

Nathan ci pensò su. Era vero che il Consiglio del Branco emetteva di tanto in tanto condanne a morte per crimini efferati contro l'umanità. Ma non per aver parlato a vanvera. I vampiri si occupavano sempre del problema se sentivano cose del genere con le loro orecchie. Era solo quando il branco parlava al di fuori del Mondo Ignoto e la notizia arrivava alla famiglia di Michael che la cosa diventava un problema. Ovviamente la notizia arrivava sempre a Michael quando veniva coinvolto Carl o qualcuno che ricopriva il suo ruolo. A quel punto un vampiro avrebbe dato il via alle esecuzioni e il Consiglio lo avrebbe saputo quando fossero iniziate le telefonate. Spesso quelle chiamate arrivavano nel cuore della notte dai coniugi o da altri familiari dei mannari che di colpo si erano ritrovati senza testa. Di tanto in tanto capitava mentre dormivano accanto a loro. Era una faccenda davvero spaventosa.

Il problema era che i giovani avevano una soglia dell'attenzione davvero minima e credevano di poter vivere per sempre. «Gerry, se non risolviamo questo problema, temo che avremo un altro San Valentino.»

Gerry sapeva che Nathan non lo stava prendendo in giro, ma aveva difficoltà a comprendere l'enormità della questione. Non voleva ricordare i dettagli di quel giorno. C'era stato tanto di quel sangue versato, e quel bastardo di Michael aveva giocato con un paio di suoi amici, strappando loro le braccia prima di inchiodarli al suolo e permettere loro di... crescere di nuovo prima di rifarlo.

Sfortunatamente l'accaduto era esattamente il genere di cosa di cui aveva avvertito il Consiglio per cinque anni prima del massacro. Gerry si era sentito come aveva dovuto essersi sentito Noè nell'Antico Testamento quando tutti avevano riso di lui mentre la porta dell'Arca si chiudeva, solo per poi vederli urlare durante il diluvio. Avrebbe potuto provare a combattere, ma sarebbe stato inutile.

Qualcuno doveva rimanere vivo per tenere insieme i branchi e assicurarsi che quella fosse l'unica punizione alla massiccia violazione dell'onore di Michael istigata dal Consiglio. Gerry non aveva mai compreso perché tanti dei suoi compagni alfa pensassero di poter abbattere Michael. Persino i loro secondi in carica, e i loro terzi, avevano seguito i leader in quella calamità.

E tutti avevano perseguito quella follia fino a morirne.

Due alfa avevano cercato di sgattaiolare via attraverso un condotto di aerazione in cui riuscivano a entrare a malapena. Michael li aveva tirati fuori entrambi e aveva semplicemente tagliato loro la testa con le mani. Gerry aveva assistito senza capire. Era come se Michael avesse le mani di Wolverine, anche se Gerry non aveva visto né coltelli né metallo. Di tanto in tanto, come aveva fatto quando quei due avevano cercato di fuggire, si limitava a lacerare e il sangue schizzava ovunque mentre la testa cadeva a pochi metri di distanza, tagliata di netto.

Ma preoccuparsi che un nuovo vampiro potesse fare la stessa cosa? Non aveva senso.

Nathan continuò. «Capisco i tuoi dubbi, amico mio. E credimi, quando l'ho vista camminare tra i cespugli dove ho combattuto con Algerian e uno dei suoi lacchè, è stato come guardare la morte stessa. L'altro lupo le è saltato addosso. Lo ha preso al volo. Non ha nemmeno vacillato per il peso, Gerry. Poi, ci ha guardato entrambi mentre staccava la testa del lupo e beveva il suo sangue. Infine si è limitata a scavalcare il corpo e ci ha detto di trasformarci. Ho obbedito e quell'idiota di Algerian ha deciso di provare a mordermi alla gola. Non ci è neanche andato vicino. Si era appena mosso nella mia direzione che lei lo ha preso al volo e lo ha scagliato al suolo come se niente fosse. Doveva pesare almeno dieci chili più di me. Poi lo ha raccolto di nuovo e lo ha messo KO con un colpo alla nuca.»

«Perché lo ha steso?»

«Per interrogarlo. Voleva delle risposte che, tra l'altro, ha ottenuto. Mentre stava aspettando, in qualche modo – immagino abbia sentito il battito cardiaco o qualcosa del genere – ha capito che Algerian si era svegliato e che stava facendo l'opossum. È andata al fuoco, ha afferrato un tizzone ardente e ha detto ad Alexi, un orso mannaro, di tenerlo fermo. Quindi gli ha premuto quel ceppo contro il corpo. Algerian ha smesso di fingere di dormire e ha lottato come un diavolo. Gli ha detto di trasformarsi di nuovo altrimenti avrebbe sofferto fino a quando lei non fosse stata soddisfatta. Ha deciso di trasformarsi.»

«E poi?»

«Ha ottenuto quelle informazioni, ma non prima che Algerian cercasse di nuovo di venirmi contro. Questa volta gli ha bloccato la mano a terra con il mio coltello Bowie rivestito d'argento. Lo ha avvertito che la prossima volta sarebbe stato con un tronco d'albero del diametro di cinque pollici. Algerian ha recepito il messaggio. Quando ha avuto quel che voleva, Alexi ha chiesto di potersi occupare dell'esecuzione perché era una questione personale. Anche un orso mannaro da mezza tonnellata si comportava al meglio delle sue possibilità davanti a lei. Potrà anche essere giovane, ma non sottovalutarla, Gerry. Quella donna è la morte che cammina, quando vuole.»

Gerry non era ancora convinto e Nathan proseguì.

«A quanto pare non hai ancora capito, Gerry. Non. Devi. Sottovalutarla.»

Gerry scosse il capo. «Nathan, ho capito. Credo che tu mi stia dicendo la verità, ma ho metà del Consiglio che sostiene strenuamente di rompere le restrizioni e l'altra metà che si gira i pollici. Nessuno dei figli di Michael è entrato in contatto con Frank, il che significa che nessuno si aspetta che vengano nel nuovo mondo. Daranno per scontato che sia un problema di Bethany Anne e il gruppo ribelle la vede come una grande opportunità per tornare libero.»

Nathan arricciò le labbra. «Gerry, una cosa devo dirtela. Se decidi di non fare nulla o, Dio non voglia, di sostenere questa idiozia, allora fammelo sapere. Prenderò due biglietti per la

Romania e aspetterò che si calmino le acque. Al diavolo, Alexi ci lascerebbe rifugiarci sulla sua montagna, ci scommetto.»

Lo sguardo di Gerry si fece duro. Conosceva Nathan da parecchio tempo, ma era lì, ad annunciare la sua intenzione di andarsene se ci fossero stati problemi. Stava quasi per dire qualcosa di cui si sarebbe pentito, quando si rese conto che era una situazione non troppo dissimile da quella di centocinquanta anni prima, quando lui stesso aveva cercato di convincere il primo Consiglio che attaccare Michael equivaleva a una morte certa.

Scosse la testa, si appoggiò allo schienale della sedia e sospirò. Fu Ecaterina a intervenire..

«Non so perché stiate cercando di risolvere tutto da soli. Perché non chiamate Bethany Anne e non chiedete direttamente a lei?»

Nathan avrebbe voluto schiaffeggiarsi la fronte e Gerry pareva sorpreso. «Cosa? Ne parlerebbe con noi?»

Nathan sbuffò. «Già. Non ti ho detto che non voleva uccidere Algerian perché stava combattendo. Semplicemente non aveva ascoltato il suo ultimatum. Ha firmato la sua condanna a morte quando le ha disobbedito, non perché ha disobbedito alle regole. Non sempre è d'accordo con le leggi di Michael. Ecaterina ne è un esempio vivente. Non le ha cancellato la memoria per ciò che sa sul Mondo Ignoto.»

Gerry girò la testa e la guardò. «Mi stavo domandando...»

Fu il turno di Ecaterina di sbuffare. «Uomini. Grugnite e vi battete il petto quando parlando si potrebbe risolvere tutto.» Si infilò la mano nella giacca bianca e ne estrasse il cellulare. Quando compose il numero di Bethany Anne si trovò subito a parlare con la segreteria telefonica, così lasciò un messaggio. «Ehi, sono Ecaterina. Nathan ha un piccolo problema con i mannari e il Consiglio, e...» Scoccò un'occhiata a Gerry per ottenere il suo permesso, e lui annuì. «... Gerry vorrebbe parlarti di qualche idiozia che riguarda i mannari più giovani. Vorrebbe sapere la tua opinione prima che facciano qualcosa di stupido. Chiamali oppure chiama me. Spero che con Stephen sia andato tutto bene.»

Riattaccò e li fissò. Nathan sembrava sollevato e Gerry sempre più confuso.

«Stephen?»

«Sì», rispose lei. «Uno dei figli di Michael che vive in Romania. È andata a rintracciarlo e ha... com'è che ha detto? Iniziava con la D.»

Nathan scosse la testa e sorrise. «L'ha definita una *discussione*, ma era un eufemismo. È andata a dettare legge, e lui doveva mettersi in riga o lei lo avrebbe preso a calci in culo. Se non avesse funzionato lo avrebbe fatto fuori.»

Gerry avrebbe voluto maggiori informazioni su Stephen. Ecaterina non voleva che prendessero quella via. Erano affari personali di Bethany Anne, e lei non sentiva il bisogno di intromettersi.

«Perciò la parola *eufemismo* è quando si usa una parola per intenderne un'altra in modo più educato?»

«Sì, questo riassume la cosa, più o meno. Ma può funzionare anche come battuta.»

«Ancora non riesco a tradurre le battute in inglese, ma migliorerò. Ho promesso a Bethany Anne che avrei lavorato sulla lingua, quindi devo capire bene questa cosa dell'eufemismo. Voi due potete aiutarmi?» Offrì loro il suo miglior sorriso. «Vi prego, oh, vi prego.»

Li guardò, in trepidante attesa. Avevano completamente dimenticato la loro discussione di un minuto prima e ora cercavano di eclissarsi a vicenda nello spiegare gli eufemismi.

Nathan iniziò. «Eccoti un esempio: *è deceduto* invece di dire *è morto*.»

Gerry ribatté con: «*Istituto correzionale* invece di *prigione*.»

«*Allontanare qualcuno* invece di dire *licenziato*.» Nathan alzò gli occhi su Gerry come per dire: *è il tuo turno*.

«*Danni collaterali* invece di *morti*.»

Nathan diede un punto a Gerry. «*Avere le ossa grandi* invece di *grasso*.»

Gerry concesse il punto a Nathan con la testa. «*Rallentato* invece che *in ritardo*.»

Nathan tese la mano e la torse a destra e a sinistra come a dire che non andava abbastanza bene. «*Operatore ecologico* invece di *spazzino*.»

Questo convinse Gerry ad assegnare il punto a Nathan. Erano due contro uno.

C'era solo bisogno dell'esca giusta, pensò Ecaterina. E poi stava imparando cose nuove. Due piccioni con una fava.

Washington, DC, USA

Erano le dieci di sera quando Frank ebbe finalmente la possibilità di parlare da solo con l'agente Bosse. Aveva mandato i marine quando l'intera forza era stata attaccata. Sia Frank che Bosse erano preoccupati che l'imboscata avrebbe compromesso l'operazione. Era la ragione per cui avevano mosso mari e monti, o almeno richiesto favori militari, per far arrivare Bethany Anne in Florida.

Sentì la storia da Dan, la sua sorpresa cresceva man mano che il racconto andava avanti. Bethany Anne era significativamente più potente di quanto si fosse aspettato, nonostante Nathan lo avesse avvertito di prenderla sul serio. Era stata prelevata a Constanta, in Romania, il che significava che probabilmente aveva già incontrato il figlio di Michael, Stephen. Si domandava come fosse andata.

Dan spiegò che, non solo si era occupata dei Nosferatu alla base, ma in qualche modo era riuscita ad aiutare il suo team che ne aveva eliminati due da soli e allo scoperto, senza vittime. Continuò spiegando come la loro storia decisamente non tornasse.

Frank voleva chiarimenti sulla parte relativa al team. «Perché?»

Aspettò la spiegazione di Dan. «Il mio caposquadra è un ragazzo di nome John Grimes. Bethany Anne ha di sicuro messo a loro agio sia lui che il suo braccio destro, Eric, prima ancora che arrivassero. Ma è successo qualcosa su quella piccola isola nelle Everglades. Quando tutti e cinque sono scesi dall'elicottero, dopo la battaglia, i quattro membri del team l'hanno circondata come se fossero lei una principessa e loro le sentinelle. Intendiamoci, indossava un'uniforme nera ed era ricoperta dalla testa ai piedi di fango, sangue e frattaglie e pareva non essere in grado neanche di sollevare una matita dal pavimento. Era esausta. Poi John si è avvicinato a me e ho visto che aveva il giubbotto a pezzi e sangue su tutto il petto, il collo e il mento. Erano tutti ricoperti di fango e cose del genere, ma era come se il giubbotto di John fosse stato pugnalato. Ma stava camminando come se si fosse appena svegliato. Bethany Anne ha fatto qualcosa per guarire John.»

«E allora che problema c'è?»

«Frank, non fare lo stronzo. Mi rendo conto di essere stato un cazzone a proposito dei vampiri per quindici anni, te lo concedo. Lei è un osso duro, e lo dico nel senso migliore. Ma cosa ha fatto là fuori? John rimarrà umano? Ha una sorta di connessione con quegli uomini, in modo da fargli fare ciò che vuole? Senti questa: mentre scendevano dall'elicottero, ho sentito la fine di una conversazione in cui diceva a John che avrebbe fatto meglio a non toccarle più le tette o lo avrebbe preso a calci fino a Miami.»

Dan sospirò dall'altra parte del telefono. «Ascolta, Frank, non sto impazzendo e non posso parlare per gli altri vampiri, ma mi trovo bene a lavorare con Bethany Anne. Semplicemente non mi piacciono le sorprese, e ora devo rivalutare il mio pregiudizio sui vampiri. Confermami che non mi sta confondendo la mente o qualcosa del genere. Voglio avere la certezza che non sta manipolando me o i miei uomini.»

Frank ci pensò su. Bethany Anne poteva fare qualcosa del genere? Anzi, una domanda migliore sarebbe stata: avrebbe voluto fare qualcosa del genere? Non poteva escluderlo perché di lei non sapeva molto. Ogni piccola informazione, compresi i due ragazzi che aveva mandato in Romania per ricostruire i fatti, lo aiutava a farsi un'idea. Proprio quella mattina finalmente era riuscito a rintracciare un certo Paul Rutherford, che era andato alla polizia per rilasciare una dichiarazione in cui praticamente confessava tutti i suoi crimini. Aveva viaggiato sullo stesso treno su cui erano Bethany Anne e Nathan. Tra i suoi reati c'era anche quello di usare il Rohypnol sulle donne. A quanto pareva ne aveva trovato una su cui non funzionava.

«Dan, non ho risposte facili. Il mio istinto mi dice di no. Non era niente del genere prima di essere trasformata e, stando alle mie ricerche, i vampiri non cambiano personalità quando si trasformano. Anzi, di solito viene accentuata. Una delle maggiori preoccupazioni che ho è che Bethany Anne dia di matto se qualche stupida gang attaccasse lei o qualche innocente di passaggio. Odiava le ingiustizie anche prima, figuriamoci ora.»

«Perché incontrare una gang dovrebbe essere un problema? Di certo non sarebbero in grado di farle del male. Al diavolo, qualche gang in meno potrebbe essere un bene.»

«Dan, uno o due teppisti non mi preoccupano. Ma se qualcuno abbastanza sveglio trova venti membri di gang in case diverse, tutti morti? E se questi decessi includono braccia e gambe strappate, o corpi senza testa, credo che ci troveremmo l'FBI attaccato al culo, che ne pensi?»

Dan aveva quasi perso una cugina a causa dei membri di una gang. L'avevano gettata violentemente fuori dall'auto quando le avevano rubato la nuova Camaro. «Penso che non piangerei troppo la loro perdita e darei una mano a nascondere i corpi.»

Okay, si disse Frank, aveva scelto un pessimo esempio.

«Frank, capisco ciò che stai dicendo. Stiamo cercando di tenere la cosa lontana dagli occhi del pubblico, e un gruppo di federali servirebbe solo ad attirare i giornalisti. Ho capito. Perciò mi stai dicendo che è autentica? È esattamente così come la vedo.»

«Abbastanza. Oh, non ti sto suggerendo di smettere di essere gentile, ma se lei è accomodante, allora non pensare che sia tutto uno stratagemma per ingannarti e poi uccidere qualcuno.»

«Ehi, dimmi cosa ne pensi di questa storia.»

«Va bene.»

«Allora, ho parlato con Bethany Anne nella tenda di comando e abbiamo finito. Poi, mentre uscivo, ho detto a John

Grimes di prendere le divise. Mentre mi allontanavo, ho sentito John, che era nella tenda con Bethany Anne, che praticamente le urlava contro: *Ehi faccia da cazzo, che tipo di pistole vuoi?* Frank, avresti potuto sentir cadere uno spillo per quanto era silenzioso. Ho pensato che avesse perso la testa.» Dan si interruppe.

«Allora, raccontami il resto!»

«Gli ha detto che doveva fare di meglio di ***faccia da cazzo***, altrimenti gli avrebbe fatto eseguire cinquanta flessioni con lei sopra.»

«Eh. Chi avrebbe mai pensato che un vampiro avesse un buon senso dell'umorismo? Bene, questo conferma la mia ipotesi che tu abbia di fronte la vera Bethany Anne. Stando così le cose, suggerirei davvero una scatola di sospensori per i tuoi uomini che non la conoscono abbastanza. Se dovesse pensare che qualcuno sia sessista nei suoi confronti, potrebbero non trovarlo più. Ne ha mandato qualcuno all'ospedale, e questo prima di diventare un vampiro. Immagina cosa potrebbe fare adesso.»

«No, non credo sia probabile. Gli uomini la adorano. Credo avrebbero picchiato a sangue chiunque non l'avesse trattata bene. Compresi i loro migliori amici. È abbastanza spaventoso.»

«Perciò ci troviamo tra le mani un vero e proprio leader carismatico, eh?»

«Già, è così.»

«Bene, questo potrebbe servire a risolvere un altro problema. Ho bisogno di qualcuno che raccolga i pezzi del Consiglio Americano. Ci sono un mucchio di fighette da una parte e pazzi che si battono il petto dall'altra. Gerry sta decidendo cosa fare. Fortunatamente, Nathan è tornato ed è lui il mannaro che ha trovato Bethany Anne in Romania. Be', forse lei ha trovato lui... quello che è. L'ha incontrata in Romania e avrebbe dovuto parlare con Gerry proprio oggi. Spero davvero che si siano fatti una bella chiacchierata.»

«Be', anch'io. I licantropi e gli altri mannari non sono qualcosa che si possa sottovalutare. Vorrei averne qualcuno nel mio team, di tanto in tanto, ma continuano a dirmi che le regole non lo permettono. Eppure non mi hanno detto chi ha stabilito queste regole.»

«Probabilmente sono le regole di Michael. Non possono ammetterlo perché lo temono troppo. È una parte del problema: non hanno abbastanza paura di Bethany Anne.»

Dan rise. «Frank, se vedessi cosa ho fatto quando ho visto gli occhi che le diventavano rossi e le zanne che le spuntavano in bocca... be', diciamo che è abbastanza facile diventare un credente della sua religione.»

«Bene! Buono a sapersi. Ora devo solo stabilire un contatto.»

«Va bene, tu occupati di questo. Hai bisogno che Bethany Anne faccia qualcosa per te?»

«No, in tal caso chiamerei direttamente lei. Non c'è bisogno di coinvolgerti nella nostra conversazione.»

«Okay, grazie per i marine; è stata una bella spinta. Vado a vedere se ha un posto dove stare. In caso contrario le offriremo una stanza per ripulirsi e riposare. Ci sentiamo dopo.»

«Ciao.» Cadde la linea.

Frank era stanco. Era stato sveglio tutto il giorno e aveva monitorato l'attacco e l'imboscata al meglio delle sue possibilità. Avrebbe dovuto essere riposato quando avesse parlato di nuovo con Bethany Anne.

Chiuse l'ufficio e tornò a casa.

CAPITOLO TREDICI

Florida City, FL, USA

La mattina seguente, Bethany Anne si era appena lavata i capelli nella sua stanza al Cambria Hotel di Florida City. Aveva sei piani e il suo era al quinto. Non le importava. La squadra l'aveva fatta entrare dal retro. Dopo quel che era successo nelle Everglades, era un disastro completo. Era arrivata nella sua camera, aveva lasciato cadere i vestiti, aveva fatto una lunga doccia calda e si era strofinata dappertutto fino a irritarsi la pelle.

Poi era semplicemente svenuta sul letto. Alla fine si era alzata quando non era riuscita a tollerare la luce del sole che filtrava dalla finestra, non essendo riuscita a chiudere le tende prima di mettersi a dormire.

Ora stava meglio. La lotta era stata estenuante ma non troppo brutta. Doveva ricordarsi di portarsi dietro del sangue quando andava in battaglia, il suo tipo di pozione curativa. Sorrise a quel pensiero. Il problema con il sangue normale sarebbe stata la quantità limitata di energia che avrebbe potuto ottenere da una sacca e il tipo di protezione di cui avrebbe avuto bisogno. Se avesse potuto concentrare tutto in una quantità minore, magari una fiala, sarebbe stato perfetto.

TOM, hai un momento?

Come se avessi chissà quali impegni qui, Bethany Anne.

Non ci provare, TOM. So che di tanto in tanto usi il computer.

Uh, be', sto solo cercando di far funzionare la connessione.

Stai facendo un ottimo lavoro. I mal di testa sono solo lievi e apprezzo il fatto che mi lasci in pace. Non deve essere eccitante essere semplicemente un gregario.

In realtà, Bethany Anne, è vero il contrario. Le tue avventure finora sono state affascinanti e mi hanno dato molti spunti di riflessione.

Bethany Anne ripensò a tutto quel che era successo da quando si era trasformata. Forse aveva ragione.

Sono lieta di saperlo. Ascolta, puoi risolvere un problema? Devo capire se possiamo imbottigliare l'Eterico.

Vuoi dire come con il sangue?

Sì, ma meglio. La quantità di energia in una sacca di sangue è piuttosto consistente. Ma non posso portare dieci sacche di sangue in battaglia.

Quanto te ne servirebbe?

Lei ci pensò su. In realtà non avevano capito quale fosse il suo massimale, e avevano attinto dall'Eterico solo per ridurre il suo bisogno di cibo e acqua e per avere una costante, anche se piccola, energia extra. Ma l'ammontare di forze utilizzato durante una battaglia era stupefacente. Se quel medico non avesse avuto quel sangue, John sarebbe morto.

Che ne dici della stessa quantità di dodici sacche di sangue, ma in una fiala molto piccola che posso portare addosso?

Vedo cosa posso fare. È un buon suggerimento, ma al momento non ho idee. Posso usare il computer?

Bethany Anne fece una smorfia. Ogni volta che TOM usava il computer, la testa le faceva un male d'inferno.

Sì, aspetta. Fammi vedere se riesco ad avere qualche antidolorifico. Dobbiamo risolvere questo problema. Mentre usi il computer, vedi se riesci a capire perché fa così male.

Farò anche questo.

Bethany Anne chiamò la reception e ordinò degli antidolorifici. Fece una piccola smorfia nel sentire il prezzo. Per una donna che aveva a disposizione le sue ricchezze, persino una Tesla era soltanto un costo marginale.

Cinque minuti dopo, ricevette i medicinali e ingollò tutte e dodici le compresse. TOM avrebbe potuto occuparsi dei farmaci in eccesso.

Si distese sul letto e aspettò il dolore.

TOM non la deluse. La parte peggiore fu che i primi quindici minuti furono più dolorosi di qualunque altra cosa avesse sperimentato negli ultimi mesi. Dopodiché diventò sopportabile e, circa quarantacinque minuti dopo l'inizio del processo, finì per addormentarsi.

Un'ora e mezza dopo, si svegliò di nuovo. Stava bene.

TOM, hai finito?

Hmm? Cosa? No, perché?

Non sento alcun dolore.

Oh, ho trovato il problema e sono riuscito a risolverlo.

Cos'era?

Cos'era cosa?

Le sue risposte evasive la insospettirono.

Qual era il problema, TOM? Perché faceva così male?

C'è stato un problema con i collegamenti.

TOM, non costringermi a tirarti fuori ogni parola. Qual era il problema?

Erano collegati in modo errato.

Quindi mi stai dicendo che hai collegato il computer alla mia mente in modo sbagliato, giusto?

Era tutto troppo confuso.

Sì, la prima volta ho collegato il computer in modo errato. Mi ci sono voluti circa quindici minuti per capirlo e altri trenta minuti per risolvere il problema. Mi dispiace.

Bethany Anne, sollevata dal fatto che il computer fosse online e che non le causasse più alcun dolore, non si sentì infastidita dall'errore. TOM di sicuro non aveva un manuale su come collegare un computer organico Kurtheriano a un essere umano.

Scuse accettate.

Bussarono alla porta; riusciva a sentire due uomini che cercavano di discutere sottovoce: John ed Eric. Sorrise e li ascoltò finché non si rese conto che avevano la sua scatola rossa Fed-Ex!

Saltò in piedi e corse ad aprire, afferrò la scatola e la richiuse prima che i due potessero anche solo girare la testa. Rimasero semplicemente in piedi, stupefatti.

I suoi vestiti! Grazie a Dio erano arrivati fin lì. Non le importava chi li avesse dirottati all'albergo, non avrebbe messo in discussione la Provvidenza.

Impiegò solo trenta secondi a cambiarsi. Non aveva trucco, quindi aprì la porta e uscì nel corridoio.

John ed Eric erano arrivati a tre porte di distanza quando avevano sentito la sua camera che si apriva. Si voltarono e le loro espressioni nel vederla vestita di tutto punto e con i tacchi alti, che sorrideva nella loro direzione, furono impagabili. Sentendosi di nuovo una donna e non un feroce mostro assassino, si girò e chiese: «Sto bene?»

Nessuno dei due seppe come rispondere. John finalmente ritrovò la voce quando si rese conto che la loro esitazione non le piaceva affatto. «Wow! Non ho parole per descrivere ciò che vedo e *stai bene* è del tutto inappropriato!» Al che sorrise con quello che sperava fosse il suo sorriso migliore.

Eric si limitò a sorridere a sua volta, sollevato che il suo caposquadra li avesse salvati entrambi. Non potevano mettersi nei guai con il quartier generale.

«John, sono quasi felice di averti salvato il culo. Andiamo a pranzo, offro io. Sto morendo di fame. Vedete chi vuole unirsi a noi, troveremo un posto adatto.»

Eric scosse il capo. «Non si può fare. Alcuni di noi sono bloccati qui a compilare i rapporti. Se i pezzi grossi scoprono che perdiamo tempo per andare a mangiare chissà dove – e da queste parti non ci sono grandi ristoranti – ci faranno il culo.»

«Aspettate, ragazzi.» Tornò nella sua stanza e li chiamò perché si unissero a lei.

Eric guardò il suo compagno, che si strinse nelle spalle. «Per quanto mi riguarda, non ci tengo a restare qui, perciò se vuole che mi unisca a lei nella sua stanza, allora dovrò fare l'uomo.» Sorrise a Eric mentre si dirigeva verso la sua stanza.

Riuscì a sentirla chiaramente. «Miami è più vicina, ma farà comunque un male cane, signor Grimes.»

«Mi dispiace, mi dispiace, volevo solo essere sicuro.»

Bethany Anne prese rapidamente il telefono quando la raggiunsero nella stanza, ed Eric chiuse la porta.

Si interruppe e sollevò lo sguardo. «Che ne dite di hot dog e hamburger?»

CAPITOLO QUATTORDICI

Florida City, FL, USA

Quasi tutta la squadra era nel parcheggio sul retro. Metà stava già mangiando hot dog, hamburger e mini panini con carne e formaggio, e sgranocchiavano patatine al chili. Qualcuno aveva ordinato polpette di alligatore.

Bethany Anne era seduta sotto un albero, godendosi il suo terzo Bronx Bomber senza cipolle.

Scott parlò con Eric mentre aspettavano in fila.

«Ehi, dimmi la verità. Eri lì quando ha ordinato il cibo?»

«Sì, perché?»

La coda si spostò leggermente in avanti.

«Dicono che abbia ordinato al gestore di venire qui e di iniziare a darci da mangiare. Si dice anche che ha parlato con una voce spaventosa.»

Eric rise. «Scott, dovresti conoscerla meglio di così. Non ha fatto nessuna voce spaventosa. Ha negoziato e loro hanno acconsentito. Non ho nient'altro da dire. Te lo avevo detto che non avrei parlato alle sue spalle. Nemmeno di questo, amico.»

Raggiunsero la parte anteriore della fila e un uomo guardò fuori dal furgone. Era un rimorchio rosso con una linea a scacchi bianchi e neri che andavano dal basso verso l'alto. La finestra di servizio occupava la larghezza delle due ruote posteriori.

«Ciao amico.» Il ragazzo nel rimorchio attirò la loro attenzione. «Posso dirti io com'è andata. Lavoriamo a South Dixie. È da qualche anno che stiamo lì. Ricevo una telefonata che mi chiede di venire con il rimorchio e ho cercato di spiegare che non ci spostiamo mai da lì. Mi è stato chiesto se potessi farlo per i migliori uomini d'America e ho detto che si poteva organizzare. Poi mi ha chiesto se ce la facessi in un'ora per venticinquemila dollari oltre al prezzo del cibo e le ho detto che dovevo riparare la roulotte, quindi magari avrei potuto fermarmi lungo la strada ed eccomi qui. Allora, volete un hot dog, un hamburger o un panino?»

Scott non rispose abbastanza in fretta visto che stava elaborando quella storia, così Eric ordinò un Double Stack Chili Cheeseburger e le polpette di alligatore. Guardò Scott. «Chi dorme non piglia pesci.»

Bethany Anne sospirò, soddisfatta. Finalmente era piena e i ragazzi sembravano stare meglio. Erano tutti professionisti, ma affrontare un evento potenzialmente mortale ti toglieva la terra da sotto i piedi. Il telefono emise un segnale acustico e Bethany Anne lo tirò fuori. Merda, era in modalità segreteria telefonica e le erano sfuggite un paio di chiamate.

Il primo messaggio era di Ivan. Era insieme a Stephen e le cose stavano procedendo bene. Le forniva il nuovo numero del vampiro e le chiese di chiamarlo quando poteva.

Il secondo era un messaggio da parte di Ecaterina. Voleva che chiamasse Nathan o Gerry e parlasse con loro di alcuni problemi dei mannari. Si poteva fare.

Innanzitutto, controllò che ora fosse in Romania. Circa le sette di sera... andava bene. Chiamò Ivan. «Bethanny Anne! È un piacere sentire la tua voce. Immagino che negli Stati Uniti le cose vadano bene.

«In questo momento direi di sì, Ivan. Ho la pancia piena e un buon paio di scarpe. Lì che succede?»

«Niente di speciale. Stephen impara in fretta. Quando mi hai detto che non sapeva niente di niente ero un po' preoccupato. La maggior parte delle volte è difficile che qualcuno all'ignaro di tutto riesca a prenderci la mano.»

«Trattalo bene, Ivan. È un bravo ragazzo e credo che in futuro potrebbe essermi molto utile. E poi stagli vicino. Non voglio che esci senza la sua protezione mentre sei lì. Non so se c'è qualcuno che vi sta tenendo d'occhio, ma non voglio correre rischi con te. Non vorrei dover dire a Ecaterina che ho fatto uccidere il suo fratello preferito.»

«Non c'è problema.»

«Bene. Dov'è Stephen?»

«Un secondo.» Riuscì a sentirlo camminare per la casa. «Stephen?»

«Sì?»

«Merda! Stephen, devi smetterla di avvicinarti di soppiatto.» Poteva quasi immaginare il vampiro saltare fuori dall'ombra per divertirsi a spese di Ivan.

«Ma, Ivan, è la cosa più divertente che mi sia capitata negli ultimi dieci anni.»

«Questo perché sono dieci anni che non fai altro che dormire. Oh. È Bethany Anne al telefono.»

«Perché non me lo hai detto prima?» Bethany Anne sentì il telefono che passava di mano. «Pronto? Mia regina?»

«Ciao Stephen, come va?»

«È fantastico essere di nuovo me stesso. Sto imparando questa nuova tecnologia e, con il sangue delle sacche, perdo anni ogni giorno. È stupefacente.»

«Stephen, mi ritroverò davanti un bambino quando tornerò in Europa?»

Lui ridacchiò. «No, Bethany Anne. Non mi sono mai rigenerato fino a essere più giovane di quando sono stato trasformato.»

«Sarebbe?»

«Quando avevo venticinque anni.»

Bethany Anne cercò di immaginare come sarebbe stato e non ci riuscì.

«Sono sicura che sarai un bel furfante, Stephen. Ma niente morsi al primo appuntamento, capito?»

«Mia regina, come puoi pensare a me in questi termini?» Stephen ridacchiò ancora dall'altro capo della linea.

«Perché conosco i ragazzi, cafone. Ora ho bisogno che tu me lo dica chiaramente. Te la senti di contattare il Consiglio del Branco Europeo? Non dovranno baciare la terra vampiresca su cui cammini, ma in realtà dovrai rimboccarti le maniche e lavorare con loro alla pari. Okay, non spingiamoci troppo in là, più o meno alla pari. Allora?» Sorrise nel pronunciare le ultime parole.

«Certo, mia regina. Devi solo dirmi cosa fare e ci penserò io.»

«Grandioso! Speravo di sentirtelo dire. Sai come contattarli o devo darti le informazioni?»

«Sono sicuro di poterlo fare. C'è un branco, qui vicino. Non dovrai sporcarti le mani. Ci penserò io.»

Okay, pensò Bethany Anne. Amava un buon subordinato che non fosse uno stronzo irritabile. Era contenta di non aver mai avuto se stessa come subordinata. Magari doveva un migliaio di scuse al suo vecchio capo, Martin. «Grazie, Stephen. Ehi, hai preparato la stanza?»

«Ovvio. L'ho fatto la prima sera. Perché, sei pronta a usarla?»

«No, non ancora. Ci sto lavorando.»

Ci stai lavorando?

Smettila di interrompere, ora sto parlando.

Più che altro stai mentendo. Ma procedi pure.

«Be', è pronta in qualsiasi momento.»

«Grandioso! Fa' in modo che Ivan sia al sicuro, okay?»

«Lo farò... e, Bethany Anne, grazie.»

«Per cosa?»

«Per avermi chiamato e aver parlato con me. Conferma la mia intuizione della prima notte. Ti prendi cura dei tuoi uomini. Non ti deluderò.»

«Lo so, Stephen. Continua a imparare e mettiti in contatto con il Consiglio. Assicurati che non vogliano cambiare troppo le regole. Ciao!»

«*La revedere.*»

Riattaccò, stupita che con Stephen le cose stessero andando così bene e che l'Europa fosse sotto controllo. Almeno lo sperava, perché l'America sembrava sotto attacco.

Salutò Eric e Scott che parlavano nei pressi del furgone di Joe's Famous Hot Dogs. Tutti sembravano di buonumore. Bene.

John e Darryl la guardarono. John le fece l'universale cenno del capo da *tutto bene?* e lei sorrise. Si rese conto che c'era almeno una radura di tre metri intorno a lei. Nessun problema. Non pensava che sarebbero scappati se si fosse alzata. Sperava che le stessero semplicemente concedendo un po' di spazio personale.

Tornò al messaggio di Ecaterina e lo ascoltò ancora una volta. Per prima cosa decise di chiamare Nathan. Premette il suo nome sul telefono e aspettò.

«Ehi, come va?»

«Grazie per aver chiamato, Bethany Anne. Hai ricevuto il messaggio di Ecaterina?»

«Sì. Ha detto che avete dei problemi e avete bisogno del mio contributo.»

«In realtà abbiamo a che fare con un potenziale casino e stiamo cercando di capire come risolvere il problema senza che si trasformi in un bagno di sangue.»

«Considerando che lo stai chiedendo a me, dovrei domandarmi se voglio dare il via a quel bagno di sangue?»

Nathan sospirò. «È un bel modo di metterla. Dove sei? Hai già finito con Stephen? È ancora tutto intero?»

Lei rise. «Non ci crederai mai, ma è saltato fuori che è un bravo ragazzo. Comunque ti racconterò tutto più tardi. Al momento sono in Florida, con il team di Frank. Ieri sera abbiamo partecipato a un'operazione, perciò sono andato a dormire in hotel con loro. Dovrei riuscire a venire da voi, se avete bisogno di me.»

«No, possiamo aspettare qualche giorno. In effetti, potrebbe essere la cosa migliore. Fammi parlare di nuovo con Gerry per organizzare tutto. Preferirei che tendessimo un'imboscata a tutti i piantagrane in modo che si rendessero ridicoli, ma probabilmente si verificherebbe un altro massacro di San Valentino. I mannari tendono a non prendere buone decisioni quando vengono messi alle strette. Siamo un po' testardi.»

Bethany Anne ribatté, sarcastica: «Durante il nostro alterco a Brasov non lo avevo notato, Nathan.»

«Già, okay. Hai ragione. Io e Gerry pensiamo all'organizzazione, ti ricontatteremo quando avremo un paio di idee. Apprezzo davvero che tu sia dei nostri, Bethany Anne.»

«Non c'è problema, Nathan. Prenditi cura della mia ragazza, okay? Vi raggiungerò tra un giorno o due.»

«Ti prego, prenditi una vacanza. Sarai un po' stanca. Perché non ti rilassi per un mese o giù di lì?»

Bethany Anne sorrise. «Se volessi fare una cosa del genere, comprerei subito un biglietto, così Ecaterina potrebbe raggiungermi stasera stessa.»

Nathan fece rapidamente marcia indietro. «Chiedo scusa. Ci vediamo tra un paio di giorni.»

«Già. Salutami Ecaterina. Ciao.»

«Ciao.»

Bethany Anne riattaccò. Ora che si era occupata di tutto, cercò di pensare a cosa fare per un paio di giorni. Nathan doveva trovarsi bene con Ecaterina se le aveva suggerito di non venire subito.

Doveva conoscere meglio il team e dopo un'operazione era l'occasione migliore. Sarebbe stato stupido partire subito.

Considerò cosa avrebbe potuto fare per tenerli insieme. Forse una festa su una pista da bowling? No, troppo pretenzioso per quei ragazzi.

Bethany Anne ridacchiò. Eccola lì, tutta in ghingheri, e ora diceva che una pista da bowling era troppo pretenziosa? Doveva mettere qualcosa di più casual e aveva bisogno di un mezzo di trasporto. Considerando le sue opzioni per trovare degli abiti, estrasse il telefono per controllare cosa ci fosse in zona.

Dall'altra parte della roulotte, Jesse Bivoreux aveva portato via la spazzatura e aveva preso la sua Coca-Cola dal tavolo con il logo di Joe. Si avvicinò a John e Darryl. «Ehi, ragazzi, congratulazioni per aver sistemato quei due Nosferatu ieri sera. Una stronzata abbastanza spaventosa.» Bivoreux era rimasto nel furgone del comando operativo. Non era mai stato più terrorizzato in vita sua, ed era stato abbastanza sicuro che sarebbe morto.

Il furgone aveva tremato orribilmente mentre subiva i continui colpi dei Nosferatu che cercavano di fare irruzione. Gli uomini avevano estratto le armi e si erano guardati intorno alla luce degli schermi. I cuori di tutti erano in overdrive. Fuori erano seguiti altri colpi di pistola e aveva sentito uno dei Nosferatu cadere dal tettuccio. Poi i colpi si erano semplicemente interrotti. Si era calmato e avevano udito il lamento svanire in lontananza mentre i

Nosferatu lasciavano l'area. Erano suonate altre due raffiche di proiettili e poi niente.

Tutti avevano rapidamente sollevato gli schermi. Uno era stato scollegato. Durante il riavvio, erano stati in grado di guardare il feed della telecamera FLIR per vedere sei Nosferatu che lasciavano l'area, inseguendo rapidamente una singola figura. Secondo il computer, sfrecciavano a circa quarantacinque miglia orarie.

Quel che era successo dopo era totalmente inspiegabile. La prima figura si era fermata e aveva aspettato che i sei Nosferatu la raggiungessero. Poi era semplicemente scomparsa. L'operatore FLIR aveva guardato oltre il punto in cui si trovavano i Nosferatu, ma non c'era stato niente finché la singola figura non era ricomparsa sullo schermo, muovendosi nella stessa direzione di prima.

I successivi due secondi erano difficili da comprendere, persino a una seconda visione. Ma era ovvio che la cosa che era tornata indietro aveva preso i Nosferatu a calci nel culo e non ne aveva lasciato vivo neanche uno. Poi si era spostata così velocemente verso le operazioni di comando che il FLIR non era stato in grado di seguirla. Più tardi, avrebbe scoperto che si trattava del nuovo vampiro con cui stava lavorando il team, ed era impressionante.

John e Darryl si diedero il cinque. «Ne abbiamo presi dueee!» Scoppiarono a ridere nella risata dei vivi. Sapevano quanto ci fossero andati vicini.

«Ditemi un po', chi è quella bella signora laggiù?»

Sia John che Darryl si guardarono intorno. «Dove?» La perplessità si rifletteva sui loro volti.

Bivoreux pensava che lo stessero prendendo per il culo. «Proprio lì a terra, con il cellulare in mano. Perché nessuno cerca di parlarle?»

Sgranarono gli occhi mentre seguivano il suo sguardo e si rendevano conto che si stava riferendo a Bethany Anne. Entrambi si resero conto che, se non la si guardava con la consapevolezza degli eventi della notte precedente, doveva essere una delle donne più belle del mondo. Poi il loro desiderio di autoconservazione tornò e l'idea di tirare uno scherzo a Jesse svanì rapidamente.

John capì che Darryl lo aveva scelto come portavoce. Stronzo. «Jesse. Quella donna è il nostro caposquadra.»

Jesse lo guardò. «John, mi stai prendendo per il culo di nuovo. Persino io so che sei tu il caposquadra.»

John ci riprovò. Come poteva spiegarsi in modo che Jesse capisse senza essere volgare? Rispettava troppo Bethany Anne per farlo. «Jesse, io sono il caposquadra per noi quattro. Prendo gli ordini da lei e noi le copriamo le spalle, capisci?» Fissò Jesse, non lasciandogli spazio per poter fraintendere.

La verità si fece largo dentro di lui: era lei il vampiro. Il sangue defluì dal viso di Jesse quando si rese conto di ciò che aveva detto prima. Era stata lei a uccidere sei Nosferatu in pochi secondi. Doveva tornare nella sua stanza, in modo che nessuno lo vedesse tremare.

«Grazie. Ancora congratulazioni, ragazzi. Apprezzo l'avvertimento. Vado a terminare i rapporti.» Gettò la Coca-Cola nel bidone della spazzatura e neanche si accorse che rimbalzò fuori mentre tornava velocemente in albergo.

John scosse la testa, raccolse il recipiente e lo gettò nella spazzatura. Notò che nessuno stava parlando con Bethany Anne. All'improvviso si chiese se si sentisse sola. C'era solo un modo per scoprirlo.

Si avvicinò a lei e Bethany Anne sollevò lo sguardo dal telefono. «Come te la passi?» Lei gli sorrise.

«Sto bene, e tu? Per caso vuoi che le tue bistecche siano al sangue?»

Era proprio da lei, pensò. Non aveva paura di arrivare al punto. Si sedette a qualche metro di distanza. «No. Fidarmi di te è stata la migliore decisione che abbia mai preso. In tutta onestà mi ha solo fatto bene.»

«In che senso?» Bethany Anne era curiosa. Sapeva cosa sarebbe potuto succedere, ma non ne era sicura.

«Una brutta operazione, un paio di anni fa, mi ha provocato una pessima cicatrice. Ora è sparita. Un dolore al polpaccio destro? Sparito. Nessuna cicatrice di quanto accaduto ieri sera. Puoi dirmi cos'è successo?» Avrebbe voluto chiederglielo. In effetti, per metà del tempo mentre parlava con Darryl, non aveva pensato ad altro. «Ti ho davvero dato dello straccio da culo?»

Lei ridacchiò. «No, idiota. Mi hai dato della *piccola dittatrice del buco rettale.* Hai ottenuto dieci punti solo per quello!»

Sorrise. Non riusciva a ricordare perché si fosse sentito così a disagio al pensiero di venire prima. Sentì Darryl, Scott ed Eric che arrivavano dietro di lui. Quegli impavidi seguaci si erano assicurati che prima non si facesse ammazzare. Che grande squadra si ritrovava.

Il telefono squillò e John guardò l'identificativo del chiamante. Era Dan Bosse. Rispose. «Che succede, capo?»

«John, abbiamo un possibile problema a Miami. Hanno due situazioni da SWAT e la loro squadra è già impegnata nell'operazione numero uno, che è troppo lontana. A quanto pare era uno stratagemma, e il colpo principale è diretto a una banca. Dicono di essere terroristi, ma siamo abbastanza sicuri che nascondano un colpo finanziario. Ci è stato chiesto di vedere cosa possiamo fare. Non è necessario, e sembra quasi banale dopo tutte le stronzate che abbiamo dovuto affrontare. Tu e il tuo team pensate di poter essere d'aiuto?»

John guardò Bethany Anne e si ricordò che poteva sentire qualsiasi cosa. Inarcò un sopracciglio. Lei sapeva che ora la considerava la vera leader della squadra. Si chinò e si tolse i tacchi alti. «Dovrò cambiarmi.»

Dan chiese: «Era Bethany Anne?»

«Proprio così, Dan.»

«Non avevo intenzione di chiederglielo. Questa operazione non è contro dei Nosferatu. La mia non è un'obiezione, sono solo sorpreso.»

«Sì, be', immagina cosa faranno quelle merdine quando scopriranno che il Team della Regina delle Stronze è in arrivo?» Sorrise a Bethany Anne, che scosse la testa e poi guardò ciascuno di loro. Lei sorrise a sua volta e i suoi occhi diventarono rossi.

Darryl urlò ad alta voce, attirando l'attenzione di tutti. «Attenta, Miami. Sta arrivando la Regina delle Stronze!»

I ragazzi risero e si alzarono rapidamente. John rimase al telefono ma fischiò, segnalando che la festa era finita. Agitando le mani, proseguì con Eric al suo fianco. Scott aiutò Bethany Anne a rimettersi in piedi, e lui e Darryl presero posizione dietro di lei.

Quelli che li avevano visti lasciare l'elicottero si accorsero che la squadra era tornata in modalità operativa. I ragazzi tutt'intorno si infilavano il cibo in bocca e lasciavano cadere piatti e bibite nella spazzatura. All'unisono, si precipitarono dentro per un briefing sull'operazione seguente.

Già, stavano per tornare in azione e avrebbero spaccato qualche culo.

Era garantito, cazzo.

CAPITOLO QUINDICI

Miami, FL, USA

Dan cercò di raccogliere le informazioni mentre il furgone sfrecciava nel traffico. Non fu uno dei viaggi più fluidi e il veicolo aveva ancora qualche problema dovuto alla notte precedente. Ottenne le informazioni migliori dalla polizia di Miami. Il Team della Regina delle Stronze, come si faceva chiamare ora, era fuori a fare shopping. Avevano solo parte di ciò di cui Bethany Anne aveva bisogno: la giacca tattica e una maglietta, ma niente pantaloni.

I ragazzi si erano fermati a un negozio di pelletteria e Bethany Anne aveva accettato di indossare dei pantaloni di pelle nera. Dan si era trovato a scuotere il capo. Non avrebbe mai immaginato che un giorno avrebbe lavorato per un vampiro e che la cosa gli sarebbe persino piaciuta. Ma non poteva trattenersi. Quella donna era una vera dura, ma non si prendeva troppo sul serio. Era un bilanciamento perfetto tra rispetto e ironia, e gli insulti che lei e il suo team inventavano erano esilaranti.

I ragazzi del centro operativo chiesero loro di indossare microfoni e fotocamere. Anche se Carl e Bill le usavano spesso, Bethany Anne era assolutamente contraria. Eppure non le importava che registrassero l'audio dell'operazione. Dan aveva guardato John per vedere se fosse possibile ottenere un supporto per le immagini, ma l'agente aveva semplicemente scosso la testa.

Si diceva sempre di non impartire mai un comando che sapevi sarebbe stato ignorato, perciò non aveva neanche tentato di chiedere alla squadra di indossare le videocamere. Magari avrebbe potuto ricavare i filmati di sicurezza dell'edificio in un secondo momento.

Bethany Anne viaggiava con i ragazzi nel SUV che avevano usato per andare a prenderla. Era seduta tra Scott e Darryl. John ed Eric erano davanti, con Eric alla guida. Si sentiva davvero bene. Il team stava procedendo a gonfie vele e lei iniziava a considerarlo davvero il *suo* team.

Trovava il nome della squadra un po' meno eccitante, ma che poteva farci? Team *Prendiamo a calci in culo te e tutta la tua famiglia?* A volte sapeva davvero essere una stronza. E poi era sempre meglio di Team *Caos & Massacri*, che forse sarebbe stato il più veritiero. In ogni caso prima o poi la verità sarebbe saltata fuori, perciò tanto valeva mettere l'attenzione su di lei.

Per coloro che volevano vederla sotto una cattiva luce, il nome li avrebbe galvanizzati. Per coloro che volevano credere che fosse una brava ragazza, si sperava che la cosa spingesse a rifletterci meglio. In ogni caso era già nota per essere così e niente avrebbe potuto cambiare quel dato di fatto. Quindi, Regina di tutte le Stronze, nel bene e nel male.

Ah, cazzo. È arrivato il momento di essere all'altezza delle aspettative.

«John, Dan che dice?»

«Poche informazioni e niente di buono. Hanno colpito il centro finanziario sudorientale subito dopo pranzo. La rapina mattutina a Pompano Beach era reale. Hanno bloccato la SWAT in quel punto prima di colpire il centro. Ora sul posto ci sono solo poliziotti regolari. La Guardia Nazionale potrebbe essere in grado di dare una mano, e probabilmente anche l'FBI sarà presente. Potremmo trovarci di fronte a un vero e proprio disastro politico, Bethany Anne. Non ti farai nuovi amici se salta fuori che non fai parte del team.»

«Che vuoi dire? Ho voi come team.»

«Quello che l'agente sta cercando di dire...» spiegò Darryl, «è che ci saranno parecchi pregiudizi se dovessero scoprire che non giochi nel team degli umani.»

Il veicolo si zittì a quella dichiarazione. Bethany Anne rifletté su come si sentisse a essere qualcosa di diverso da un essere umano, considerando che doveva vivere una vita più lunga. Probabilmente centinaia o magari migliaia di anni in più. Ora che la sua capacità di aiutare le persone era fuori scala, decise che sarebbero dovuti andare oltre i loro pregiudizi. Ma doveva comunque affrontare la realtà: aveva bisogno di protezione e di un buon posto dove riposare.

«Che si fottano se non sanno stare allo scherzo, giusto, ragazzi?» Strizzò l'occhio allo specchietto in modo che Eric potesse vederla.

«Al diavolo, sì!» Eric diede una manata sul volante. «Dicono di trasformare il tuo punto debole nel tuo punto di forza, giusto? Perché non facciamo dei distintivi con le zanne con il logo Regina delle Stronze? Possiamo anche comportarci da veri duri, con zanne finte e lenti a contatto rosse.»

Gli altri adorarono l'idea. Bethany Anne si limitò a prendersi il viso tra le mani. Cosa avrebbe dovuto fare con quella squadra? Da un lato detestava quella situazione. Dall'altro era fantastica. Merda, in effetti avrebbe potuto funzionare. «Eric, odio doverlo ammettere, ma è un'idea geniale. Possiamo rimediare qualcosa del genere prima di arrivare alla banca?»

Darryl e Scott tirarono fuori gli smartphone mentre John richiamava l'agente Bosse per fargli sapere che dovevano fare un'altra piccola deviazione e una breve sosta prima di arrivare a destinazione.

Scott trovò la soluzione, a soli otto isolati di distanza. Si fermarono proprio davanti al negozio, bloccando la strada. John allungò la mano sotto il sedile, accese il lampeggiante e lo attaccò al tetto del SUV. Appena due minuti dopo, Scott rientrò nel furgone con due buste marroni piene di denti da vampiro e tre paia di lenti a contatto rosse. «Abbiamo tutti bisogno delle zanne, non solo Bethany Anne. Avevano solo tre paia di lenti a contatto, ma possiamo sempre ordinarle da Amazon e farle arrivare domani praticamente ovunque.»

Bethany Anne lottò con le sue emozioni. Fino a quando il team non l'aveva accolta, non si era resa conto di quanto si fosse sentita sola. Stephen era stato il primo passo verso l'accettazione, ma quei ragazzi erano umani e non si erano tirati indietro né avevano paura di lei.

Poco prima aveva sentito parlare l'agente Bivoreux. Si era un po' risentita per la volgare discussione riguardante il suo aspetto, ma non poteva nemmeno criticarlo troppo. Sapeva che stava ancora cambiando e sospettava che TOM ne fosse responsabile. Aveva già guadagnato una coppa di reggiseno. Perciò, o era troppo bella, o tutti gli uomini capivano che era una vampira e ciò li spingeva inesorabilmente a sottomettersi.

Sapeva che non sarebbe stata parte della società quando aveva accettato il lavoro, ma non si era resa conto di che razza di cambiamento fosse la sua mera esistenza. Al diavolo, persino gli animali, quando era su quella montagna in Romania, avevano avuto paura di lei.

Quei ragazzi erano custodi.

★★★

Il team si fermò nell'area transennata dopo che John ebbe mostrato il distintivo. Scesero dal veicolo e si avvicinarono al furgone del comando operativo, e John bussò allo sportello. Un secondo dopo, l'agente Bosse l'aprì e ne uscì. Loro cinque non sarebbero mai riusciti a stare tutti nel vano.

Dan sorrise. Non era sicuro di cosa sarebbe successo, ma sapeva che sarebbe stato fantastico. «Ecco cosa so. Probabilmente nell'edificio ci sono tre gruppi diversi. Uno ha degli ostaggi. Uno sta hackerando la stanza dei server, e uno è nel seminterrato a fare Dio sa cosa. Abbiamo intenzione di salvare prima gli ostaggi e poi occuparci degli altri due.»

Bethany Anne intervenne: «Sai cosa stanno cercando di hackerare, di preciso?»

«Al momento no. In questo edificio ci sono tre delle cinquanta maggiori società finanziarie. Potrebbe essere una di quelle, o tutte quante.»

«Aspetta un secondo.» Tirò fuori il telefono e chiamò di nuovo Nathan. Un paio di squilli dopo, lui rispose. «Nathan, sono Bethany Anne. Ehi, stai proteggendo qualcuna di queste tre società?» Le elencò. «Già, siamo nel bel mezzo di un'operazione, e sembra che il colpo potrebbe essere contro una di queste società, o tutte quante. Al momento c'è un gruppo nella stanza dei server. Sì, va bene. Grazie.» Riattaccò.

«Ho un amico che lavora per le società finanziarie. Si occupa di sicurezza elettronica e digitale. Dice che negli ultimi due mesi queste tre società sono state prese di mira da tattiche di penetrazione piuttosto efficaci. Non sarebbe sorpreso se le stessero colpendo dall'interno perché l'attacco digitale non ha avuto successo.»

«E a quanto pare hanno i minuti contati», disse John.

Eric non aveva capito. «I minuti contati?»

Bethany Anne completò quel pensiero. «Sì, se i loro hacker ci stavano lavorando da otto settimane, e queste due operazioni hanno richiesto almeno un paio di settimane di pianificazione...»

Dan la interruppe. «Direi quattro, se includi la copertura degli edifici su due posizioni. Perciò hanno lavorato per un mese con mezzi elettronici e poi hanno impiegato quattro settimane per prepararsi. Avrebbero potuto provare un anno e mezzo o più sul piano digitale prima di avere un colpo di fortuna. Capisco cosa vuoi dire, John.»

L'agente annuì.

«Bene. Pensiamo che la situazione degli ostaggi sia autentica. Ne consegneranno due ogni ora per le prossime ore e poi spariranno o faranno saltare in aria l'edificio e fuggiranno. Sono preoccupato che il gruppo nel seminterrato stia localizzando i principali pilastri strutturali che sorreggono l'edificio. Se li faranno saltare crollerà l'intero palazzo, o una buona parte. Un'altra domanda è come faranno a uscire. Ho richiesto le planimetrie dei sotterranei per vedere se possono svignarsela attraverso un vecchio pozzo o qualcosa del genere.»

Bethany Anne lo guardò. Dan alzò le mani. «Volevo solo esserne sicuro! Magari ho visto troppi Blockbuster.»

«Ehi, che fine ha fatto il sangue di ieri sera?» gli chiese.

«Dovrebbe essercene ancora. Perché, ne avrai bisogno?»

«Può darsi. John, puoi portarmene quattro sacche?»

John la guardò. «Hai bisogno di un tipo particolare?»

«Sì, dammi un B negativo senza pretese. No, cazzone. Qualunque tipo di cui pensate di poter fare a meno andrà benone.»

John fece un cenno a Darryl, che si allontanò per prendere il sangue.

Dan parlò di nuovo. «Allora, come farai a entrare nell'edificio senza attirare l'attenzione? Conosciamo tutti gli ingressi più ovvi e su alcuni sono state piazzate delle trappole. Abbiamo intercettato parecchi trasferimenti di video crittografati. Pensiamo che ciò significhi che hanno installato delle videocamere per tenerci d'occhio.»

Bethany Anne si voltò da una parte e poi dall'altra, guardando gli edifici accanto a loro. Il Southwest Financial Center era un meraviglioso palazzo per uffici di cinquantacinque piani con un piano rialzato e un garage di quindici piani accanto. Era più alto dei palazzi circostanti. Accidenti, il tetto le avrebbe fatto comodo. «C'è qualche possibilità di far arrivare un elicottero per me e il mio team? E magari un equipaggio che non dirà nulla su quel che accadrà?»

Dan ci pensò su per un momento, poi si voltò e aprì la portiera del furgone. Un secondo dopo, gli fu consegnato un telefono. «Frank? Sono Dan. Sì, ce l'abbiamo fatta. Bethany Anne ha un piano... no, no, non conosco il piano e neanche tu, immagino. Le serve un elicottero con un equipaggio sordomuto. Già, devono avere la bocca cucita. Quanto ti ci vuole? Così tanto? Aspetta, vuole il telefono.»

Bethany Anne glielo tolse dalla mano. «Che problema c'è? È l'elicottero o non puoi garantirci che non parleranno? Ah, quindi un alto ufficiale potrebbe ordinare loro di parlare? Be', posso occuparmi della parte in questione. No. No, non lo farei uccidendoli. Senti, tu hai i tuoi segreti, lascia che una donna si tenga i suoi, okay? Ci vuole comunque così tanto? Merda! Va bene. Fa' la tua magia, e io cercherò di far funzionare la mia.»

Restituì il telefono a Dan, recuperò il suo cellulare e iniziò a fare ricerche sulle compagnie di noleggio di elicotteri. Quando trovò una probabile soluzione, compose quel numero.

Doveva funzionare.

CAPITOLO SEDICI

Miami, FL, USA

Il capitano William "Bobcat" Carlson armeggiò sul suo amore, un elicottero UH-60L Black Hawk del 2002. L'esercito era passato all'UH-60M e Bobcat era stato in grado di farsi consegnare una delle unità ritirate. Di solito pilotava un Hiller UH-12C per la maggior parte delle commissioni, ma il suo amore rimaneva il Black Hawk. Se non fosse stato così costoso farla volare, avrebbe sempre preso quella belva.

Aveva appena finito, e chiuso lo sportello del vano motore, quando squillò il telefono.

«Bobcat Aviation, parla Bill. Dove possiamo portarti oggi?»

Sentì una simpatica voce femminile chiedergli se fosse possibile volare subito. «Sì, oggi sono disponibile. In quanti sarete, oppure sei soltanto tu?» Ehi, aveva una bella voce, magari sarebbe stato un volo lungo. Da quando aveva lasciato l'esercito, un paio di anni prima, se la cavava bene, ma l'attività impiegava tutto il suo tempo. Le sue opportunità di incontrare donne si erano drasticamente ridotte. E poi, il Black Hawk consumava tutti i suoi soldi. Non gli rimaneva niente da condividere con un'altra donna. Il Black Hawk era una fidanzata gelosa.

«Vuoi proprio il Black Hawk? Già, sarebbe disponibile, ma sarebbe anche molto costoso, signora. Circa cinquemila dollari l'ora. Quanto per il resto della giornata?» Merda, era fantastico: riuscire a pilotare il Black Hawk e fare soldi invece di aspirare i fumi del gas. Grazie a Dio.

«Posso proporti trentacinquemila dollari, ma non è il tempo di volo totale. Significa semplicemente che hai la mia attenzione per il resto della giornata, fino a mezzanotte. Qualsiasi carburante extra oltre le cinquecento miglia verrà aggiunto al conto.»

Bill si fece preoccupato. «Hai bisogno di me in centro? Non posso. Le regole dell'aviazione non mi permettono di fare niente del genere. Sì, se ti occupi tu della burocrazia, posso farcela. Se decollassi prima di ottenere l'approvazione, devo chiedere un anticipo di cinquemila dollari. È un grosso rischio. Okay, lo farò.»

Bill prese i dati della carta di credito e andò al computer. Gli aveva detto di trattenere cinquantamila dollari, pregò solo che l'operazione andasse a buon fine.

Fischiò mentre si precipitava verso il piccolo fuoristrada elettrico che aveva usato per spingere l'elicottero fuori dall'hangar. Si sarebbe fatto un giro comunque, che avesse ottenuto il lavoro o meno. Cinquemila dollari sarebbero stati sufficienti per la benzina e almeno un'ora di volo, e avrebbe avuto abbastanza denaro per l'affitto del mese.

Dieci minuti dopo, ricevette una chiamata da Washington DC che gli comunicava l'autorizzazione e le coordinate. Che figlia di puttana. Gli fu detto anche che era per un'azione di polizia e che, stando ai suoi trascorsi militari, sapeva che avrebbe fatto meglio a tenere la bocca chiusa. Sebbene non gli potesse essere ordinato, sarebbe stato comunque apprezzato. La velata minaccia era che, se avesse aperto bocca, la sua vita sarebbe diventata molto dura.

Anche se gli bruciava il fatto che qualcuno lo stesse mettendo alle strette, non parlava mai dei suoi clienti. E di sicuro non avrebbe parlato di una donna che aveva una carta di credito che non batteva ciglio di fronte a una transazione da cinquantamila dollari.

Superò la fase di pre-volo, ottenne l'autorizzazione e decollò, dirigendosi verso il centro.

Atterrò in un grande parco in mezzo a un campo da calcio con tre grandi SUV neri parcheggiati su un lato. Dei militari percorrevano il perimetro, assicurandosi che nessuno si avvicinasse al punto di atterraggio. Mentre toccava il suolo, il secondo SUV si avvicinò. Si fermò a pochi passi dal raggio d'azione del rotore principale, lo sportello si aprì e ne emersero quattro tizi con le uniformi scure delle operazioni speciali. E, per tutti gli hotdog in paradiso, c'era anche una donna in assetto da battaglia con dei pantaloni in pelle nera. Se si trattava della donna che lo aveva contattato al telefono, di sicuro non avrebbe parlato di lei con nessuno. Dannazione, avrebbe preferito dover portare soltanto lei.

Un uomo aprì il portello, e lui e il suo partner entrarono nell'abitacolo. La donna salì a bordo per terza, e gli ultimi due si issarono dentro e chiusero il portello. La signora si fece avanti. «Signor Carlson?»

Bill prese un secondo paio di cuffie e gliele passò. Bethany Anne le indossò e immediatamente aiutarono a compensare il rumore dell'elicottero. «Così va molto meglio. Allora proviamo di nuovo. Signor Carlson?»

«Sì, ma chiamami Bill o Bobcat. È il mio soprannome.»

«Di quando eri in servizio?»

«Sì.»

«Va bene, Bobcat. Io sono Bethany Anne e dietro di te c'è il mio caposquadra John, più Eric, Darryl e Scott. Ho bisogno che ci porti una trentina di metri sopra il centro finanziario sudorientale. Resta lì per sessanta secondi dopo che ti avrò dato una pacca sulla spalla e poi vattene, prosegui nella stessa direzione per cinque miglia. Dopodiché, puoi volare dove vuoi. Ho il tuo numero di cellulare perciò in caso di bisogno ti richiamo. Ha senso?»

«Sì. Procedo fino al centro finanziario sudorientale. Conto fino a sessanta dopo la pacca, volo dritto per cinque miglia e poi praticamente dove mi pare. Se hai bisogno di me, mi chiami.»

«Giusto, ma assicurati di avere abbastanza carburante, okay?»

Sorrise. Significava che avrebbe toccato terra un paio di volte, ma andava bene. «Certo, nessun problema. Volerò fino a un aeroporto vicino per fare rifornimento, nel caso mi chiamassi mentre sono a terra.»

«Va bene. Andiamo.»

Lei gli Restituì le cuffie. Accidenti, non avrebbe potuto chiederle il numero. Aspetta un attimo, ce l'aveva già sul cellulare. Fantastico!

L'atterraggio del Black Hawk nel parco fu l'argomento principale per i ragazzi del posto per una settimana. Finché una rissa scolastica divenne il nuovo fulcro delle discussioni quando un insegnante fu colpito da un pugno sul naso.

Mentre si avvicinavano alla torre, Bethany Anne si voltò verso il suo team. «Va bene, se non vi fidate di me, adesso è il momento di sputare il rospo. Alzi la mano chiunque appartenga alla categoria *non mi fido.*»

Tutti si limitarono a sorriderle; lei ricambiò il sorriso. «Okay, stiamo per fare qualcosa che riguarda solo la squadra. Non voglio che se ne sappia nulla, perché può e sarà usato contro di voi e contro di me. Porterò ciascuno di voi sulla cima dell'edificio. Darryl, tu e Scott andrete per secondi. Assicuratevi di avere quelle sacche di sangue. Anzi, datemene una subito.»

Bethany Anne prese una sacca e bevve, un po' imbarazzata nel farlo davanti ai ragazzi. John le strizzò l'occhio.

Quando il Black Hawk rallentò, ricontrollarono l'attrezzatura, e Bethany Anne spostò indietro sia Scott che Darryl e disse loro: «Pena la morte, voi due leccapiedi fareste meglio a non muovervi di un centimetro, capito?» Ognuno di loro si aggrappò a un appiglio e promise che non si sarebbero mossi per niente al mondo. Bethany Anne fece un cenno a Eric, che aprì il portello, poi guardò fuori rapidamente e in basso, sulla cima dell'edificio sottostante. Si chinò verso il pilota e gli diede una pacca sulla spalla, poi si voltò e corse verso l'esterno, afferrò John ed Eric in una morsa, e scomparvero tutti e tre.

Scott e Darryl rimasero scioccati. Avrebbero voluto vedere se gli altri si erano sfracellati sul tetto o meno. Ma poi Bethany Anne riapparve nell'elicottero e li afferrò. Quindici secondi dopo, il velivolo lasciò lo spazio aereo e si diresse verso Hollywood, in Florida. Bobcat era l'unico a bordo.

Più in basso, i membri del team si scrollarono di dosso la sorpresa, indossarono la faccia operativa e si avviarono verso la porta dell'edificio. Trovarono la scala principale e scesero. I numeri dei piani erano dipinti in verde sulle porte, rendendo più facile tenere traccia della loro posizione.

Bethany Anne li lasciò al quarantasettesimo piano. Quando tornò indietro, erano arrivati al dodicesimo e respiravano a fatica. Scendere era meglio che salire, ma comunque non era facile.

Li informò che il gruppo nel seminterrato stava cablando esplosivi per abbattere l'edificio. Un buco appena realizzato conduceva a un tunnel e la loro squadra sarebbe uscita da lì, se possibile.

Mentre li aggiornava, li lasciò riposare. I terroristi si mettevano in contatto tra loro ogni tre minuti. Ciò significava che avevano tre minuti per fare tutto.

Una finestra tanto ristretta era uno schifo.

Chiese se qualcuno avesse idee. Eric suggerì di separarsi. Bethany Anne avrebbe potuto occuparsi di un gruppo e due squadre di due si sarebbero occupate degli altri.

A lei andava bene. La priorità era la sicurezza degli ostaggi. Poi le cariche nel seminterrato. Voleva che l'ultima coppia si concentrasse sui computer poiché era necessario che gli intrusi rispondessero a qualche domanda. Prese la seconda sacca di sangue da Darryl e ne bevve il contenuto. Portarli giù dal Black Hawk non aveva messo a dura prova la sua energia, ma ancora non si era ricaricata. Non avrebbe voluto bere quella roba dal sapore ramato, perciò lo faceva solo in una situazione che richiedeva azioni straordinarie. Rimanevano due sacche. Disse a Darryl di darne una a Eric in modo che entrambe le squadre ne avessero una, in caso di bisogno. Scott consegnò a ciascuno i denti finti, quindi fecero un rapido giro di morra cinese ed Eric fu il primo a perdere. Gli altri tre indossarono le lenti a contatto, che non creavano troppi problemi al campo visivo. In un'operazione che presentava grossi rischi di esplodere in un incubo per le pubbliche relazioni, dovevano assicurarsi che l'eredità di Bethany Anne, per quanto recente, fosse nascosta in bella vista.

Per così dire.

Tutti, inclusa Bethany Anne, misero le zanne in una tasca del giubbotto. Nessuno riusciva a parlare bene con quelle cose addosso, ma le avrebbero usate più tardi dopo il colpo principale, se necessario.

Tutti stavano sorridendo. Gli uomini erano veterani, temprati dalla battaglia contro i Nosferatu. I loro tempi di reazione erano stati affinati e nemmeno i membri delle operazioni speciali potevano competere con loro. I membri del team ne avevano abbattuti due da soli ed erano usciti dal tritacarne tutti interi. Ora avevano la migliore leader del mondo, e lei si fidava di loro. Non l'avrebbero delusa, così come non avrebbero deluso gli ostaggi al piano di sotto.

Era ora di fare festa.

Si diressero con cautela al quinto piano e alle stanze dei server. Scott e Darryl uscirono dalla tromba delle scale, fecero il segno di via libera verso la porta e si diressero lentamente verso l'area dove gli intrusi stavano hackerando i computer.

Bethany Anne si fermò al piano principale e fece cenno a John e a Eric di segnalarle quando fossero stati sul posto.

Il minuto che impiegarono a prepararsi le permise di concentrarsi su cosa stesse succedendo agli ostaggi. Sentì alcune donne e un uomo che piangevano. Un paio di volte udì qualcuno che veniva colpito dal calcio di una pistola e una grossa sequela di minacce. Bethany Anne si infuriò. I suoi occhi brillarono di rosso e le zanne avevano raggiunto una lunghezza senza precedenti. Nessuno le avrebbe scambiate per delle zanne finte.

Era qualcosa che odiava, cazzo, quando qualcuno in una posizione di potere si approfittava degli altri. Si domandò cosa avrebbero fatto quegli stronzi se la situazione si fosse invertita. Avrebbero urlato e se la sarebbero presa con gli altri? Sentì una donna gridare al figlio di tornare da lei. Era deciso: sarebbe entrata prima. Quando aprì la porta, sentì un clic.

Ottimo tempismo, ragazzi. Ottimo tempismo. Cliccò una risposta e si precipitò sul primo uomo senza nemmeno rallentare. Aveva il fucile pronto a colpire un bambino che piangeva e correva alla cieca. Bethany Anne gli assestò un manrovescio, gettando il corpo – ora senza testa – contro un grande albero decorativo nell'atrio. Il cadavere colpì il tronco e si bloccò, poi si accasciò.

I due criminali più vicini a lei avevano aspettato di vedere l'attacco al bambino. I loro frontalini ricevettero ciascuno due proiettili .45, che fecero esplodere pezzi di elmetti dalle loro nuche, cospargendo gli ostaggi di materia cerebrale e frammenti di plastica. Purtroppo non aveva potuto impedirlo.

Gli ultimi tre erano sul lato opposto della stanza e Bethany Anne non poteva correre attraverso la folla. Per fortuna la stanza aveva soffitti alti dieci metri. Corse contro un muro e scalciò all'indietro, puntò a superare gli ostaggi, e poi usò la sua capacità di scivolare attraverso l'Eterico per apparire a sei metri d'altezza proprio sopra il criminale al centro. Sparò il primo colpo mentre la gravità prendeva il sopravvento, e tutti e tre erano morti prima che lei fosse scesa a tre metri. Atterrò vicino al primo uomo, che ora era disteso a terra con il sangue che sgorgava dalla parte superiore del cranio. Si affrettò a nascondersi dietro un albero decorativo e scivolò di nuovo attraverso l'Eterico, verso la sicurezza delle scale. Una volta sulla rampa, cliccò una volta sull'auricolare per confermare di aver portato a termine il suo compito.

Corse su per le scale, tornando al quinto piano. Il gruppo nel seminterrato era composto da tre membri, ma era sicura che i suoi uomini avrebbero potuto occuparsene.

In basso, John ed Eric erano entrati nella stanza e avevano bloccato la chiusura della porta delle scale in modo che non emettesse alcun suono. Non erano sicuri di come Bethany Anne fosse riuscita a entrare e a uscire, ma non avrebbero rotto il silenzio radio per fare domande.

John si sentiva vivo, ancora più vigile della notte precedente, se possibile. Sembrava che tutto fosse nitidissimo, e lui era decisamente concentrato. Indicò Eric e poi il ragazzo vicino all'uscita.

La loro squadra aveva una sola regola d'ingaggio. Il nemico doveva essere eliminato. Quella era la regola. I corollari avevano tutti a che fare con: *Se è questo tipo di creatura sovrannaturale, usate i frangibili d'argento. Altrimenti, usate le munizioni prescritte*. Per gli umani, il piombo funzionava bene. Magari, se qualcuno ci avesse pensato, avrebbero applicato regole diverse, ma a quanto pareva nessuno se ne occupava mai. Oh, be', tanto peggio per quegli infiltrati.

Eric era silenzioso mentre si preparava ad attaccare l'obiettivo. Diede a John il segnale di *pronto in cinque secondi* e iniziò il conto alla rovescia. Quindi si alzò e abbatté il terrorista, che stava guardando nel buco largo un metro e mezzo appena realizzato nella parete in fondo. Avevano tirato fuori alcuni vecchi tavoli per PC e a quanto pareva li avevano usati come muro protettivo per gli esplosivi. Il pavimento era un disastro. Ora il suo uomo aveva due fori di proiettile nella nuca e il sangue era su tutta la parete.

Eric udì una serie di spari dietro di lui e si voltò rapidamente. Avrebbero dovuto essercene due. Si precipitò dietro l'angolo e trovò il primo terrorista morto. Alzando lo sguardo, vide John avvicinarsi al secondo. In qualche modo, aveva fatto saltare entrambi i bersagli e aveva premuto il grilletto abbastanza in fretta da farlo sembrare un unico sparo. Era incredibile.

Udirono il clic del successo di Bethany Anne e risposero con il loro. Senza altro tempo da perdere, esaminarono gli esplosivi e si resero conto che non erano predisposti per la detonazione a distanza. Per fortuna, i cavi finivano tutti a un controllo principale all'uscita del nuovo tunnel. Avevano una certa esperienza nel disarmo degli esplosivi, ma non avevano la minima intenzione di correre rischi inutili. Spostarono la scatola il più lontano possibile dall'uscita e prepararono una posizione difensiva, mirando al tunnel. Avevano la responsabilità di assicurarsi che nulla attaccasse il team da quella direzione. Il resto del gruppo doveva assicurarsi di avere le spalle coperte e, visto che Bethany Anne era dietro di loro, la sicurezza era assicurata.

In alto, Darryl e Scott udirono la seconda serie di clic. Era il loro turno.

Svoltarono l'angolo, e ognuno di loro centrò le gambe della vedetta con un proiettile silenziato. Scott andò a destra e Darryl a sinistra. L'uomo cadde in preda al dolore e alla sorpresa, e non vide i due precipitarsi accanto a lui. Scott sollevò la guardia abbastanza in alto affinché Darryl potesse afferrare il distintivo e infilarlo al suo posto. Allo stesso tempo, Scott afferrò la mano destra dell'uomo e la appoggiò al vetro di sicurezza. Rilevando sia l'impronta che il badge, la porta si aprì. Scott lo lasciò cadere di nuovo a terra. Darryl gli sparò alla testa mentre la porta si apriva.

«Fate andare prima me, ragazzi.» Darryl sussultò, non aspettandosi Bethany Anne proprio accanto a lui. Riprese subito la concentrazione, ma ci era andato vicino.

Accovacciato, Darryl si spostò di lato e Bethany Anne si mosse rapidamente. Lui e Scott presero posizione all'interno della porta, rivolti verso l'esterno. La vampira sapeva di avere dei terroristi davanti a sé; la loro posizione era sicura.

L'interno della sala server era rumoroso. Con così tante file, c'erano probabilmente più di mille macchine a occupare quello spazio. Quasi tutte funzionavano con sistemi di ventilazione che suonavano come sibili di vapore ogni volta che si attivavano per raffreddare le macchine. Le piccole unità 1U e 2U potevano essere molto rumorose negli spazi ristretti.

Tre hacker si trovavano in tre posti diversi della sala server. Tutti avevano appoggiato i loro fucili bullpup a terra mentre lavoravano.

Bethany Anne riconobbe il tipo, ma non il produttore. Quell'arma funzionava spostando il meccanismo e il caricatore dietro il grilletto per risparmiare peso e guadagnare manovrabilità, senza sacrificare la precisione di una canna più corta.

Le armi da fuoco non avevano importanza. Nessuno sentì nulla quando Bethany Anne colpì un hacker alla nuca con l'avambraccio. Sfortunatamente lo aveva ucciso, non avendo pensato alla differenza tra la testa dura di un mannaro e quella di un uomo.

Nel giro di pochi secondi si ritrovò con due tizi privi di sensi e uno deceduto. Uno di quelli vivi era una donna: alla faccia della parità di genere. Fece cenno a Scott di prendere la donna e si gettò il maschio sopra la spalla in una presa da pompiere. Scott si caricò la donna allo stesso modo e si precipitarono lungo le scale. Riusciva a sentire il trambusto degli ostaggi che superavano il piano principale. Era tutto molto caotico, con quella massa di persone che accorrevano fuori. Bethany Anne sperava che non diventasse una fuga precipitosa, ma non poteva farsi vedere. Lei e il suo team dovevano darsela a gambe. Di sicuro sperava che l'uscita conducesse da qualche parte, altrimenti sarebbe stato un fiasco. Non voleva chiamare Frank per chiedere aiuto. Quanto sarebbe stato imbarazzante?

Raggiunsero il seminterrato e videro i tre corpi e la posizione difensiva che Eric e John avevano assunto. Darryl prese il posto di Scott per farlo riposare un po'. Bethany Anne consegnò a John il tizio che stava trasportando, e lui accettò il carico senza troppi problemi. Questo le permise di entrare nel tunnel senza ostacoli.

Non ci impiegò molto e seguì un tratto molto lungo con due curve a gomito fino a quando non finì contro un normale sistema di tubi di drenaggio sotterraneo che proseguivano sia a destra che a sinistra. Le curve a gomito probabilmente servivano a ridurre il contraccolpo del crollo dell'edificio. Be', ormai non sarebbe accaduto.

Nessuno si aspettava di vederla quando fece capolino da dietro la curva a gomito. Gli infiltrati dovevano aver pensato che avrebbero avuto una squadra avanzata. Bethany Anne faceva parte della squadra vincente e al vincitore andava il bottino, e cioè i concorrenti numero uno e due che portavano con loro.

Afferrò il telefono e azionò la funzione di mappatura. Come aveva supposto, era abbastanza vicina alla superficie da avere campo. Erano sotto NE 2nd Avenue. Un altro buco si trovava a una quindicina di metri lungo il tunnel alla sua destra. Si mosse in avanti fino a raggiungerlo. Si fermò dopo pochi metri quando vide una scala che portava verso l'alto. La salì. Raggiunta la cima, spinse da parte una pesante grata ed entrò in un edificio di metallo. Dovevano aver nascosto la loro attività facendo sembrare che la struttura fosse in fase di ristrutturazione. Non c'era nessuno, ma una rapida occhiata rivelò due furgoni bianchi senza finestrini parcheggiati fuori con scritto *John's Building Contractors* e un numero di cellulare dipinto sui lati con una grafia scadente. Entrambi sembravano ridotti piuttosto male. Ovviamente era stato così che entravano e uscivano dall'edificio senza destare sospetti.

Soddisfatta, tornò indietro lungo i passaggi e incontrò i membri del team mentre uscivano nel condotto fognario. Spiegò il piano e i corpi furono ancora una volta passati di mano. Lei prese l'uomo ed Eric sostituì Daryl con la ragazza. I tre senza gli hacker si affrettarono a salire le scale, abbandonarono gran parte delle armi e trovarono delle magliette sporche di vernice. Controllarono i furgoni e scoprirono che entrambi avevano le chiavi nascoste sotto il sedile anteriore. Scott ne prese uno, lo fermò in un parcheggio giornaliero e tornò correndo. John girò intorno all'isolato finché non furono pronti.

Al quarto giro intorno all'isolato, Scott segnalò che era il momento. Aprirono la porta di sicurezza di metallo e John portò semplicemente il furgone oltre il marciapiede fin quasi nel negozio. I terroristi dovevano aver rimosso la parete anteriore dietro la porta di sicurezza proprio per quello scopo. Aprirono gli sportelli del furgone e spostarono dentro gli hacker mentre Eric caricava l'attrezzatura sul retro. John si spostò sul sedile del passeggero anteriore ed Eric prese il volante.

Scott fermò il traffico in modo efficace semplicemente stando in mezzo alla strada. Era difficile immaginare che ci fossero poliziotti nei dintorni che non fossero già al Southeast Financial Center. Nessuno si sarebbe precipitato lì nei prossimi sessanta secondi.

Eric accelerò e Darryl chiuse la porta di sicurezza alle loro spalle. Bethany Anne era già entrata nel furgone. Non aveva alcun bisogno che il suo viso venisse ripreso dalle telecamere di sicurezza lungo la strada, se ce ne fossero state.

Darryl e Scott saltarono dentro, ed Eric si allontanò con disinvoltura, con il braccio teso fuori dal finestrino in un saluto amichevole alle auto che strombazzavano dietro di lui.

Bethany Anne chiamò subito Bobcat. Aveva localizzato un lotto su Google Maps a circa otto miglia di distanza da South Miami. Voleva che atterrasse lì. Lui stava volando al largo della costa vicino a Palmetto Bay, perciò non era troppo lontano. Si diresse a nord verso la zona di raccolta.

Atterrando, vide un furgone bianco sgangherato con il nome e il numero di un imprenditore edile sulla fiancata. Si stava muovendo verso di lui, quindi sperò che fosse la sua gente.

Considerando che aveva avuto il permesso di sorvolare il centro a bordo di un Black Hawk e che la persona al telefono gli aveva parlato di sicurezza, dedusse che stava lavorando con una squadra che aiutava nelle operazioni anti-terrorismo. Non sapeva come fossero scesi dall'elicottero, perciò non avrebbe dovuto mentire comunque. Tutto quel che sapeva era che non avevano lasciato nessuna attrezzatura agganciata.

Si limitò a pensare che avessero qualcosa di nuovo e che i militari non volevano che si spargesse la voce.

Gli sportelli si aprirono e Bobcat raccolse non solo la sua squadra originale, ma due nuovi arrivati che sembravano... sì, erano svenuti. Non vide sangue, perciò probabilmente erano vivi, solo privi di sensi. Due membri del team avevano magliette macchiate di vernice sopra l'equipaggiamento. Bobcat non sapeva di cosa si trattasse, ma era sicuro che fosse una bella storia. Anche se non l'avrebbe mai sentita.

Svuotarono il furgone, caricarono l'elicottero e Bethany Anne gli diede il segnale. Si sedette accanto a John. «Dan vuole che sbarchiamo da qualche parte in particolare?»

«No, ancora niente. Si sta scatenando l'inferno. Con tutti gli ostaggi che si riversavano fuori, ci è voluto un minuto buono perché i poliziotti li superassero ed entrassero nell'edificio. Hanno trovato i morti del primo gruppo e quelli nella sala-server. Dal momento che non abbiamo cambiato nulla, sanno che *due sono fuggiti* e Dan dice che stanno fornendo aggiornamenti sulla situazione riguardante il seminterrato. Ripuliranno l'edificio fino a quando non confermeranno che gli esplosivi sono stati neutralizzati. Non può ancora andarsene, c'è troppo casino, e un veicolo di supporto che tenti di allontanarsi sembrerebbe sospetto.»

Lei annuì, mettendosi il paio di cuffie extra. Un colpetto sulla spalla attirò l'attenzione di Bobcat.

«Come va?»

Lui le lanciò un'occhiata, sorrise, e si affrettò a concentrarsi di nuovo davanti a sé. «Sul serio? Mi chiedi come va quando sono di nuovo in azione con la mia bambina, qui?» Accarezzò la sua ragazza con amore. «Dove vuoi andare adesso?»

«Uh, ci sono posti dove un Black Hawk non farebbe notizia?»

Lui scoppiò a ridere. «Signora, i Black Hawk fanno sempre notizia. Non lo sapevi?»

Lei fece una smorfia. Forse non era la scelta migliore per fuggire senza dare nell'occhio. Come avrebbe potuto sfruttare la situazione?

«Va bene, facciamo così. Portami a vedere le case più costose. La storia è che ti ha assunto una signora molto ricca, che voleva proprio questo elicottero. Che non mi interessava il prezzo, ma solo vedere le case.»

Bobcat sorrise. Era la sua ragione di vita. Donne sexy, pistole e divertimento. Al diavolo, sì!

«Ottima scelta. Siamo vicini al meglio di Coral Gables; andremo lungo la spiaggia. Vuoi essere vista, vero?»

«Proprio così, voglio mettermi in mostra.»

Sarebbero state le migliori pubbliche relazioni del mondo. Bethany Anne si spostò sul sedile del copilota. Era dannatamente agile.

Cercò le varie proprietà usando il cellulare, ne trovò una che le piaceva per 8,9 milioni di dollari e chiamò la broker. Le rispose e Bethany Anne le comunicò di voler vedere subito la casa. L'agente disse che avrebbe finito quel pasto tardivo e sarebbe arrivata subito in macchina, quindi le chiese se avesse bisogno di indicazioni.

«No, non ne ho bisogno. Cercherò di capire dove far atterrare il mio pilota.» Riattaccò.

«Ehi, Bobcat. Quella sì che è una casa che voglio vedere. Ha una piscina perciò, se puoi passarci sopra, posso lavare via un po' del sangue che ho sulle mani saltandoci dentro. Sarebbe piuttosto eccentrico, non trovi?»

«Penso che sarebbe pazzesco, ma le follie mi piacciano. Oppure puoi usare le salviettine per bambini che si trovano sotto il sedile. Le uso per pulirmi dall'olio quando lavoro ai motori.»

Bethany Anne allungò una mano sotto il sedile e tirò fuori una confezione di salviette per neonati. Furono molto utili per pulirsi le mani e Bethany Anne ne estrasse un'altra per detergersi la faccia. Ora aveva lo stesso odore del sedere di un bambino.

La casa che voleva vedere era a Smugglers Cove, a Key Biscayne, quindi Bobcat inclinò il Black Hawk sull'acqua. La casa era vicino al Bill Baggs Cape Florida State Park. Riuscì a trovare un punto di atterraggio decente che non disturbasse i vicini, e Bethany Anne corse verso la proprietà. Saltò un recinto e scivolò attraverso l'Eterico mentre nessuno stava guardando. In quella zona non gradivano visitatori indesiderati, né animali né umani.

Arrivò alla casa con l'aiuto del telefono proprio mentre l'agente immobiliare si avvicinava.

L'agente immobiliare giunse con una BMW serie 5, ultimo modello. Si chiamava Nancy e indossava un costoso abito bianco e un bel paio di Brian Atwood che Bethany Anne fu costretta ad ammirare. Confrontando l'abbigliamento della donna con il suo, si sentì come se venisse dai bassifondi. Ma in effetti aveva i soldi per comprare quella casa. Perciò 'fanculo.

«Sei Nancy?»

«Sei... Bethany Anne?» Nancy non era convinta che non fosse uno scherzo. Il modo in cui la cosiddetta cliente era entrata nella proprietà andava al di là della sua comprensione.

«Già, chiedo scusa per il mio aspetto, ma stavo passando una giornata alla Rambo quando ho visto la casa. Ho chiesto al mio pilota di atterrare laggiù, nel parco statale. Cerchiamo di fare in fretta. Non credo vogliano che il Black Hawk resti lì troppo a lungo.»

«Uhm, Black Hawk? Non è un elicottero militare?»

«Sì.» Bethany Anne indicò il suo abbigliamento. «Ho dovuto vestirmi in modo appropriato. Adoro le tue Brian Atwood!» Quando parlò delle scarpe di Nancy le venne fuori la voce più dolce che avrebbe mai potuto usare.

Colpì nel segno. Qualunque donna che interpretasse Rambo, con tanto di elicottero, e sapesse riconoscere il suo paio piuttosto esclusivo e costoso di Brian Atwood era indiscutibilmente una buona cliente.

Ci vollero circa dieci minuti perché Bethany Anne decidesse di volere quella casa.

Nancy le chiese se volesse fare una controfferta sul prezzo richiesto di 8,9 milioni e Bethany Anne decise di giocarsela fino in fondo. «Cosa me ne importa se posso avere la casa per uno o due milioni in meno? La negoziazione è una rottura di scatole. Quando voglio qualcosa, la compro. Fammi chiamare la mia segretaria per finalizzare l'accordo. È un'europea che è appena venuta in America con me. Perciò cerca di essere paziente con lei, okay?»

Nancy le assicurò che sarebbe stata l'epitome della pazienza.

Bethany Anne recuperò il telefono e chiamò Ecaterina. «Ciao Ecaterina, ascolta, ti darò il contatto di un'agente immobiliare con cui sto trattando per una proprietà fuori Miami. Oh, c'è anche Nathan? Ma che sorpresa. Allora sì, parla con lui dei particolari, ma la acquisterò per 8,9 milioni di dollari. Ti invierò le informazioni e un link alla proprietà, nonché un assegno. Già, probabilmente sarò di ritorno tra un paio di giorni. Okay, ciao.»

Riattaccò e le mandò le informazioni di Nancy. «Va bene, devo andare! Hai il mio numero di telefono, ma preferirei non occuparmene mentre sto giocando. Ta ta!» Detto questo, lasciò Nancy a chiudere la casa.

Bene, adesso aveva una base operativa. Non era del tutto sicura del motivo per cui ne volesse una proprio in quell'area, ma sembrava essere un punto focale per i Nosferatu, perciò avrebbe potuto funzionare.

Avrebbe dovuto convincere Ecaterina a trasferirsi laggiù. E poi sarebbe stato uno schifo andare con i tacchi sul ghiaccio, d'inverno.

Corse indietro, saltò di nuovo il recinto e scivolò nell'Eterico per attraversare il canale e raggiungere l'elicottero, che stava azionando i rotori. Darryl, Scott ed Eric erano in piedi e avevano un aspetto feroce. Quando saltò a bordo, vide John con una pistola, che osservava i due hacker che ora erano svegli e molto, molto spaventati.

I membri del team chiusero lo sportello, e il pilota uscì. Dan aveva chiamato mentre Bethany Anne era impegnata. Finalmente erano scappati dal manicomio al Financial Center e si stavano recando all'aeroporto, dove si trovava la compagnia di Bobcat. Avevano programmato di incontrarsi all'hangar al momento dell'atterraggio.

A lei andava bene.

«Vedo che i due concorrenti si sono svegliati. Avevano qualcosa da dire?»

John scosse il capo. «Al di fuori di chi siamo, dove siamo e che sono innocenti? No.»

Abbassò lo sguardo sui due hacker. Se era vero che erano innocenti, avrebbe potuto usarli. Non riusciva a concentrarsi con il frastuono dell'elicottero per affrontarli in quel momento. Be', non era del tutto vero. Avrebbe potuto, ma non le andava.

Bethany Anne annuì e tornò a sedersi sul sedile del copilota. Le piaceva quell'elicottero, decise, mentre si rimetteva il casco. «Ehi, Bobcat, come ti girano?»

«Una accanto all'altra, sorella, una accanto all'altra.» Lei sorrise a quell'atteggiamento. Le piacevano sia l'elicottero che il pilota.

«Allora, l'hai comprata?»

«La casa?»

«Sì.»

«Già, mi piaceva. Ho un membro del team che sta lavorando ai dettagli, ma dovrebbe chiudere l'affare al massimo tra un paio di giorni. A quanto pare d'ora in avanti sarò a Miami più spesso.»

Bobcat era perplesso. Quella donna aveva davvero comprato una casa a Smugglers Cove? Quella zona era nota per le enormi case con prezzi con cui si potevano facilmente acquistare diversi elicotteri.

«Hai bisogno di un pilota nel tuo team?» Sorrise per togliere serietà alla domanda, cercando di farla sembrare uno scherzo.

«A dire ilvero, Bobcat, credo proprio di aver bisogno di un pilota che abbia accesso a un Black Hawk e a cui non dispiacerebbe entrare a far parte della squadra. Include l'acquisto della sua intera attività e l'aggiornamento dell'attrezzatura con elementi che qualcuno potrebbe... diciamo, apprezzare? Conosci qualcuno che potrebbe essere interessato?»

Bobcat le lanciò un'occhiata. Aveva interrotto la recita della ragazzina amante del divertimento e ora gli mostrava un'espressione fin troppo seria.

Bobcat guardò fuori dal parabrezza. «Al diavolo, sì, portiamo a terra questa bambina e poi parliamo.»

«Potrebbe essere pericoloso.»

«Quanto spesso?»

Lei si strinse nelle spalle. «Che sia dannata se lo so. Nell'ultimo mese, sono stata coinvolta in quattro scontri a fuoco, mi hanno sparato una volta, ho dovuto uccidere o neutralizzare più di venticinque persone, torturarne una e altra roba. John, laggiù, è stato accoltellato – sul serio – solo ieri sera. Sei ancora interessato?»

Si voltò a guardarla. Se non avesse avuto quattro agenti a bordo del suo elicottero e due ostaggi e collegamenti con il governo, avrebbe messo in dubbio quella dichiarazione. Il tono pratico con cui aveva spiegato la situazione rendeva evidente che non pensava che fosse chissà cosa. Bobcat diede un'altra occhiata al retro dell'elicottero. Se Bethany Anne gli aveva offerto di entrare in quel tipo di team, lui voleva farne parte.

«Sto avvizzendo, sorella. Mantenere questa bambina è l'unica cosa che mi tiene sano di mente. Non so perché diavolo mi sia stabilito qui a Miami. Perlopiù mi ritrovo a trasportare persone che giocano sulla spiaggia. Questa è la prima carta veramente interessante che ho avuto nell'ultimo anno. C'è altro?»

«Sì, ma dovrai aspettare fino a quando non saremo a terra, poi potremo parlare con il resto del team.»

«Non vedo l'ora.»

Bethany Anne guardò fuori dal finestrino dell'elicottero e parlò con TOM a proposito delle sue ricerche per realizzare un siero utilizzabile fino a quando non atterrarono. Non era sicura del risultato, ma le cose lentamente si stavano sistemando.

Bobcat fece atterrare l'elicottero fuori dall'hangar, all'aeroporto. Accanto erano parcheggiati altri tre veicoli, tra cui due furgoni anonimi. Non proprio i mezzi più interessanti o costosi in circolazione, ma gli uomini che riusciva a scorgere sembravano i tipi giusti per lui. Accidenti, era bello essere di nuovo coinvolto in qualcosa di vero. Non c'era droga migliore dell'adrenalina per sentirsi vivi. Il modo più rapido per ottenerla era con il pericolo. Magari inconsciamente era proprio per quel motivo che aveva messo tutto in gioco e puntato tutto sul suo Black Hawk. Non erano i riccastri a volere quel tipo di corsa. Erano persone che sapevano di cosa si trattava, e lui voleva stare al loro fianco.

Ora aveva colto al volo un'opportunità e gli pareva di non averlo fatto abbastanza in fretta. Tutto ciò che poteva fare era cavalcare verso il tramonto, per tutto il tempo che gli fosse rimasto. A quanto pareva poteva trattarsi anche di poche settimane. Be', fanculo. Si viveva una volta sola, perciò era meglio non avere una vita noiosa.

I membri del team scesero dall'elicottero in modo rapido e professionale, portarono i due ostaggi sul furgone e li consegnarono a qualcuno all'interno. Un altro uomo scese dal veicolo e a Bobcat sembrò una specie di leader. Finì i suoi controlli di atterraggio e alla fine scivolò fuori anche lui.

Notò Bethany Anne che si avvicinava al gruppo vicino al furgone. Che schianto! Non aveva idea del perché gli altri ragazzi non guardassero di nascosto quel culo. Ma dubitava che sarebbe rimasto sul libro paga se fosse stato scoperto a fare qualcosa del genere. Lasciò l'elicottero e andò a prendere la quattro per quattro per spostare il Black Hawk all'interno dell'hangar.

Bethany Anne attirò la sua attenzione. «Sposti l'elicottero?»

«Sì. Ti serve ancora?»

«Può darsi. Quanto tempo ci vuole per farlo uscire?»

«Qualche minuto.»

«Oh, okay. Vai avanti, ti raggiungo dopo che avrai finito.»

Bethany Anne si rivolse a Dan. «Ehi, vorrei farti alcune domande su come funzionano le cose. Posso approfittare di un po' del tuo tempo?»

«Adesso?»

«Sì, non ho idea di come funzioni questa faccenda, e devo capire se posso parlarne con te e Frank e apportare qualche modifica.»

L'indole naturalmente diffidente di Dan riemerse. «Che tipo di cambiamenti?»

«Niente di brutto, cazzone. Ora smettila di fare lo stronzo sospettoso e andiamo laggiù a parlare.» Camminò verso l'edificio e Dan guardò John, che si limitò a sorridere.

Dan scosse il capo e seguì Bethany Anne. Di sicuro era stata capace di aiutare in centro, quando la polizia si era trovata le palle strette in una morsa. L'FBI era ancora incazzata per il fatto che un gruppo operativo segreto aveva attraversato i terroristi come un coltello nel burro, lasciandoli in compagnia di un mucchio di cadaveri e delle domande dei giornalisti. Dan era convinto che Frank avrebbe depistato le indagini collocando altrove tutti quelli che erano stati assegnati a quel caso. Nessuno poteva scoprire nulla se nessuno stava lavorando a quell'indagine.

Incontrò Bethany Anne mentre chiedeva al proprietario se poteva usare il suo ufficio. «Adesso non è più il mio ufficio, giusto?» disse il pilota.

Bethany Anne ribatté: «Come? Pensi che io voglia un ufficio qui? Sei pazzo. Voglio semplicemente abusare delle tue abilità da pilota e andare in giro con un Black Hawk.»

Dan non era sicuro di cosa stesse succedendo: stava comprando una casa?

Bethany Anne aprì la porta dell'ufficio e la tenne aperta perché potesse entrare anche lui. Era un tipico ufficio da aviazione:

perlopiù mobili scadenti e pile di scartoffie su una vecchia scrivania di metallo con un finto ripiano in legno laminato.

Andò dritta al punto. «Allora, come funziona questa agenzia? Fate tutti rapporto a Frank o fate capo all'esercito?»

Dan si passò una mano tra i capelli. A Bill non importava come funzionassero le cose. Arrivava, portava a termine l'operazione e poi se ne andava. Wham, bam, niente domande, amico.

Bethany Anne era un tipo di vampiro completamente diverso. Già, forse si comportava più come una regina.

«Siamo distaccati da diversi gruppi. Alcuni vengono dall'esercito o da altre agenzie, a seconda delle loro esperienze. Come Scott, che ha avuto quell'esperienza con quel Nosferatu a New York. Non poteva parlarne al di fuori di un gruppo come noi, che ci scherza tutto il tempo. Fino a poco tempo fa accadeva di rado, perciò c'erano solo altri due membri dedicati del team, oltre a me. Siamo cresciuti fino a diventare i quattro agenti principali con una squadra di backup e il resto di supporto e assistenza medica. Con te, sospetto che possiamo diventare un po' più snelli, ma non so ancora se la cosa mi fa sentire a mio agio.»

«A quanto ammonta il budget per questa cosa? Per tutti e ventidue?»

Dan si appoggiò a quella sedia incredibilmente scomoda. «Questo è il punto. Non ne abbiamo uno, oltre alle spese di base. Siamo una voce nel Dipartimento della Difesa ed è così incredibilmente piccola che di solito non causa problemi con i contabili. Era Carl che aveva quegli strumenti elettronici costosi, quindi ci siamo sempre affidati a lui. Hai visto cosa c'era qui nel campo. Frank nella maggior parte dei casi è in grado di darci una mano, ma questa vita di stenti e privazioni ci ha quasi fatto ammazzare. Perché, hai qualche idea?»

«Sì. Ma voglio il tuo consenso, completamente e inequivocabilmente. In caso contrario non agirò alle tue spalle.»

Lo stomaco di Dan si allentò un po'. Sapeva che i membri del team l'avrebbero seguita, e che aveva altri amici al nord. Ora a quanto pareva aveva assunto un pilota dotato di un maledettissimo Black Hawk.

Decise che sarebbe stato il più aperto possibile. La vampira davanti a lui era cattiva, spaventosa, pericolosa e altro ancora. Ma era anche onesta, divertente e una leader che non aveva paura di distribuire calci in culo e congratulazioni. E non minacciava i suoi subordinati. In quel caso, lui. «Fammi capire a cosa stai pensando e vediamo cosa si può fare.»

Bethany Anne si sedette sulla scrivania. Sapeva che avere Dan dalla sua parte era un passo fondamentale per la riuscita del piano. Non aveva uno Stephen in America, perciò aveva bisogno di creare un'organizzazione che avesse le connessioni, i muscoli e la manodopera. Dan Bosse faceva quel lavoro da quindici anni. Aveva il background e l'esperienza di cui lei aveva un disperato bisogno.

«Ho comprato questa azienda qui e una casa a Smugglers Cove come base operativa.» Dan aggrottò le sopracciglia. Aveva appena affermato di aver speso più del suo budget annuale. «Ma ho bisogno di un nucleo centrale di paramilitari per creare una forza d'attacco che possa compiere più operazioni simultanee senza l'aiuto di un vampiro. Non sarò sempre disponibile e, francamente, non sono sicura di chi fidarmi, al momento. Nel regno dei vampiri, posso contare le persone fidate su un dito.

«Mi chiedo se accetteresti un cambio di direzione. Frank sarà ancora il contatto del governo – o chiunque venga dopo di Frank – ma non voglio occuparmi solo dei suoi problemi. Vorrei che potessimo contare su un'organizzazione mondiale. La base sarà qui nelle Keys, e poi ci espanderemo.»

«E dove troveremmo la manodopera?»

«Be', quando hai un problema, potrebbe essere una seccatura doverlo sistemare, ma se hai più problemi, potrebbero annullarsi a vicenda. Che ne pensi?»

Dan rimase a bocca aperta. Non era sicuro di cosa pensare del piano di Bethany Anne. Ma se fosse riuscita a far funzionare quel tipo di organizzazione, finalmente non solo avrebbero avuto una possibilità contro i Nosferatu, ma avrebbero potuto combatterli. Ovunque.

Decisero di chiedere a Frank cosa ne pensava e Dan si prese altro tempo per rifletterci. Accettò di aiutare nella prima operazione per mettere in moto il piano di Bethany Anne e vedere cosa sarebbe successo. Lei lo avrebbe raggiunto nel furgone tra poco.

Se ne andò e il pilota lo salutò con la mano e si diresse verso l'ufficio che aveva appena lasciato. Dan doveva riflettere un po'. Uscì dall'hangar e attirò l'attenzione di John. «Grimes! Vieni qui, ho bisogno di un rapporto. Cos'è successo in quell'edificio?»

Bobcat aprì la porta dell'ufficio e trovò Bethany Anne seduta sulla sua scrivania. Occupò la sedia. «Vedo che siete legati a qualche agenzia governativa. Dovrei saperne di più?»

Lei gli sorrise. «Meglio non sapere se vieni interrogato, giusto?»

Lui ricambiò il sorriso. «No, sono curioso per natura, perciò sto cercando di stabilire in anticipo quali sono i limiti.»

Bethany Anne cercò di decidere come spiegare che aveva venduto la sua attività per diventare il sottoposto di una vampira. Michael non le aveva dato spiegazioni in tal senso. Aggiunse quella voce alla lunga lista delle cose che quel bastardo non aveva menzionato. Se non gli piaceva il risultato, poteva baciarle il culo.

«Bobcat, sono una persona molto aperta. Se sei nella squadra, sei nella squadra. Il problema è che non esiste un *fuori dalla squadra*. Non perché io o qualcuno del mio team ti faremmo qualcosa se parlassi. E credimi, lo scopriremmo se lo facessi. Eppure l'altra squadra non crederebbe a una parola della tua proclamata innocenza. Non avrebbero problemi a catturarti semplicemente per capire cosa sai, se non sei più sotto la mia protezione. Perciò, puoi andartene, ma perderesti la tua protezione, hai capito?»

Lui si grattò la barba incolta. «Ciò che avete fatto in città era collegato a questa faccenda?»

«No... be', non ne sono sicura. Potrebbe essere, ma è stato presentato come un normale attacco terroristico, quindi non credo che chiunque sia stato trascinato in questa storia sarà preso di mira. Da questo punto di vista sei al sicuro. Puoi uscire da questo ufficio con tutto quello che avevi stamattina più i soldi che ti ho promesso, che tra l'altro sono già stati depositati sul tuo conto. Non vorrei pensassi che non ti avrei pagato.»

«A quali aggiornamenti stavi pensando?»

«Cosa sai pilotare?»

«Quasi tutto ciò che è militare, tranne i jet da combattimento e i bombardieri nucleari. Probabilmente potrei capire come fare, se non hai fretta di decollare.» Sorrise. Gli pareva plausibile che potesse trovarsi in quella situazione, perciò era meglio stabilire in anticipo qualche limite.

Bethany Anne ricambiò il sorriso, considerando il futuro e dove sarebbero potuti finire. «Prenderesti in considerazione l'idea di imparare un nuovo mestiere e magari insegnarlo ad altri quando ne saprai abbastanza?»

«Se hanno il talento, sicuro. Ma dovrò essere io a stabilire se ne hanno. Un pilota che rischia il collo è un conto, ma non voglio essere responsabile di qualcuno che faccia morire gli altri volando in modo irresponsabile.»

«È giusto e non mi aspettavo niente di diverso. Quanto vale la tua attività?»

«Perlopiù vale debiti. L'affitto di questo spazio scadrà tra sei mesi e, con i tuoi cinquantamila dollari, ora ho circa cinquantasettemila dollari sul conto e un bollo per l'auto che ti farà impallidire.»

Bethany Anne rise al commento sul bollo. «No, se significa che posso tenere te e quel Black Hawk. Va bene. La nostra nuova base operativa sarà la casa che ho appena comprato.»

Bobcat scoppiò a ridere. «Hai comprato una casa a Smugglers Cove e intendi farne la tua base operativa?»

«Sicuro. Mi sembra fattibile utilizzarla per partire con una barca. E aspetta di vedere la barca che voglio acquistare. Ti farò parlare con gli altri membri del team e dirò loro di rispondere a tutte le domande in modo esaustivo. Assicurati di essere a tuo agio perché voglio che nel mio team vadano tutti d'accordo. Non ti conviene che ti prenda a calci nel culo, perciò dovrai esserne più che certo prima di firmare sulla linea tratteggiata.»

«Un po' come firmare con il sangue?» Bobcat sorrise mentre lo diceva.

Bethany Anne inclinò la testa da un lato e disse: «Sì, più o meno è così», poi se ne andò.

Bethany Anne stava uscendo dall'hangar quando il telefono squillò. Era Nathan.

CAPITOLO DICIASSETTE

New York City, NY, USA

Ecaterina lavorò insieme a Nathan per fornire a Nancy tutte le informazioni di cui aveva bisogno per chiudere l'affare in Florida. Aveva una società immobiliare costituita con un numero enorme di coperture per nascondere i veri proprietari. Magari a Bethany Anne avrebbe fatto comodo, ma non voleva anticiparle l'acconto per un'acquisizione da nove milioni di dollari.

«Bethany Anne? Sono Nathan. Hai un minuto?»

«Sicuro. Presumo si tratti della casa?»

«Sì. Una delle mie attività ha diverse proprietà e uso un sacco di prestanome per nascondere il vero intestatario. Vale a dire io, nella maggior parte dei casi. Ci vuole un po' per creare queste corporazioni di facciata. Per caso vuoi che lavoriamo insieme a questa cosa?»

«Davvero? Sarebbe fantastico. Al diavolo, sì, facciamolo. Di cosa hai bisogno?»

«Oh, di circa due milioni e mezzo di dollari per gestire l'acconto.» Nathan sorrise.

«Perché non tutto l'importo?» Il suo sorriso si fece incredulo. Aveva dimenticato quanto fosse ricca. Non sapeva quanto, di preciso, ma Michael doveva averle dato accesso a una somma ingente.

«Eh, sì. Possiamo farlo.»

«Nathan, possiamo usare queste società per nascondere ulteriori acquisti?»

«Tipo cosa, diecimila paia di scarpe?»

«Ehi, non sono Imelda Marcos, razza di minorato mentale. Voglio comprare una compagnia aerea sommersa dai debiti per l'acquisto di un Black Hawk e ho intenzione di spendere molto di più man mano che avrò altri giocattoli e qualcosa per migliorare i giocattoli in questione.»

«Buon Dio, Bethany Anne. Stiamo parlando di giocattoli piuttosto seri.» Prese mentalmente nota di non scherzare su grandi quantità di scarpe.

«Sì, be', l'altra parte non sta giocando in modo corretto e non mi faccio problemi a barare. È per questo che voglio migliorare i giocattoli.»

«Già. Di quanti soldi stiamo parlando?»

«A breve termine? Probabilmente centocinquanta milioni di dollari. Sul lungo periodo? Probabilmente sei volte tanto.»

Buon Dio, pensò Nathan, *è un miliardo di dollari. Fa' attenzione, mondo, ora si fa sul serio.*

«Sì, posso occuparmene. Ma avrò bisogno delle tue autorizzazioni e di poter firmare sui tuoi conti. Ti sta bene?»

«Sicuro. Ricorda solo che l'intervista di uscita dopo un'appropriazione indebita di fondi è incredibilmente breve e incredibilmente fatale, e siamo a posto.»

«Non ne ho mai dubitato.»

«Buono a sapersi. Contatterò Kevin Berger a Zurigo per farti salire a bordo. Vedo se può pensarci lui o se devo andare fin laggiù.»

«No, dovrebbero avere qualcuno qui a New York. Ma tu dovrai essere presente per forza.»

«Non c'è problema. Comunque sto venendo lassù con il mio team per occuparmi dei nostri cuccioli recalcitranti. Tu e Gerry avete già qualche idea?»

«Vuoi dire idee che non finiscano in un massacro di massa?»

«Già, mi riferivo proprio a idee del genere.»

«Ehm, no. Questa roba sta fermentando da decenni e alcuni semplicemente non riescono a vedere il pericolo perché non sentono il cambiamento nell'aria.»

«Già, potrebbero sentire questo cambiamento, ma sarà il mio piede infilato in gola, se non dovesse piacergli. Considera un modo per organizzare un conclave dei bambini più problematici che ritieni abbiano una mentalità abbastanza aperta. Accetterò una tregua e, a meno che non facciano qualcosa di assolutamente stupido, se ne andranno tutti interi.»

«Cosa potrebbe essere considerato *assolutamente stupido*?» Conosceva un paio di vampiri a cui bastava davvero poco per incazzarsi.

«Finché non si comportano come se volessero danneggiare fisicamente me o il mio team, allora siamo a posto. Se tra le loro file ci sono tipi forti e stupidi, potrebbe essere meglio lasciarli a casa.»

«Che razza di team è? Ci sono altri vampiri? Ecaterina mi ha detto che Ivan sta lavorando con Stephen.»

Accidenti, avrebbe dovuto dire a Ecaterina di non spifferare tutto a Nathan. Non che non si fidasse di lui, ma non voleva condividere tutto con Gerry e i contatti di Gerry. Come Frank. «No, è il mio team che lavora con Frank.»

«Quindi sanno già del Mondo Ignoto. Va bene. Spero che non si lascino intimidire facilmente.»

«Merda, Nathan. La mia squadra ha fatto fuori due Nosferatu ieri sera e un gruppo di terroristi oggi. Non credo che se la faranno addosso per qualche cialtrone con un pessimo atteggiamento. Dammi un secondo.» Coprì il telefono con la mano. Non per impedire a Nathan di sentire qualcosa, ma per dare l'illusione della privacy. «Ehi, Darryl. Tu e Scott avete qualche minuto per parlare con Bobcat? È il pilota, Bill. Già, un soprannome. Fate in modo che vi chieda tutto ciò che vuole e rispondete onestamente o rifiutate di rispondere. Per me potete non escludere nulla. Già, anche quello. Non mi interessa, è una vostra scelta. Voglio che lo consideriate il pilota principale del team. Già, sto assumendo o acquistando la sua azienda, perciò assicuratevi che possiate giocare insieme, grazie.»

Tornò al telefono. «Chiedo scusa, ma dovevo sistemare una cosa. Allora organizza l'incontro con la banca e anche con le teste calde. Avrò altri quattro uomini con me. Saranno tutti armati di frangibili d'argento.»

«Bethany Anne, sappiamo entrambi che non hai bisogno di supporto. Là fuori non esiste mannaro che possa avere la meglio su di te.»

«Non si tratta di paura, si tratta di percezione, Nathan. Non voglio spaventarli; desidero che vogliano unirsi a me. Non li ignorerò perché voglio cooptarli.»

Nathan era senza parole. Non lo aveva immaginato. Nessun vampiro aveva ufficialmente lavorato con i mannari o con qualcuno dei Wechselbalg in qualcosa di diverso da una posizione molto superiore, ma a quanto pareva Bethany Anne aveva piani diversi. Era al comando di un gruppo di umani. Di sicuro non avrebbe fatto di meno per un mannaro. In che cazzo di situazione li aveva messi Michael? Pensò, non per la prima volta, che Michael fosse un genio o un pazzo. A differenza dell'ultima volta, fu abbastanza intelligente da non dirlo ad alta voce. Anche se Bethany Anne non riusciva a spaventarlo a morte come aveva fatto in precedenza, sapeva che avrebbe lasciato il segno comunque.

Eseguì qualche calcolo. Fatta eccezione per un paio di persone del Consiglio che credevano fosse giunto il momento di *elevarsi al di sopra di tutto e proclamarsi superiori*, avrebbe potuto funzionare. Doveva parlarne con Gerry. Quella storia avrebbe minacciato fondamentalmente lui.

«Va bene, fammi sapere se hai bisogno di qualcos'altro, e parlerò con Gerry. C'è qualcosa di speciale che dovrebbe sapere?»

Bethany Anne ci pensò su. «No. Digli che nella configurazione del Consiglio non cambia nulla. Avrò semplicemente una nuova organizzazione che ha bisogno di uomini e donne che non accetteranno stronzate da nessuno che non sia nella mia squadra. Il Consiglio rimarrà al suo posto per tutti gli altri. Questo dovrebbe coprire la maggior parte di quelli che hanno bisogno di dare sfogo alle loro tendenze più aggressive.»

«Va bene, ti faccio sapere.»

«Grandioso. Io e il mio team arriveremo domani. Assicurati di prenderti cura di Ecaterina perché dopo l'incontro verrà con me in Florida.»

«Va bene. Ci vediamo domani.»

Si salutarono e riattaccarono. Passò al suo laptop ed effettuò l'accesso nel database principale che mostrava dove aveva proprietà immobiliari nell'area di Miami. Se non ne possedeva nessuna, ne avrebbe cercata una online. Se la ragazza dei suoi sogni fosse andata a vivere lì, allora gli pareva necessario poterle fare visita. Bethany Anne gli piaceva, ed era sicuro che avrebbe potuto bussare alla sua porta in qualsiasi momento, ma non voleva che rimanesse lì con il suo super udito sempre in ascolto.

Miami, FL USA

Bethany Anne andò al furgone, dove Dan e John stavano ancora parlando. Si voltarono verso di lei mentre si avvicinava. John indicò l'hangar con un cenno del capo. «Cosa stanno facendo i ragazzi?»

«Li sto facendo parlare con Bobcat, il nostro pilota, per esaminarlo. E mi piacerebbe che lo facessi anche tu, quando hai finito con Dan.»

Dan le rispose: «Abbiamo finito. Bel capolavoro. Qualcuno si sta occupando del furgone che avete abbandonato a South Miami. Non voglio lasciare tracce. A parte questo, non era rimasto molto per l'FBI, e quello che avete fatto al gruppo che teneva gli ostaggi non è stato chiarissimo. L'unica persona ad avere una buona visuale era una mamma che stava guardando il figlio mentre stava per essere picchiato da quel terrorista. Quello che ha perso la testa.»

Bethany Anne annuì. «Già. Stava per sbattere il calcio della pistola contro quel bambino. Per fortuna era il più vicino quando sono uscita dalle scale.»

«Be', stando alle storie degli ostaggi c'erano almeno due membri per lato. Uno per ogni gruppo di tre terroristi.»

«Sostengono ancora che si trattava di terroristi?»

«Al notiziario non hanno cambiato storia, perciò al momento è più facile chiamarli così.»

John intervenne: «Avete bisogno di me? Vado a parlare con Bobcat. Sarei più che felice di avere accesso a un Black Hawk e a un pilota.»

Entrambi dissero di no e lui andò a unirsi al resto del team nell'ufficio di Bobcat.

«Allora, mi dicevi della mamma?»

Dan continuò: «Sì. Ti ha vista perché stava già guardando quel tizio quando sei apparsa e gli hai staccato la testa dalle spalle con un manrovescio.»

«Più o meno è andata così.»

«Va bene, be', non ha detto niente. Ha ancora suo figlio e vuole dimenticare l'intera faccenda. Ha la bocca talmente cucita che si potrebbe pensare che qualcuno l'ha minacciata.»

«Ehi, non sono stata io! Non mi sono fermata a parlare con nessuno. Avevamo tre minuti per portare a termine l'operazione, non potevamo fermarci a cazzeggiare.»

Dan sbuffò. «Vi ci è voluto forse – e dico forse – un minuto per neutralizzarli tutti. Ora scopro da Eric che John sembra aver eccelso nelle ultime ventiquattr'ore. Per non parlare del fatto che ieri sera è tornato da me in perfetta forma dopo una brutta ferita da coltello e ricoperto di sangue. Vuoi parlarmene mentre continuo a riflettere sulla tua offerta?»

Bethany Anne considerò la situazione. Voleva Dan a bordo, ma non voleva che quell'informazione trapelasse. «Sì, condividerò le informazioni con te, ma dovrai giurare sul tuo onore che non andranno oltre senza il mio permesso. Frank compreso, intesi?» Mentre lo guardava ponderare il suo ultimatum, si rese conto di aver usato quella dannata frase *sul tuo onore* che aveva dato il via a tutto, alla base di suo padre. Sperava davvero di non trasformarsi in Michael.

«D'accordo.»

«Va bene, facciamo una passeggiata.» Si avviarono lungo l'asfalto e lei non disse nulla per i primi cento metri. «Quanto ne sai su come si diventa vampiri?»

«Non molto. Bill non mi ha mai spiegato nulla, se non dicendo che era doloroso da morire e che non era una cosa semplice. Il problema è che, se non riesci a sopravvivere, ti trasformi in un Nosferatu e sei poco più di un mucchio di carne affamato, senza molta intelligenza. Astuto, sì, ma non intelligente.»

«Abbastanza vero, immagino, ma il problema è che il sistema con cui Michael e i suoi figli creano i vampiri non è quello giusto. Ora come ora non entrerò nel perché e percome. Posso dirti che il primo stadio della trasformazione è correggere eventuali problemi del corpo a livello cellulare. Non si va avanti fino a quando non accade.»

Aspettò per vedere se Dan fosse riuscito a mettere insieme i pezzi.

«Perciò mi stai dicendo che ieri sera hai dovuto dare il tuo sangue a John? È per questo che hai fatto irruzione nelle riserve di sangue prima di correre ad aiutare gli altri?»

«Non proprio. Ero io ad aver bisogno di sangue. Il mio corpo lo converte in un tipo di energia. Quando sono arrivata dai ragazzi, avevano abbattuto due Nosferatu e John stava sanguinando orribilmente con il suo coltello infilato nella giacca di kevlar e una ferita che gli arrivava ai polmoni. Gli ho chiesto se si fidasse di me. Non avevamo tempo. Ha accettato e mi sono tagliata il polso per offrirgli le proprietà curative del mio sangue. Eric gli ha tolto la giacca e la maglia.

«Quando John non è più riuscito a bere è svenuto, e io ho versato del sangue sopra la ferita. Subito dopo sono praticamente crollata anch'io. Entrambi siamo rimasti a terra per un po', e ci siamo svegliati quando è arrivato l'elicottero. Quando hai visto John, la guarigione era quasi terminata. Non aveva abbastanza sangue per superare la prima fase di guarigione, perciò preoccuparsi che si trasformi in un vampiro è energia sprecata. Non può.»

«E le sue nuove abilità?»

«Onestamente non saprei cosa dirti. Penso sia solo il primo passo per correggere alcuni errori genetici insiti nel suo DNA. Se non te lo ha già detto, ora tutte le sue cicatrici sono sparite ed è guarito anche un problema che aveva al polpaccio.»

Si fermarono a duecento metri di distanza. Entrambi guardarono in lontananza, persi nei propri pensieri.

Dan si voltò verso di lei. «Ecco perché non vuoi che le persone lo sappiano. Sei letteralmente la fonte della giovinezza qui in Florida.»

Bethany Anne sorrise. «Sì, Ponce de Leon è venuto a cercarmi un po' troppo presto.»

«Sì, be', quella comunque era una storia inventata. Apprezzo che ti sia fidata di me. Ti copro le spalle, Bethany Anne. Il fatto che tu abbia fatto tanto per John quando lo conoscevi solo da poche ore significa molto per me.»

«Dan, erano i membri del mio team. Non li lasci morire quando puoi fare qualcosa.»

Dan prese la sua decisione. Le tese la mano e lei la afferrò, confusa.

«Bethany Anne, ti sto ufficialmente chiedendo il permesso di unirmi alla tua allegra banda di miscredenti militari mentre fottiamo questi Nosferatu e chiunque altro al mondo abbia bisogno di un calcio nel culo.»

Bethany Anne gli rivolse un sorriso radioso e aggiunse: «E oltre al mondo, Dan? C'è qualche limite?»

Dan non sapeva di cosa stesse parlando. «Nossignora. Affronteremo chiunque, che sia qui o da qualunque altra parte che possiamo raggiungere.»

Le strinse la mano. Non riusciva a credere che quella bellissima donna che aveva un sorriso capace di far partire un milione di navi fosse così pericolosa. Dan le lasciò la mano e insieme tornarono all'hangar. Gli pareva di aver cominciato un capitolo importante della sua vita. D'ora in avanti avrebbe definito la sua esistenza come *prima* e *dopo* quella stretta.

Non se ne sarebbe mai pentito, ma spesso si sarebbe trovato a mettere in dubbio la sua sanità mentale.

Chiamarono Frank per proporgli l'idea e capire cosa servisse per realizzarla. Frank aveva pensato di chiedere a Bethany Anne se sapesse come dargli qualche anno in più. Stava diventando di nuovo divertente, e comunque non aveva nessuno a cui assegnare il suo compito, ora che lei stava combattendo per l'altra squadra. Si consolò dicendo che aveva avuto ragione e che lei sarebbe stata un perfetto sostituto.

Ora aveva delle braccia da torcere, favori da richiedere e suggerimenti da dare. La vita era passata da essere interessante a essere affascinante.

CAPITOLO DICIOTTO

Miami, FL, USA

Bethany Anne lasciò Dan al veicolo e decise di controllare lo stato del suo potenziale nuovo membro del team. Si fermò e guardò il Black Hawk. Da vicino, le sue ammaccature erano visibili e la vernice era scrostata in più punti. Ma non c'erano grosse perdite di carburante a terra, o nei dintorni. Non era un meccanico, perciò non sapeva esattamente cosa cercare, ma credeva di essere in grado di capire se quel velivolo fosse messo male. Le sarebbe piaciuto aver pensato prima alle condizioni dell'elicottero, ma ne aveva bisogno, ed era stata fortunata.

Non voleva affidarsi di nuovo alla fortuna. E poi prima di tutto aveva assunto un pilota. Avevano bisogno di un meccanico e, per quanto ne sapeva, non avevano niente del genere. Si chiese anche quale sarebbe stato il posto migliore per riporre tutti i giocattoli del team.

Volare in giro con un elicottero militare era una cosa esagerata o piuttosto rara. Dal momento che si aspettava di correre e sparare, l'unica scelta era procedere sopra le righe.

Continuando a riflettere sulla questione, si avvicinò alla porta e bussò. Eric aprì e sbirciò fuori. Vedendola, la aprì del tutto e sorrise. Bethany Anne fiutò l'alcol prima di vedere le bottiglie che i ragazzi stavano cercando di nascondere e alzò gli occhi al cielo.

Non ne voleva, ma non le importava se loro stavano bevendo. Dal momento che quei cinque si comportavano come adolescenti, pensava che stessero legando.

«Devo separarvi da Bobcat, ragazzi? Esercita già una cattiva influenza su di voi?»

John tirò fuori la sua Shiner Bock da dietro la schiena. «Solo se ci permetti di tenere la cassa di Shiner.» Sorrise mentre gli altri tiravano fuori le birre dai loro nascondigli. Ovviamente Bobcat aveva il nascondiglio migliore visto che era seduto dietro la scrivania.

«Suppongo sia una bevuta rituale per stabilire una nuova amicizia e un legame di squadra?»

«Noi siamo a posto se tu sei a posto. Uh, solo un chiarimento?»

«Sarebbe?»

«Non è sicuro di credere al tuo, uhm...»

Bobcat prese il sopravvento. «Oh, cavolo, John. Fatti crescere le palle.» Si rivolse a Bethany Anne. «Sei davvero un vampiro?» Non sembrava preoccupato dalla domanda, solo curioso.

Bethany Anne sorrise e fece sì che i suoi occhi diventassero rossi e che le crescessero le zanne. Bobcat parve un po' scioccato. Un conto era parlare della bella e veemente leader della squadra. Un altro era vedere che aspetto avesse quando diventava vampiresca a tutti gli effetti. Gli ci volle tutto il suo coraggio per non cercare di infilarsi nel cassetto di destra.

Gli occhi di Bethany Anne tornarono normali e le zanne si ritrassero. Aveva detestato l'idea di farlo in Svizzera, ma ora si rendeva conto che era semplicemente il modo più semplice per chiarire le cose. A quanto pareva colpiva le persone che la guardavano a un livello fondamentale che innescava la reazione di lotta o fuga. Sceglievano sempre la fuga, però.

Bobcat prese spunto dai ragazzi intorno a lui. Non erano pronti a combattere per le loro vite, perciò riguadagnò il sangue freddo. Non pensava che i suoi compagni lo avrebbero portato sulla cattiva strada.

Guardò i ragazzi ma si rivolse a John. «Mi dispiace di non averti creduto.»

John rise e allungò la mano per stringergliela. «Benvenuto nella squadra, Bobcat. Se riesci a guardare la nostra leader vampira quando ha quell'aspetto e non te la fai nelle mutande, allora penso che tu possa farcela. Hai il mio voto.»

Il pilota si sporse in avanti e gli strinse la mano, poi guardò la donna che stava ancora sorridendo. «C'è qualcosa che devo fare?»

«Be', non ho un ufficio delle risorse umane, se è questo che intendi, e non siglo gli accordi con un morso.» Bethany Anne sorrise e i ragazzi colsero l'occasione per sciogliere la tensione con una risata.

«Perciò ora sei la mia guida in tutte le cose che hanno a che fare con il trasporto via terra o via aria. Noi sei dopodomani dobbiamo essere a New York. Non mi interessa come ci arriviamo, ma voglio che sia un viaggio veloce e sicuro. Un'altra cosa, hai un meccanico?»

Bobcat scosse il capo. «Non a tempo pieno. Mi occupo io stesso del motore, perlopiù. Ho un amico capo ingegnere che di tanto in tanto mi dà una mano.»

«È abbastanza bravo da sistemare l'uccello là fuori?»

«Tipo una revisione del motore? Non dovrebbe averne bisogno per altre cinquecento ore di volo.»

«No, intendo motori nuovi di zecca. Voglio l'ultimo motore disponibile per quel velivolo. Già che ci sei, guarda quanto ci costerebbe un nuovo elicottero. Non vorrei andare a risparmiare sugli spiccioli.»

«Un nuovo uccello probabilmente costerebbe più di trenta milioni.»

«E un nuovo motore?»

«Non ci va neanche vicino.»

«Bene, controlla. Sospetto che ti useremo per consegne e ritiri, e magari anche per i rifornimenti. Non sappiamo quanto possano peggiorare le cose. E poi dai un'occhiata agli ultimi rivestimenti: qualcosa che possa non essere ricondotto subito all'esercito. Alla luce del sole non possiamo mascherarlo chissà quanto, ma forse possiamo dargli un aspetto che lo nasconda in bella vista.»

«Qualcosa tipo una vernice che cambia?»

«Be', sicuro, se è possibile. Stavo pensando a qualcosa come un rosso scuro che non sia riconducibile subito all'esercito durante il giorno ma che sia comunque difficile da distinguere di notte. E poi qualsiasi cosa che sia radar-assorbente, se possibile.»

«Il governo ci odierà per questo, lo sai.»

«Se ne occuperà il mio contatto con il governo. John, tu e il team dovete capire cosa ci serve per un'operazione che avverrà tra due giorni. Incontreremo un gruppo di mannari indisciplinati e dobbiamo sembrare il più possibile duri e abili. Considerate i nostri vestiti pre e post operazione. Dan ha accettato di guidare la nuova squadra unificata e anche Frank è d'accordo di dare a chiunque lo desideri la possibilità di unirsi a me. Se volete andarvene lo capisco. Ragazzi, fino a ieri neanche mi conoscevate.»

Li guardò negli occhi e nessuno dubitò di essere nel posto giusto.

«Va bene, presumo che ci stiate tutti?»

Scott disse dall'angolo: «Uno per tutti e tutti per il Team della Regina delle Stronze!» Tutti, tranne Bobcat, scoppiarono a ridere.

Gott Verdammt, ormai non avrebbe più potuto cambiare quel nome. *Oh, be', fallo tuo, allora,* pensò. «Esatto, e voi ragazzi siete appena diventati le mie puttanelle, perciò in marcia. Voglio essere pronta per le 5:30 del mattino di dopodomani.»

Si allontanarono, felici ed emozionati. La squadra aveva temuto che Bethany Anne passasse ad altre responsabilità e che il team si sarebbe sciolto fino all'evento successivo. Ora sapevano che l'azione non si sarebbe fermata e finalmente sentivano che c'era speranza per il futuro e un modo per combattere il nemico ad armi pari. Erano ancora al culmine di due operazioni riuscite in ventiquattr'ore, e non volevano che finisse.

C'era una cosa di cui erano sicuri. Al fianco di Bethany Anne, la vita non sarebbe mai stata noiosa.

Oceano Atlantico, tra Miami, Florida e New York City, NY, USA

Bobcat decollò pochi minuti dopo le 5:30 con il team di Bethany Anne e un copilota in più. Lei si concesse qualche minuto in privato con John per rimproverarlo per aver mancato l'orario previsto per il decollo.

Lui accettò la lavata di capo e recepì il messaggio: c'era un solo modo per fare le cose, ed era una sua responsabilità assicurarsi che tutto filasse liscio.

Andò alla cabina di pilotaggio del Gulfstream G550 a noleggio. Era un jet abbastanza grande, in grado di ospitare quasi venti passeggeri. Per la sua squadra di quattro persone era persino eccessivo. Aveva detto a Bobcat di affittarlo perché voleva scoprire se le piacesse abbastanza da poterlo acquistare. A dispetto delle sue vaste ricchezze, la sua lista di giocattoli era dannatamente costosa. Avrebbe dovuto trovare un modo per fare dei soldi, prima o poi.

Il che le ricordò un altro dettaglio: avrebbe dovuto discutere del futuro con TOM. Di conseguenza qualcuno avrebbe dovuto aiutarla con le attività a cui aveva già accesso e quelle che avrebbe dovuto acquisire o creare per completare i progressi scientifici necessari per vincere la gravità terrestre. La SpaceX e altre due società stavano oltrepassando i limiti con razzi e decollo di aerei suborbitali. Era fantastico, ma TOM era dotato di abilità superiori a qualsiasi cosa avessero in quel momento.

Era una decisione di cui avrebbe dovuto preoccuparsi presto, ma non su quel volo.

Entrò nella cabina di pilotaggio e si sedette accanto al nuovo membro del team. Il copilota che avevano "noleggiato" insieme all'aereo era andato sul retro per alcuni minuti per lasciarle un po' di tempo con Bobcat. Era terribilmente inappropriato, ma chi si sarebbe azzardato a dirglielo?

«Ehi, che ne pensi dell'aereo?»

Bobcat la guardò. «Bello. Potremmo averne bisogno, ne sono sicuro. Ma non so se comprarlo. Abbiamo affittato questo ragazzaccio per poco meno di settemila dollari l'ora e sono io a pilotarlo, quindi il conto dovrebbe essere di circa sessantamila dollari tra andata e ritorno. Considerando le armi pesanti che abbiamo a bordo, mi rendo conto che non volevi fare voli commerciali, ma dannazione, Bethany Anne, così grande?»

«Ehi, volevo qualcosa che potesse trasportare un team completo e spero di tornare con più di cinque passeggeri. Il tuo capo ingegnere ha abboccato?» Bethany Anne aveva chiesto a Bobcat di contattare il suo amico Billy "William" Stevenson e scoprire quanto desiderasse un altro tour nella Sabbiera. Avevano deciso che un contratto per rinnovare il Black Hawk – ora soprannominato "Shelly" – era una buona idea. Poi avrebbero scoperto se desiderava ancora andarsene una volta che avesse versato sangue, sudore e lacrime su quella ragazza.

Qualcuno del team aveva detto che Bobcat trattava il Black Hawk come trattava la sua vecchia ragazza, Shelly, e quella storia era rimasta impressa. Poi Bobcat aveva commesso un errore tattico e aveva esclamato che Shelly non era un nome appropriato per un Black Hawk. Più si lamentava, più la squadra aveva insistito, finché non si era reso conto di aver cementato lui stesso quel nomignolo.

Ora William stava ordinando tutte le parti necessarie per modificare Shelly, inclusi gli aggiornamenti del motore utilizzati dall'esercito nell'ultima versione del Black Hawk.

«Sì, è stato felice dell'opportunità e non vede l'ora di lavorare su di lei e aggiornare i motori. Adora questi uccelli.»

«Perciò alla fine hai ceduto al nome?»

«Sono stato costretto. Più protestavo, più i ragazzi trovavano il modo di tirare fuori quel nome. È stata una battaglia persa e, a dire il vero, alla fine ha cominciato a piacermi.»

«Bene. Quando torniamo, dovrai decidere se William è l'uomo giusto per il nostro team. Ci serve un ingegnere aeronautico eccezionale e spero che sia la persona giusta. Voglio qualcuno che abbia esperienza militare. Avrà risolto molti dei problemi che potrebbero avere i nostri uccelli.»

«Cosa, crepe da stress dovute a un uso intenso?»

«No, fori di proiettile.»

«Oh.» Questo mise fine alla conversazione, e Bethany Anne guardò verso l'oceano e lasciò vagare la mente.

Dovevano trovare un'altra posizione per l'hangar. Quello di Bobcat andava bene per i clienti commerciali, ma non per il suo team. Bethany Anne aveva chiesto a Dan di occuparsi della logistica poiché avrebbe saputo come spostare le risorse. Ci si poteva fidare delle sue conoscenze e intuizioni dovute ai suoi quindici anni alla guida della squadra.

Eppure, la velocità da crociera a cui stavano volando aiutava a spiegare perché Michael avesse quei potenti jet militari. Quando venivi chiamato per un'operazione, la velocità era un requisito essenziale, non solo qualcosa che era bello avere.

Per fortuna stavano solo testando l'aereo. C'era un nuovo G650 per il quale Bobcat aveva mostrato interesse. Aveva detto che il tempo di attesa era lungo un miglio e Bethany Anne si era limitata a sorridere. Era sicura che fosse così, ma il denaro avrebbe potuto accelerare le cose. Forse avrebbe dovuto parlarne con TOM. Avrebbe potuto avere qualche idea su come costruire un jet migliore. Ci pensò per un momento. Avviare una piccola società di ingegneria aeronautica avrebbe potuto fornire ciò che desiderava e creare la copertura perfetta per gli sforzi ingegneristici a venire. Con così tante cose da fare, aveva bisogno di una squadra più grande. Avrebbe dovuto discuterne con Frank e, infine, mettersi in contatto con suo padre.

Sapeva cosa ne pensava Michael a proposito di tornare alla sua vecchia vita, ma aveva già infranto le regole così tante volte, a partire da Ecaterina, che non sarebbe cambiato nulla. Nelle ultime settantadue ore erano successe tante di quelle cose che le pareva di essere su un ottovolante senza che ci fosse una fermata in vista.

Si alzò e accarezzò Bobcat mentre usciva dalla cabina. Non c'era motivo di riflettere nella cabina di pilotaggio e il copilota non avrebbe dovuto sedersi nel retro.

Lo superò e si unì alla sua squadra per pianificare la strategia per fare colpo a New York. Chiamarono Ecaterina per avere conferma di ciò che aveva organizzato e che la ragazza avrebbe dovuto ritirare per loro.

Se non altro, New York sarebbe stata uno spasso. Ora, se fosse riuscita a far funzionare tutto, quelle montagne russe sarebbero state legate a dei jet.

Continuarono a mettere a punto il loro piano.

New York City, NY, USA

Carl Corruthers, l'autista esecutivo, aspettava che i suoi clienti arrivassero al JFK. Era stato assegnato a un grande hangar personale. Non era troppo strano. Spesso le persone parcheggiavano più aerei in un hangar. Che quello fosse vuoto poteva significare che se ne erano andati tutti. Il suo incarico indicava che qualcuno sarebbe stato in città per qualche giorno per poi andarsene di nuovo.

A Carl era stato detto di prendere il SUV più cazzuto dell'azienda, una bellissima Chevy Suburban che era stata modificata dalla Texas Armoring Corporation. All'interno era così lussuosa che i due sedili posteriori potevano effettivamente reclinarsi come quelli di un volo di prima classe. Avevano persino dei tavolini estraibili per lavorare o bere qualcosa.

Non sapeva chi avrebbe preso, ma immaginava che sarebbe stato un cliente facoltoso con manie di grandezza. A Carl non importava, sapeva che per un viaggio del genere avrebbe ricevuto una bella mancia.

Alla fine, un jet atterrò e sembrò dirigersi nella sua direzione. Oh, mamma. Non era un piccolo turboelica. Era un jet privato, una vera belva. Avrebbero potuto comprare un'auto invece di noleggiarne una per poche ore.

Magari era *davvero* gente importante.

Si raddrizzò un po'. Il jet rallentò vicino all'hangar ma non vi entrò prima di fermarsi. La porta si aprì e il copilota fu il primo a uscire. Poi uno degli uomini più grossi che Carl avesse mai visto scese le scale e si diresse dritto verso di lui. Indossava un completo nero e portava una borsa di nylon balistico che tintinnava.

«Nome?»

«Carl Corruthers.»

«John Grimes. Piacere di conoscerti, Carl. È questo il veicolo che abbiamo richiesto?»

«Se ha richiesto uno speciale pacchetto di protezione per dirigenti Chevy Suburban, signore, allora sì. Potrebbero spararci e nessuno all'interno si farebbe male.»

«Bene. Aprila, voglio assicurarmi che non ci siano sorprese.»

Carl ne fu meravigliato, ma non era un grosso problema. Fece scattare le serrature e John perquisì gli interni mentre un altro ragazzo vestito nello stesso stile tirò fuori uno specchio e fece il giro dell'auto, guardando sotto la carrozzeria. Si voltò e vide una donna incredibilmente bella scendere i gradini. Vestita con un pantalone nero e una giacca sopra il top, aveva un trucco molto leggero. Notò che tutti i passeggeri, compresa la donna, avevano fondine a spalla e pistole. Ah, chi diavolo avrebbe dovuto trasportare? A quanto pareva avevano sul serio bisogno di quel veicolo. Anche se magari sarebbe stata una bella storia, non avrebbe potuto raccontarla a nessuno se fosse morto.

Il suo lavoro facile si era appena fatto un po' preoccupante.

CAPITOLO DICIANNOVE

New York City, NY, USA

Gerry era faccia a faccia con l'Alfa del branco di Denver, Jonathan Silvers. Jon era pungente come pochi e aveva trascorso molto del suo tempo in montagna nel suo ranch. Aveva una bella fattoria, là fuori. La maggior parte del suo branco rispettava la filosofia del vivi e lascia vivere. Suo figlio, tuttavia, era un coglione di prim'ordine, e visto che Jon aveva una grande quantità di terra, denaro e influenza, anche suo figlio Pete credeva di essere importante.

Il problema era che i mannari giudicavano la tua importanza per ciò che realizzavi personalmente. L'unica cosa che Pete aveva realizzato era stato rivelare la sua capacità di trasformarsi in lupo. Sfortunatamente, due ragazze lo avevano visto mutare e una aveva realizzato un video con il cellulare. Il che aveva infranto le restrizioni, e Jon ora aveva problemi sia con suo figlio che con il capo del Consiglio.

«Jon, testardo figlio di puttana. Se non riesci a convincere Pete a risolvere questo pasticcio, se ne dovrà occupare il Consiglio oppure lo farà il gruppo di Michael!»

«Non stiamo parlando di *tuo* figlio, Gerry! Lasciami stare. Michael non si vede da anni e stando alle voci è morto.»

Gerry avrebbe voluto prendere a pugni qualcosa. «Sono solo voci! Ho parlato con Frank e non lo sappiamo per certo. Non vorrei assistere a un altro massacro, e non avremo a che fare con Michael. Affronteremo Bethany Anne, stupido imbecille.»

Jonathan si voltò per cercare di calmarsi. Urlare contro Gerry non sarebbe servito a nulla. Gerry tendeva a non tirarsi indietro in una discussione tra Alfa, perciò Jonathan non l'avrebbe avuta vinta facendo così. E poi, se le cose gli fossero sfuggite di mano, c'era Nathan Lowell in un angolo dell'ufficio di Gerry. Jonathan si riteneva fortunato che Nathan non appartenesse al suo branco. Non sapeva se Nathan o Gerry avrebbero avuto la meglio in una battaglia, ma doveva rispettare qualsiasi Alfa riuscisse a gestire Nathan come secondo in carica.

Si voltò di nuovo verso Gerry, cercando di mantenere la voce calma. «Ascolta, ho capito. C'è un nuovo vampiro negli Stati Uniti, ma dovrai perdonarmi se non mi va di credere che possa essere spietata quanto Michael. Quel bastardo era un assassino a sangue freddo e senza cuore. Spero che se ne sia andato, sarebbe una liberazione. Non sto dicendo che dovremmo rivelarci, ma uccidere tutti quelli che potrebbero aver commesso un errore è una decisione troppo severa. Ed è ciò che ha fatto Pete. Ha commesso degli errori.»

«Allora perché non può correggere i suoi errori?»

Le spalle di Jonathan si abbassarono. Era quello il nocciolo della questione, no? Pete non era un ragazzo maturo e, quando commetteva un errore, non lo ammetteva. Era sempre colpa di qualcun altro. La cosa lo faceva infuriare. Non credeva che il nuovo vampiro fosse potente perché non voleva crederci. Non *poteva* crederci, se voleva sperare che suo figlio avesse un futuro.

Alzò lo sguardo su Gerry e ne uscì pulito. «Perché non ho fatto il mio dovere e non mi sono assicurato che diventasse un uomo tutto d'un pezzo. Ho preferito lavorare al mio ranch invece di occuparmi di mio figlio. Era più facile dargli una caramella che una sculacciata, perciò eccomi qui, preoccupato a morte. Se hai ragione, ho ucciso mio figlio per pigrizia invece di tenerlo in vita con la disciplina.» Era emotivamente esausto e si sedette sul divano dell'ufficio di Gerry.

Gerry non avrebbe saputo come rispondere. Quella dichiarazione improvvisa lo aveva colto alla sprovvista. Si asciugò il viso e si accomodò su una sedia tra il divano e la scrivania. Appoggiò i gomiti sulle ginocchia e si prese il mento tra le mani. «Nathan, hai qualcosa?»

Nathan si mosse dal punto in cui era stato per tutto il tempo. «Ho poca pazienza con Pete, se significa qualcosa. Ma se intendi se ho qualcosa per aiutare in questa situazione, sono un po' perplesso. Ci sono due donne che hanno visto Pete trasformarsi da umano in lupo. Non solo è contro le restrizioni, ma è stato anche negligente e stupido. Ora, abbiamo un video che, per fortuna, è perlopiù troppo scuro dato che lui faceva lo stronzo di notte e lei aveva un telefono con una fotocamera scadente. Pete non vuole più avere a che fare con quelle donne perché sa solo mettere la testa sotto la sabbia. E quelle donne stanno iniziando a pensare che magari possono tirare su qualche dollaro. Che casino.»

«Cosa pensi che farà Bethany Anne?»

Fu il turno di Nathan di asciugarsi la faccia. «Be', posso dirti che la sua prima reazione non è quella di staccare la testa a qualcuno, ma neanche tollera gli sciocchi irrispettosi, che è esattamente la definizione di Pete. Perciò non nutro molte speranze se la coinvolgiamo. Ma non so come evitare di coinvolgerla. Ha la capacità di far sparire tutto.»

Jonathan si attaccò a quel commento come se fosse un'ancora di salvezza lanciatagli in mare. «In che senso può far sparire tutto?»

Nathan lo guardò. «Be', probabilmente può cancellare la memoria di quelle donne in modo che non ricordino nulla, ma non credo sia entusiasta di questa opzione. Potrebbe cancellare gli ultimi anni di Pete e voi potreste ricominciare da capo.»

Jonathan impallidì quando comprese quanto doveva essere potente per riuscire a cancellare anni di ricordi da una persona.

«Ma probabilmente non vorrebbe fare neanche questo. Potrebbe semplicemente uccidere tutti: le ragazze, Pete e chiunque l'abbia fatta incazzare. Te lo dico, Jonathan, la tua migliore possibilità è fare quel che hai appena fatto, e cioè spiegarle il problema e sperare che veda una soluzione che a noi sfugge.»

Gerry non si aspettava di parlare del figlio di Jonathan. Dovevano finalizzare i piani per i novellini... che erano talmente novellini da non saper tenere la bocca chiusa.

In ogni caso, quella conversazione stava andando fuori tema. Gerry aveva accettato la nomina di Jonathan solo perché era una persona importante nel Consiglio. «Jonathan, dobbiamo finalizzare questo incontro con Bethany Anne. L'idea migliore è parlarle del problema. Cosa abbiamo da perdere? Prima o poi sarà coinvolta comunque, e sarebbe meglio prima, quando ha più possibilità di dare una mano.»

Jonathan cedette. «Va bene, sono d'accordo. Allora, cosa ci serve per finire questo incontro? Mi stavi dicendo che ha accettato un luogo sicuro.»

Gerry confermò. «Con il piccolo dettaglio che nessuno deve essere troppo aggressivo né con lei né con il suo team. Se dovesse accadere, allora si occuperà della questione a modo suo.»

«È per questo che hai lasciato fuori Paul Gleason e il suo gruppo?»

«Al diavolo, sì. Quella testa calda non sarebbe in grado di tenere la bocca chiusa e in cinque minuti ci troveremmo immersi nel sangue fino alle ginocchia.»

Jonathan scosse la testa. «Ha chiamato e si è lamentato con me e altri membri del Consiglio. Il modo in cui se ne è uscito con *Nessuna attuazione senza rappresentanza* mi lascia sbalordito.»

Gerry sbuffò. «È stato manipolato, ne sono sicuro. Ci sono giocatori nel Consiglio che iniziano la scalata al potere. È una spina nel fianco e, francamente, è qualcosa di cui non abbiamo bisogno. Se non stiamo attenti, ci troveremo anche noi con delle lame nella schiena. Sono stato tentato di presentarli a Bethany Anne e di lasciare la sala. Dopo pochi minuti, potrei semplicemente lavorare con chiunque fosse ancora vivo.» Gerry esplose in una risata cupa. «È ancora un'ipotesi allettante. Ho saputo che è in città.» Guardò Nathan.

«Sì, Ecaterina è stata prelevata da casa mia dieci minuti fa. Ha mandato un messaggio.»

Gerry fece una smorfia. Sapeva quanto Nathan tenesse a Ecaterina. «Deve far male.»

Nathan si limitò a stringersi nelle spalle. «Non se ne andrà per sempre, ma il tempo in cui non ero con te lo passavo con lei. Volerò con loro a Miami in modo da chiudere un affare per una proprietà che sto acquistando vicino alla piccola hacienda di Bethany Anne.»

Jonathan chiese: «Sarebbe?»

Nathan sorrise. «Smugglers Cove, a Key Biscayne.»

Jonathan lo guardò. «Accidenti, una casa costosa. Sul serio?»

Nathan annuì.

Gerry guardò Jonathan. «Com'è possibile che io non sappia niente di questo posto e che il mio amico che vive in un ranch sulle montagne del Colorado invece sì?»

Jonathan sorrise all'indirizzo di Gerry. «*Lifestyles of the Rich & Famous*. È un piacere proibito, lo so, ma adoro l'accento di Robin Leach.»

Gerry alzò gli occhi al cielo. «Okay, bene. Diamo il via allo spettacolo. Ci vediamo alla macchina, ragazzi. Guidi tu, Nathan?»

«Sì, ho la Benz, usiamola.»

Jonathan e Nathan lasciarono l'ufficio per andare nel garage sotterraneo. Gerry andò a darsi una rapida rinfrescata e poi si unì a loro. Si sedette sul posto del passeggero, e Jonathan salì dietro di Nathan.

* * *

Bethany Anne aveva scelto un luogo fuori mano nella penisola di Queens Rockaway, Fort Tilden, per l'incontro. Era un'area desolata che era stata utilizzata dai militari per la difesa aerea. Voleva rimanere lontana da New York City in modo che i poliziotti impiegassero un po' per arrivare, se le cose si fossero messe male, e in modo da avere una via di fuga che non fosse il sistema fognario di New York.

Si aspettava che qualcuno facesse qualcosa di stupido. Sebbene avesse solo quattro persone con sé, non aveva escluso l'altra squadra. Aveva convinto Frank a consentire l'uso di un paio di barche a distanza e di alcuni droni che non potevano volare al di sopra di un centinaio di metri. Eppure le loro fotocamere

FLIR 4k avrebbero dovuto fornire una buona lettura della situazione prima che troppe persone si facessero male.

Aveva chiesto a Frank di catturare quanti più volti possibile per l'identificazione, con la promessa che non sarebbero stati taggati nel database come Wechselbalg. Con sua grande sorpresa, conosceva quel termine. Pensava di essere stata l'ultima a ricevere il promemoria.

Il suo team stava usando l'attrezzatura protettiva più recente e migliore sul mercato. Ecaterina aveva acquistato ogni cosa a New York, una città che aveva accesso a quasi tutto ciò che era sia legale che non. Bethany Anne si era assicurata che Ecaterina portasse l'equipaggiamento a Bobcat.

Frank non poteva offrirle un sostegno militare per lavorare contro i mannari, qualunque cosa volesse fare. Fino a quando non diventavano un problema più grande, erano cittadini americani e godevano dei loro diritti, non erano Nosferatu. Al momento, stava a lei.

I cinque si fecero strada attraverso il Queens, dirigendosi sulla 278 verso la 27 e infine svoltarono in Oceans Drive. Bethany Anne capiva perché Michael finiva per prendere a schiaffi le persone. Cercare di mantenere tutti in vita quando erano di discutibile aiuto diventava ogni volta un po' più difficile. La sua pazienza si era già esaurita e aveva assunto quel ruolo da poco.

Cosa sarebbe successo quando avesse compiuto cento anni? E a duecento? Sarebbe diventata così impaziente che la soluzione sarebbe stata un libro dei peccati che diceva nero su bianco cosa andava bene e cosa no? Aveva visto quanto non avesse funzionato per Michael, ma era una bella tentazione.

Non erano gli Stephen del mondo a causarle problemi. Era quella situazione con i mannari che la abbatteva. Stava andando a quell'incontro sperando per il meglio ma preparandosi al peggio. Non solo dal punto di vista tattico, erano le persone a preoccuparla.

Aveva il cuore pesante perché si aspettava di uccidere di nuovo, quella sera. Si fece un discorso d'incoraggiamento. Se avessero agito secondo il suo giudizio, non sarebbe morto nessuno. Era un enorme passo avanti rispetto alla normale politica dei vampiri. Stava lottando da una posizione superiore per facilitare l'uguaglianza. Non si poteva neanche parlare di parità di forza. Tra la ricchezza che Michael le aveva fornito, l'aiuto governativo di Frank e le sue abilità, sarebbe stato un massacro se avesse scelto di seguire quella strada.

Ma la donna che era andata sulle montagne della Romania non era morta. Credeva ancora che bisognasse dare una possibilità agli altri. Sfortunatamente, tutti quelli del Mondo Ignoto giocavano con una posta più alta semplicemente per ciò che erano. Non potevi giocare secondo le regole dei poveri quando nascevi nella famiglia reale.

Se la tua razza era stata per secoli lo spauracchio degli umani, tendevi a essere molto cauto. Facevi uno starnuto troppo forte e arrivavano i forconi e le torce. Solo che adesso c'erano fucili calibro dodici, bombe molotov, e poi i militari avrebbero iniziato a sparare munizioni teleguidate.

Carl tagliò verso Flatbush Avenue usando l'Avenue J e attraversò il Marine Parkway Bridge per raggiungere Rockaway Point Boulevard.

Aveva delle priorità e non sarebbero cambiate. Come TOM le aveva ricordato, lei era responsabile del futuro dell'intero pianeta. Cosa persino più importante, era responsabile della squadra che era con lei in quel momento.

Bethany Anne sospirò e prese il frigorifero che avevano portato con loro. Dentro c'erano cinque bottiglie di sangue fresco. Assunse un'espressione disgustata per essere costretta a bere quella roba, ma non poteva portarlo con sé durante la riunione. Fortunatamente, TOM aveva risolto i problemi con i veleni che di solito causavano il pestilenziale odore di morte che aleggiava intorno ai vampiri. Era stata lei a chiederglielo. Non era vano da parte sua preoccuparsi di avere un cattivo odore, giusto?

Trangugiò due bottiglie e ne lasciò tre nel refrigeratore. Eric le passò un fazzoletto per pulirsi la bocca. Apprezzò l'offerta. Ormai, il suo team personale sapeva che odiava bere il sangue.

TOM non aveva trovato alcuna soluzione per estrarre i componenti carichi di Eterico dal sangue che avrebbero contribuito a trasformare la bevanda in un concentrato di energia. Magari avrebbe dovuto scoprire quale delle aziende di Michael lavoravano con il sangue. Era pronta a scommettere che almeno una o più lo avessero già fatto. Aveva la sensazione di essere rimasta indietro con i compiti.

Bethany Anne assunse la sua faccia da poker. Carl attraversò il cancello del luogo dell'incontro, che si trovava all'interno di uno dei bunker di cemento vuoti che si aprivano verso la città e il mare.

L'auto si fermò e loro aspettarono dentro. John parlò dopo un minuto. «Be', diamine. E io che pensavo ci attaccassero appena varcato l'accesso. Ho appena perso cinquanta dollari.»

Carl disse con voce stridula: «Cosa? Quando avevi intenzione di dirmelo?»

«L'ho appena fatto.»

«No, non mi hai detto niente. Hai semplicemente informato tutti che hai perso una scommessa sul fatto che saremmo stati attaccati subito.»

«Non toglierti le mutande. La prossima imboscata possibile è mentre ci avviciniamo al luogo dell'incontro. E tu rimarrai qui, in macchina.» John guardò Carl e attirò la sua attenzione. «Ma lascia che ti avverta: se dovessi andar via, io ti troverò, e la discussione non ti piacerà. Capisci questa piccola minaccia o vuoi che mi spieghi meglio?»

Carl scosse il capo. «Sono a posto. Finché non siete in macchina, la terrò chiusa a chiave. Non sono molte le cose che possono passare attraverso questa armatura.»

«Molto bene.» John aprì la portiera e scivolò fuori. Assicurandosi che le armi fossero pronte, fece il giro della macchina. Eric scese subito dopo, seguito da Darryl e Scott. Dopo aver studiato il terreno per un paio di minuti, dissero a Bethany Anne che poteva uscire.

Avevano deciso che trattarla così avrebbe avuto un certo effetto sui mannari. A livello istintivo comprendevano due cose:

potere e rispetto. Se avevi il rispetto dei potenti, quello era un livello di potere di per sé.

Bethany Anne emerse dal SUV e fiutò l'aria. Riusciva a sentire l'odore dei mannari, ma nient'altro fuori dall'ordinario. Era bello respirare di nuovo l'aria salmastra del mare.

John aveva ipotizzato che avrebbero creato tane nel terreno e sarebbero saltati fuori per tendere un'imboscata al SUV al loro arrivo, specialmente se avessero creduto che Bethany Anne fosse una vampira debole.

Eric immaginava che sarebbero stati colpiti poco prima di entrare nel tunnel. Bethany Anne era abbastanza sicura che non sarebbe successo ma, senza la protezione del SUV corazzato, non avrebbero potuto essere tanto noncuranti. Il team si schierò intorno a lei. Sebbene fosse lei la più letale dei cinque, erano lì per proteggerla.

Sperava proprio che nessuno avesse preso in considerazione cariche esplosive e cuscinetti a sfera. Avrebbero potuto mettere un freno al resto della sua vita. Non avvertiva l'odore di esplosivi, perciò era abbastanza certa che fossero al sicuro.

Si erano tolti le divise da viaggio, che erano i completi neri, le camicie bianche e le fondine ascellari. Ora indossavano le loro uniformi operative. Sembravano fin troppo letali mentre scendevano dalla collina.

Si era procurata dei caschi operativi per fornire loro informazioni in un display multifunzione (HUD). Il vetro ottico proteggeva i volti e forniva immagini video provenienti dalle telecamere incorporate nel casco. Avevano a tracolla i loro AR-15, con la stessa configurazione che usavano quando cacciavano i Nosferatu. Tutte le munizioni che avevano portato in quella operazione erano frangibili e ricoperte d'argento. Avevano cambiato anche i coltelli Bowie.

Bethany Anne aveva chiesto un contributo a Nathan. Le piaceva che il Bowie che aveva usato su Algerian fosse stato così efficace nell'attirare la sua attenzione. Così Ecaterina aveva lavorato con l'artigiano Todd Thames. Non era stato economico, e se volevi cinque coltelli appositamente realizzati entro ventiquattro ore? Be', diciamo che il conto avrebbe fatto strozzare la maggior parte delle persone. Ma con le loro vite in pericolo, aveva semplicemente accettato il prezzo e fornito un incentivo se fosse riuscito a finire prima.

Aveva sperato che i Bowie non fossero necessari. Eppure quel coltello le piaceva molto, ed era meglio essere preparati.

John e il resto del team sapevano che stavano affrontando creature sovrannaturali, ma ormai erano mesi che si occupavano di Nosferatu. Erano fratelli che avevano combattuto ed erano sopravvissuti, avevano sanguinato e pianto insieme. Ora, John aveva un obiettivo e un modo per contrattaccare i figli di puttana che avevano assaltato la sua nazione. Quell'incontro era un salto di velocità per passare a piani più grandiosi.

Se i licantropi avessero parlato, bene. Preferiva che si parlamentasse invece di combattere, ma l'alternativa non lo preoccupava. Aveva, quasi letteralmente, bevuto il Kool-Aid alla ciliegia quando Bethany Anne gli aveva salvato la vita. Si rese conto che la sua attenzione si era spostata su di lei.

Non la seguiva alla cieca. Capiva il coraggio di quella donna e si fidava di lei, vampiro spaventoso e tutto il resto. Se si fossero limitati a parlare, tanto meglio. Ma il primo stronzo che avesse fatto qualcosa di più che urlare se la sarebbe vista brutta.

Scott, alle spalle di Bethany Anne, doveva sorvegliare l'area dietro di loro. Sia lui che Darryl avevano le telecamere dei caschi rivolte all'indietro. Il team aveva impiegato un'ora per adattarsi alla tecnologia durante il volo.

Quando Dan aveva contattato Bethany Anne con l'idea di utilizzare i caschi, aveva chiamato e ricevuto il rappresentante del produttore, che aveva parlato con entrambi in teleconferenza.

Fortunatamente, aveva un distributore nella zona di Miami che aveva una cassa con dieci caschi. Bethany Anne gli aveva detto di spedirli tutti tramite consegna espressa, e Dan e Scott avevano lavorato con loro la notte precedente e li avevano passati alla squadra prima della loro partenza.

Sperava che l'aggiunta di quella nuova attrezzatura non rappresentasse un problema. Ne avevano bisogno perché non avevano il supporto generale e altre competenze di cui di solito godevano. I piccoli droni erano lassù, da qualche parte. Frank era online ma non li avrebbe interrotti se non avesse avuto informazioni.

Si sparpagliarono quando arrivarono a venticinque metri dall'apertura, e tutti lasciarono cadere i sensori per aiutare a sorvegliare la porta sul retro. Si avvicinarono all'ingresso, largo due metri e alto tre, e lo esaminarono attentamente. Nient'altro che cemento verniciato con graffiti e simboli di gang. I proiettili avrebbero potuto rimbalzare.

Attraversarono l'ingresso. Non si verificò alcun agguato. Darryl e Scott avevano perso entrambi i loro cinquanta dollari. Adesso la sfida era tra Eric e Bethany Anne.

Lui credeva che sarebbero stati colpiti poco prima di entrare nel tunnel. Lei aveva scelto per ultima e aveva suggerito che sarebbe potuto capitare qualcosa durante i colloqui. Sapeva che Nathan non avrebbe fatto il doppio gioco. Non solo non avrebbe voluto giocarsi la vita, ma non avrebbe nemmeno voltato le spalle a Ecaterina. Almeno era così che la vedeva Bethany Anne.

Ciò significava che Gerry avrebbe giocato in modo corretto, e quindi l'incontro principale sarebbe potuto filare liscio. Aveva avuto una conversazione telefonica con Gerry, Nathan e un altro Alfa che era in macchina con loro, un tizio di nome Jonathan. Aveva sollevato una questione personale di cui avevano discusso per un breve minuto. Bethany Anne gli aveva detto che ne avrebbero parlato più tardi, supponendo che avessero superato i colloqui.

La riunione era stata fissata per le 16:00. In quel periodo dell'anno, Bethany Anne sapeva che il sole avrebbe iniziato a creare lunghe ombre nel giro di un'altra ora. Doveva fare in modo che i mannari desiderassero porre fine a quell'incontro il prima possibile.

La convinzione generale era che i vampiri e i mannari fossero più forti di notte. Nessuna delle due cose corrispondeva a verità. Bethany Anne sapeva che i cambiamenti eterici subiti dai Wechselbalg erano ugualmente potenti, di giorno o di notte. I vampiri erano così riservati che nessuno si rendeva conto che valeva anche per loro. Avrebbero potuto pensare che non fosse così forte come avrebbe potuto esserlo nel giro di qualche ora e avrebbero voluto chiudere la questione in fretta.

Gerry e il Consiglio principale non avrebbero dovuto far parte del problema, ma sfortunatamente avrebbero corso il rischio di finire nel fuoco incrociato se non fossero stati presi attivamente di mira. Oppure avrebbero potuto pensare che sarebbe stato un momento meraviglioso per colpirla mentre era più debole. Era un rischio calcolato, in ogni caso.

Gerry, Nathan e un altro, che lei presumeva fosse Jonathan, si avvicinarono dall'altra parte. Riusciva a vedere trenta o quaranta mannari oltre a loro. Quel gruppo rimase all'altra estremità del tunnel. L'accordo, per la prima parte dell'incontro, era che i tre principali rappresentanti, Bethany Anne, e la sua squadra di protezione parlassero nel mezzo.

Entrambe le parti avevano convenuto che se doveva esserci un'imboscata durante l'incontro, così avrebbero contribuito a farla scattare.

Le cuffie per il team includevano la tecnologia a conduzione ossea della BAE Systems. Utilizzava vibrazioni che passavano attraverso le ossa craniche dei membri del team e colpivano direttamente la coclea. Permetteva di fornire informazioni alla squadra e riduceva significativamente le possibilità che i mannari ascoltassero le loro comunicazioni.

La voce di Frank annunciò. «Ci sono dei movimenti. Dieci in arrivo dietro di voi, e vedo un gruppo di dodici che si unisce al grande gruppo all'altra estremità del tunnel. Quel gruppo si sta facendo strada verso la zona frontale. Per il momento è tutto. Ventidue uomini.»

Bethany Anne sapeva che tutto il team aveva sentito il messaggio, ma Nathan, Gerry e Jonathan ancora erano all'oscuro.

Durante la conversazione avevano concordato che, se il gruppo di Bethany Anne fosse stato attaccato alle spalle, Gerry e la sua squadra avrebbero iniziato a lanciare la palla e il gruppo di Bethany Anne avrebbe offerto sostegno. Se le cose si fossero messe male, sarebbe stata coinvolta anche lei.

Se i piantagrane avessero cominciato dalla parte di Gerry, allora la sua squadra avrebbe offerto supporto al Consiglio e lei sarebbe intervenuta soltanto quando fosse stato versato il primo sangue.

Sfortunatamente, doveva starne fuori fino a quando qualcuno non avesse spillato sangue o fosse stato abbastanza stupido da prendere direttamente di mira lei. Aveva obiettato contro quelle regole. Sia John che Nathan avevano insistito sul fatto che stavolta stavano giocando per le puntate maggiori, e che lei avrebbe dovuto essere paziente e fidarsi di loro.

Tre metri. Si portò la mano all'orecchio mentre guardava Nathan e mimò: «Dieci dietro di me, dodici dietro di voi.»

La sua squadra era già in allerta. Darryl e Scott si erano avvicinati alle pareti e si erano inginocchiati, pronti a ruotare e a puntare le armi dietro di loro. John ed Eric guardavano oltre i mannari di fronte a loro, tenendo d'occhio il gruppo arretrato. Bethany Anne era concentrata sul gruppetto di fronte a loro.

CAPITOLO VENTI

New York City, NY, USA

Nathan recepì il messaggio di Bethany Anne: ventidue ospiti non invitati si erano uniti alla riunione. Il suo desiderio di ridurre al minimo lo spargimento di sangue probabilmente non si sarebbe realizzato.

Aveva studiato i quattro membri della squadra tattica nel suo gruppo. Non sapeva dove li avesse trovati, ma facevano sul serio. Personalmente era contento che fossero lì.

Con solo Bethany Anne e la sua squadra di sorveglianza, altri avrebbero potuto provare a unirsi alla lotta, pensando di sopraffarla. Aveva finalmente deciso che Jonathan non gli si sarebbe rivoltato contro. In otto, sarebbe stata una lotta interessante.

I due uomini dietro di lei si allargarono e si piegarono su un ginocchio, pronti a voltarsi e a sostenere il gruppo di Gerry rivolto dall'altra parte. Immaginò si assicurassero anche che nessuno del suo gruppo li tradisse. Erano responsabili della protezione del retro del team, e non avrebbero avuto alcuna esitazione intorno a un gruppo di lupi mannari.

Gerry si fermò a due metri da Bethany Anne e guardò ogni membro della sua squadra, poi Jonathan e Nathan, e di nuovo il vampiro. «Piano B?»

Bethany Anne sospirò. «A quanto pare. Mi dispiace per i danni. Ci ho provato.»

Gerry sorrise tristemente. «Lo so. Se riusciamo a limitarci ai soli non invitati, sarebbe comunque una piccola vittoria. Sfortunatamente, in caso contrario non sono sicuro che recepirebbero il messaggio. Devo dirtelo, sono più che felice di essere dalla tua parte.»

Il sorriso di Bethany Anne illuminò il tunnel. «Sai, Gerry, è la cosa più carina che tu mi abbia mai detto.»

Lui parve perplesso. «Sul serio? Dove sono finite le mie buone maniere?»

Lei rispose: «Nel cassetto dei calzini, probabilmente.» Bethany Anne guardò gli altri due. «Jonathan, piacere di conoscerti. Nathan, sei il solito imbecille, ma Ecaterina vuole che ti saluti.» Sorrise perché, qualunque cosa Nathan avesse deciso di dire, l'avrebbe sentita anche Ecaterina. Sia lei che Bobcat erano in modalità di ascolto. Anche Dan era in ascolto.

Nathan si limitò a sorridere. «La vedrò abbastanza presto, ne sono certo. Ti ho detto che sto per comprare una casa a Miami?»

Questo la fece ridere, poi Bethany Anne tornò seria. Che modo di corteggiare una ragazza; farle sapere nel bel mezzo di un'operazione che era uno stalker.

Poi sentì la voce di Ecaterina nell'orecchio. «Di' al cagnolino che farebbe meglio a mettere su la faccia da poker.»

Bethany Anne si sporse leggermente alla sua sinistra per guardare in basso nel tunnel, verso l'altro gruppo. Tutte le facce che poteva scorgere davanti a sé appartenevano a persone che non aveva mai visto prima. «Be', a quanto pare stiamo per cominciare. A parte Ecaterina che voleva che dicessi al cagnolino di mettere su la sua faccia da poker, qualcuno vuole dire le sue ultime parole?»

Gerry soffocò uno sbuffo e Bethany Anne vide che Jonathan, John ed Eric stavano sorridendo. Questo era probabilmente il risultato voluto da Ecaterina. Che tutti si rilassassero prima della resa dei conti.

«No? Nemmeno tu, cagnolino? Niente di niente? Va bene. Restiamo fermi finché non danno il via. Ragazzi, avete le protezioni per le orecchie?»

I tre mannari si infilarono casualmente i tappi per le orecchie.

«Eric, sei pronto?»

Lui tirò fuori la mano dalla tasca, mostrandole la granata stordente che aveva portato con sé. Era stata un'idea di Darryl, ed era brillante. Dal momento che i mannari avevano un udito molto sviluppato, aveva suggerito di provare a disorientarli subito. La maggior parte del gruppo dei "solo frustrati" avrebbe cercato di ascoltare il discorso, acuendo i sensi al massimo.

La granata stordente avrebbe prodotto un rumore di oltre 170 dB e, dal momento che avrebbero guardato nel tunnel, sperava che i loro occhi avrebbero apprezzato quel bagliore improvviso. Darryl attirò l'attenzione di Nathan e gliene lanciò una.

Bethany Anne si fece impaziente. «Be', cazzo. Cosa vogliono questi stracci da culo? Un fottuto invito?»

John sorrise accanto a lei. «Sul serio? Stracci da culo? È il meglio che hai?»

«Prova tu a fare di meglio, segaiolo mangia-merda.»

Jonathan non riusciva a credere ai suoi occhi e alle sue orecchie. Quella vampira era bella da morire, ma aveva una boccaccia terribile.

Prima che John potesse rispondere, una voce urlò alle spalle di Gerry. Tutti rimasero fermi, continuando a sorvegliare la propria area.

«Non vuoi che mi unisca a te, Gerry? Non sono abbastanza bravo per il Consiglio? Bene, saluta il mio piccolo amico!» Detto questo, il tizio sollevò una vecchia mitragliatrice Thompson.

Chi diavolo portava ancora un mitra Thompson a una festa? Dove cazzo credeva di essere? Prima che l'idiota potesse mirare, Bethany Anne gli aveva già sparato due volte al braccio che reggeva l'arma, facendolo girare prima che cadesse a terra. Era un bersaglio grande.

Guardò John, che aveva un'espressione esasperata mentre le chiedeva: «Chi avrebbe dovuto sparare per primo?»

«Oh, non dire sciocchezze! Stava giocando a Scarface. Non si è reso conto che era una mossa da cazzone?»

John avrebbe dovuto aspettarsi che Bethany Anne infrangesse le regole. Nathan notò l'irritazione del capo della sua squadra e sorrise tra sé e sé. *Benvenuto nel mio mondo.*

Tutti continuarono a vigilare mentre Bethany Anne e il suo team leader si impegnavano in un rapido dibattito sul rispetto delle regole di ingaggio concordate. Alla fine, l'aspirante Scarface fu in grado di alzarsi e urlò: «Uccideteli tutti!»

Be', questo dovrebbe coprire le regole, pensò Bethany Anne.

Eric lasciò volare la granata stordente. Gerry, Jonathan e Nathan si allontanarono verso il loro lato del tunnel mentre Darryl e Scott si giravano per coprirli. Eric e John si spostarono ai lati del passaggio e Bethany Anne cadde semplicemente al suolo. Non c'era una buona ragione per restare in piedi, in quel momento. Tutti chiusero gli occhi.

Due membri del nuovo gruppo udirono il comando e iniziarono a estrarre le pistole da sotto le giacche. Tutti i mannari stavano guardando nel tunnel quando esplose la granata. Lo spazio ristretto amplificò il suono. Molti dei mannari crollarono subito, le mani sulle orecchie, i volti distorti in smorfie di dolore. Altri si inginocchiarono e altri ancora rimasero in piedi, ma nessuno riuscì a sparare immediatamente.

Sfortunatamente, i mannari guarivano in fretta da qualsiasi tipo di danno. Tre dei dodici stavano già cercando di sparare alla cieca.

Bethany Anne sentì la granata esplodere dall'altra parte del tunnel.

Fece saltare le cervella a quello nel mezzo mentre John perforava il torace di quello a sinistra. Eric sparò tre colpi nello stomaco di quello a destra. Tutti e tre crollarono. L'argento era davvero capace di far perdere la concentrazione a un mannaro.

Bethany Anne apparve improvvisamente in mezzo al gruppo e il team entrò in azione. Prendeva un mannaro, lo pugnalava al ventre con il Bowie e lo scagliava nel passaggio. John ed Eric allora catturavano il mannaro, che stava cercando di resistere al dolore, e lo legavano. John ne colpì uno alla testa quando quello cercò di prenderlo a calci.

L'ultimo a terra davanti a Bethany Anne era Paul Gleason, l'aspirante Scarface. Gerry le aveva fornito una breve sinossi dei possibili riottosi e Paul era il capobanda più ovvio. Era anche molto facile da riconoscere, stando alla descrizione di Gerry.

Tutti gli altri avevano fatto un passo indietro, lasciandoli soli.

Il braccio era guarito. Era almeno centocinquanta chili di grasso e muscoli, e aveva braccia impressionanti. Bethany Anne si domandò se avrebbe potuto semplicemente giocarsela a braccio di ferro.

«Troia leccapassere!» Il suo viso era rosso di rabbia.

A quanto pareva no.

Paul sollevò da terra il suo peso prodigioso. Avrebbe dovuto combattere un mannaro che era grosso come un bue. Però aveva del sangue che gli usciva dall'orecchio.

Sentì uno sparo ed Eric che urlava a uno dei ragazzi dietro di lei: «Ti avevo detto di stare fermo, cazzo! Cerca di starmi a sentire o ti apriamo in due. Non fare il coglione. Stiamo provando a non uccidere nessuno, faccia da culo.»

«Sta' giù, signor Gleason. Te lo chiederò educatamente solo una volta.»

Lui continuò ad alzarsi in piedi, tenendo il Thompson nella mano sinistra. Lo lasciò fare. Tanto valeva trasformarla in una punizione esemplare. La maggior parte degli altri mannari che erano stati feriti dalla granata stordente erano guariti. Due stavano cercando di aiutare i compagni a spostarsi dalla linea di fuoco.

Sentì gli spari di Darryl e Scott. Doveva essere uno spasso anche lì dietro.

Paul doveva per forza fare l'idiota. Urlò di nuovo a Bethany Anne, con la saliva che volava. «Non me ne frega niente di quello che vuoi, troia. Nessun vampiro mi toglierà i miei diritti!»

La sfidò a fare qualcosa... qualsiasi cosa. Era circa di trenta centimetri più alto di lei e pesava il doppio. Paul aveva battuto altri diciotto mannari in combattimento e aveva avuto la meglio su dodici umani in una rissa da bar nella sua città natale. Quella donna dava l'impressione di non poter neutralizzare un vecchio, figuriamoci uno come lui.

Il problema quando si affrontavano persone grandi o obese era che ci voleva un'enorme quantità di forza per ferirle davvero se sferravi un pugno all'addome. Parte del problema era la distanza che il pugno doveva percorrere attraverso il grasso per far male sul serio.

Bethany Anne stava cercando di fare in modo di non uccidere nessuno. Se avesse ucciso Paul, altri avrebbero usato quel gesto come strumento politico per anni.

Bethany Anne fece perno sul piede sinistro e gli assestò un calcio alla rotula destra, rompendola, e il perone lacerò la pelle. Paul non l'aveva neanche vista muoversi. Crollò di nuovo e il Thompson cadde di lato. Ora le sue imprecazioni acquistarono volume. Bethany Anne si avvicinò, raccolse il Thompson e prese in considerazione l'idea di romperlo. Sarebbe stato uno spreco.

Guardò tutti i presenti. Poi si avvicinò a Paul.

«Quale parte di *sta' giù* non hai capito? Personalmente non me ne frega un cazzo di quello che dici nella comunità dei mannari, ma se fai sapere agli umani del Mondo Ignoto? Ti ucciderò, signor Gleason. Oppure, se sei abbastanza uomo, puoi provarci adesso. Che ne dici? Sei abbastanza coraggioso da affrontare la piccola vampira senza i tuoi ventuno scagnozzi?»

A quel punto Bethany Anne aveva perso la pazienza. 'Fanculo.

Tutti quelli che la stavano guardando in faccia fecero involontariamente uno o due passi indietro. Tre tizi nelle retrovie si voltarono e se la diedero a gambe. Paul guardò il viso di Bethany Anne mentre i suoi occhi diventavano rossi e le zanne crescevano. Non riusciva più a pensare con lucidità. Non era una donna piccola e fragile. Cominciò a tirarsi indietro per la paura.

Bethany Anne si chinò e gli afferrò la gamba sinistra, quella che stava ancora cercando di rigenerarsi. La sua voce era cupa e mortale. «Vieni con me.» Paul si aggrappò alla terra, ai buchi nel cemento o a qualsiasi altra cosa potesse offrire un appiglio. Lottò, scalciò, urlò e imprecò mentre cercava di spezzare la presa del vampiro sulla sua gamba. Bethany Anne continuava semplicemente a trascinarlo lungo il tunnel buio.

John la osservò mentre camminava, inesorabile. Poteva vedere i suoi occhi brillare in contrasto con la sagoma scura. Era dannatamente fantastica.

Lui ed Eric si erano già occupati degli undici mannari che erano stati accoltellati e disarmati, e ora strettamente legati.

Un idiota aveva deciso di mostrare come i mannari potessero sbuffare e gonfiarsi fino a rompere le fascette, così Eric gli aveva sparato allo stomaco e lo aveva legato di nuovo. Ora gemeva dal dolore e sudava come un vero figlio di puttana.

Si sedettero con la schiena contro il muro e guardarono la minuscola vampira che trascinava un recalcitrante Paul Gleason lungo il passaggio, tutte le teste a girarsi all'unisono.

Lanciò il Thompson a John e proseguì.

Dall'altro lato del passaggio, Eric gli scoccò un'occhiata. «È un esperimento nato dalla merda.»

John rise. «Ehi, se non lo ha sentito...»

Riuscirono a udire Bethany Anne che urlava sopra i singhiozzi di Paul: «L'ho sentito.» A quel punto era quasi arrivata all'altro ingresso.

John sorrise. «Dannazione! Non era male!»

***

Nathan, Gerry e Jonathan si precipitarono verso l'altro ingresso. Videro la gente di Bethany Anne voltarsi per mirare al tunnel. Jonathan si augurava che fossero dei buoni tiratori.

Jonathan era andato da Gerry con emozioni contrastanti. Si era fatto una buona idea di cosa sarebbe successo. Non era sicuro di cosa avrebbe fatto, ma credeva che la sua unica scelta fosse quella di cercare di uccidere la vampira. In caso contrario, temeva che il suo unico figlio sarebbe stato giustiziato.

Pete era stupido, immaturo, viziato e una serie di altre cose, ma in fin dei conti era sempre suo figlio. Si sentiva terribilmente in colpa per averlo cresciuto così male. Ma non aveva contato su un vampiro con cui si potesse parlare. In macchina, aveva deciso di restare dalla parte del Consiglio e cercare di far funzionare le cose con Bethany Anne. Non gli aveva promesso niente, se non che avrebbero parlato dopo l'incontro. Gerry gli aveva confidato in precedenza che Nathan gli aveva detto che se ne sarebbe andato prima di schierarsi contro di lei.

Al telefono, era sembrata... umana? Be', abbastanza a posto. Non era come i vampiri freddi e distaccati con cui aveva familiarità. Se si fosse trattato di Michael, avrebbe cercato di nascondere Pete. Se a suo figlio non fosse stato bene, be', le droghe servivano proprio per cose del genere. Forse quando avesse capito dove lo aveva spedito suo padre e come tornare in America sarebbe cresciuto un po'.

Jonathan aveva permesso alle dicerie – secondo le quali avevano a che fare con una vampira debole – di influenzare le sue azioni. Ora che era al fianco di Gerry, si rese conto che altri mannari avevano creduto alle stesse fandonie.

Era sorpreso di quanto fosse apparsa raccolta con il suo team. Quella donna se ne era rimasta lì e basta, e non gliene importava nulla di ciò che pensavano gli altri. Le importava solo che gli uomini intorno a lei sapessero passare ai fatti, e quegli agenti erano chiaramente in grado di farlo. Sembravano una squadra ben oliata. Ma Nathan gli aveva riferito che era arrivata negli Stati Uniti solo pochi giorni prima.

Come avesse fatto a mettere insieme quel team per Gerry era un mistero.

Mentre correvano, vide la granata stordente volare davanti a loro. Chiusero gli occhi. Tutti smisero di correre, chinarono il capo e si coprirono le orecchie. Un secondo dopo la granata deflagrò.

Finirono la corsa verso l'ingresso del tunnel e sentì i due umani che risalivano il passaggio. Otto dei dieci mannari erano a terra e stavano cercando di riprendersi dal dolore della granata stordente.

I due ancora in piedi avevano la testa tra le mani e stavano imprecando.

Si fermarono, con Gerry in testa. Dovette aspettare un po' perché si riprendessero.

Gerry urlò loro: «Che ci fate qui, idioti? Non siete stati invitati dal Consiglio a far parte di questo conclave!»

I due che erano rimasti in piedi gonfiarono il petto in modo bellicoso. Quello a sinistra indicò il tunnel. «Non permetteremo più a un vampiro di comandare!» Il suo *più* fu sottolineato da uno sparo più in basso nel tunnel e qualcuno della squadra di Bethany Anne che diceva a qualcun altro di non fare il coglione.

Gerry non si guardò alle spalle. «E come la fermerai esattamente?»

Entrambi estrassero le pistole dalle giacche. Quello a destra gridò: «Sparando a quella troia, giusto, ragazzi?» Si voltò a guardare gli altri otto. Lo stavano fissando tutti quando Scott gli sparò alla testa. Cadde come un burattino a cui fossero stati tagliati i fili.

Allo stesso tempo, Darryl fece fuoco all'addome del suo compagno. Avrebbe fatto male, ma se la sarebbe cavata. Il primo? Probabilmente no.

Gerry scosse il capo e allontanò le pistole con una pedata.

Gli otto ancora in piedi si resero conto che non stavano solo affrontando Nathan Lowell – lo conoscevano tutti – ma il capo del Consiglio, un altro alfa e almeno due tiratori.

Erano ufficialmente fregati e lo sapevano.

Le emozioni dicevano loro di strappare e lacerare e urlare di rabbia ma, sotto lo sguardo duro degli alfa, il loro desiderio fu di sottomettersi.

Sentimenti contrastanti si agitavano nei loro corpi e nelle loro menti quando sentirono Paul Gleason piangere e gridare di paura. Si stava avvicinando.

Sbirciarono nel tunnel. Persino Gerry, Nathan e Jonathan si guardarono alle spalle. Potevano vedere il profilo di Bethany Anne che si avvicinava e poi gli occhi rossi che li fissavano mentre si trascinava dietro Paul Gleason come se fosse un sacco di farina.

Più si avvicinava, più i singhiozzi di dolore si trasformavano in grida di paura mentre il ginocchio lentamente guariva. Si capiva che la rotula destra era messa abbastanza male.

Lo trascinò verso i due membri del Consiglio e Nathan. La voce di Bethany Anne grondava di malevolenza. «C'è un membro del branco che richiede una punizione. Potete occuparvene voi, oppure...» A quel punto guardò gli otto in piedi su quel lato del tunnel. «Scaricherò la mia punizione su tutti quelli che oggi hanno tradito la mia fiducia.» Guardò di nuovo Gerry. «Qual è la tua decisione?»

Gerry sentì tutti e otto i membri del gruppo in piedi che lo imploravano di scegliere. Il tizio ferito a terra lo guardò, la paura che superava il dolore, e scosse la testa con le braccia sullo stomaco.

Gerry guardò Jonathan, che annuì. Poi guardò Nathan e anche lui gli rivolse un cenno d'assenso. Nathan era quello su cui faceva affidamento per tenere in riga il branco. Nessuno era stato contento quando Nathan Lowell era arrivato in città.

Nathan si avvicinò a Paul Gleason e gli ordinò di alzarsi. Paul ritrovò l'equilibrio, la gamba destra ormai quasi guarita, e si voltò verso gli Alfa.

Ora che la vampira non lo stava trascinando, cercò di capire come uscire da quella situazione complicata.

Era ovvio che il gruppo di ragazzi che volevano *uccidere il vampiro affinché i mannari fossero liberi* fosse intimidito dalle circostanze e sarebbe stato inutile. A Gerry non era mai piaciuto, e Jonathan ovviamente era il leccaculo di Gerry. Paul dimenticò rapidamente la precedente paura e un'espressione bellicosa si insinuò sul suo viso. Lo stavano guardando tutti.

«Che c'è, volete che chieda scusa? Volete che dica che mi dispiace per quello che desideriamo tutti, Gerry? Vogliamo solo essere liberi, com'è giusto che sia. Dovrei scusarmi per questo?»

Credeva quasi di ribaltare di nuovo la situazione davanti al suo pubblico. Li aveva esaltati venendo lì, rigirandoseli come un comico che recitasse in una stanza al Caesar's Palace. Più sicuro di sé, tornò alla sua retorica, desiderando che i suoi ragazzi si infuriassero ancora una volta.

«Puttanella del cazzo...» Fu tutto quello che riuscì a dire prima che la sua testa esplodesse, investendo metà dei belligeranti con la sua materia cerebrale. Due in quel momento avevano la bocca aperta.

Tutti guardarono Bethany Anne, che non si era neanche mossa. Dannazione! Sapevano che i vampiri erano veloci, ma... alzò semplicemente lo sguardo, esasperata, e indicò il tunnel.

Gli occhi seguirono la direzione del suo dito fino all'ingresso del passaggio, dove si trovavano Darryl e Scott. Entrambi abbassarono le armi. Darryl disse a tutti loro, guardando ciascuno e assicurandosi di includere Gerry, Jonathan e Nathan, «Rispetterete la Regina delle Stronze.»

Scott aggiunse: «O vi uccideremo. Avete domande?»

Persino Nathan scosse il capo. Quegli umani erano dei bastardi spaventosi.

Bethany Anne tornò nel passaggio. «Portiamo questo spettacolo in strada. Con tutto questo sangue mi sta venendo fame.»

Due dei mannari rabbrividirono involontariamente. Lei strizzò l'occhio a Darryl e a Scott nel passare davanti a loro, e i suoi occhi tornarono normali mentre i suoi denti si ritraevano.

Non era stata lei a uccidere Paul, perciò quanto avrebbe potuto essere turbato John, stavolta?

CAPITOLO VENTUNO

New York City, NY, USA

Le conversazioni dopo il combattimento furono un po' sottotono. Nessuno si sentiva incline a far incazzare la vampira o le sue guardie, e volevano soltanto andarsene da lì. Gerry aveva già designato una squadra per gestire i cadaveri. Aveva fatto preparare quattro furgoni senza finestrini. Per fortuna ne serviva soltanto uno.

John e la sua squadra recuperarono tutti i bossoli mentre Bethany Anne ascoltò coloro che avevano legittime rimostranze.

Ammise di non sapere dove fosse Michael, e probabilmente avrebbe perdonato le condanne più dure e se ne sarebbe assunta la responsabilità, nel caso in cui fosse tornato.

Tutto sarebbe passato attraverso il Consiglio, e se qualcuno l'avesse scavalcata e avesse approfittato della sua "indole generosa", lei o il suo team avrebbero inflitto le punizioni più dure per aver tradito la sua fiducia. Se avevano domande, potevano chiedere al loro alfa, e il loro alfa poteva chiedere al Consiglio. Il Consiglio avrebbe potuto contattarla tramite Ecaterina.

Qualcuno domandò come sarebbero potuti entrare in contatto con Ecaterina, aggiungendo che si diceva che fosse davvero carina. Nathan si alzò e guardò quel tizio, dicendo semplicemente: «Attraverso me.»

Questo fece scendere il silenzio fino a quando Bethany Anne non gli diede una manata sul braccio. «Non dimenticare che è ancora in ascolto. Vuoi prima assicurarti che a lei stia bene?»

Tutti risero quando si resero conto che il viso di Nathan aveva perso un po' di colore. *Merda, merda, merda!* «Naturalmente, intendevo solo come processo preliminare, da chiarire in seguito.»

Si udirono risatine in fondo. Nessuno voleva far incazzare Nathan Lowell, tranne, a quanto pareva, la vampira.

Accanto a lei c'era l'umano John Grimes, ma gli altri tre erano rivolti verso l'esterno, in cerca di ulteriori pericoli.

Alla fine, chiusero la questione per andarsene. Avrebbero programmato un altro incontro nel prossimo futuro senza troppi drammi collegati.

I venti mannari non invitati che non erano morti o in coma ricevettero una visita personale da Bethany Anne. Con gli occhi rossi e le zanne snudate, chiese a ciascuno di loro se avrebbero rispettato gli ordini del Consiglio. Non ci sarebbero stati problemi, a meno che non avessero agito di nuovo. Fece sapere a ciascuno che aveva appena ricevuto l'unico avvertimento che ci sarebbe stato.

La sua squadra tornò al SUV Chevy e salì, e Carl li riportò all'aeroporto.

L'aereo non era il posto più comodo in cui dormire, ma era più sicuro di un hotel e non avrebbero dovuto rispondere alle domande sugli esplosivi e sulle armi che avevano con loro.

Il giorno dopo, Bethany Anne indossava un vestito rosso scuro che si abbinava alle Blahnik per incontrare Nathan in banca. Ecaterina la accompagnava, e la vampira aprì altri due conti. Uno lo condivise con Nathan in modo che potesse usarlo per i prelievi, e il secondo con Ecaterina, che aprì anche un conto personale.

Non era sicura di cosa fare con lo stipendio di Ecaterina. Non era giusto tenerla senza dei mezzi di sostentamento propri. Depositò ventimila dollari sul suo conto personale e le disse che avrebbero calcolato il suo stipendio nel prossimo futuro.

Quindi depositò un milione sul conto condiviso con Ecaterina per preparare la casa a Miami. Mise quindici milioni nel conto cointestato con Nathan. La casa richiedeva dieci milioni e lei aveva bisogno di soldi per avviare il processo di acquisto dell'attività di Bobcat. Una volta che avessero avuto tutti i dettagli sul prestito per il Black Hawk, lo avrebbero pagato direttamente.

Lasciò che i due si godessero un pranzo insieme mentre lei andava a fare shopping per un paio di Christian Louboutin. Ne trovò uno stile Neiman Marcus che si abbinava al paio che indossava sempre per lavorare. Era incredibile quanto fossero servizievoli in quel negozio.

Ne fece spedire un paio all'interno di una scatola in un ufficio dall'aspetto austero a Washington DC, e l'altro in una base militare a Denver, in Colorado. La commessa neanche batté ciglio a quella richiesta.

Una volta che ebbe finito di spedire i suoi pacchi privati, raggiunse Ecaterina e Nathan.

Si salutarono con un bacio davanti a lei. Wow, i suoi due piccioncini stavano finalmente ammettendo al mondo che avevano una storia. Le veniva da vomitare, ma era felice per loro.

Nathan li avrebbe seguiti il giorno dopo. Aveva un paio di affari da sbrigare a Boston la mattina prima di volare in Florida. Jonathan, però, aveva chiesto di poter prendere posto sull'aereo. Ne parlarono e lei acconsentì. Di sicuro aveva abbastanza spazio sia a bordo dell'aereo che a casa. Dopo una breve telefonata con John, anche lui acconsentì alla richiesta.

Carl finalmente li lasciò all'aeroporto e si salutarono. Bethany Anne ed Ecaterina avevano ai loro piedi otto buste della spesa piene di cose. Notò un giovane imbronciato accanto a Jonathan. Immaginando che fosse il recalcitrante Pete, si avvicinò e offrì la mano a Jonathan. John Grimes era al suo fianco.

«Buon pomeriggio, Jonathan. Come va?»

«Abbastanza bene, Bethany Anne. Vorrei presentarti mio figlio, Peter. Peter, lei è Bethany Anne.»

Guardò Pete, che si limitò a sollevare la testa in un gesto da *ti ho già capita*. Jonathan si accigliò.

Okay, è arrivato il momento di una bella lezione.

Bethany Anne disse: «Pete, vedi quelle borse della spesa, là dietro?»

Pete sbottò: «Certo. Non sono cieco.»

«Bene. Allora non avrai problemi a trovarle, vero?»

«Non le cercherò, perciò non dovrò trovare proprio niente.» Il sorriso di Pete si stava allargando.

Jonathan aveva capito cosa stava succedendo. Per poco non disse qualcosa, ma colse lo scuotimento appena percettibile della testa di Bethany Anne.

Era il momento di chiudere la lezione. «E perché pensi di non andare a prenderle?»

«Perché non sono il tuo schiavo, stronza.» Un attimo dopo fu colpito così forte alla mascella che si ritrovò a perdere l'equilibrio e a finire a terra. Era da un'eternità che non sentiva un dolore del genere. Quando fu in grado di mettere a fuoco di nuovo, davanti a lui c'era il volto di John Grimes.

«Ascolta, piccolo avanzo di sperma. All'ultima persona che ha mancato di rispetto a Bethany Anne abbiamo sparato in testa. Sii grato che sia stato solo il mio pugno a colpirti. A meno che tu non voglia essere frustato di fronte alle ragazze, alzerai il tuo inutile culo e porterai *delicatamente* quelle buste sull'aereo. Poi troverai un posto e sarai il gentiluomo migliore del mondo. Mi hai capito, Pete?»

Guardò negli occhi di quell'umano e capì che non era come i suoi genitori. Lo avrebbe preso a calci nel culo, se non avesse ubbidito. Cercò suo padre. Perché non lo stava proteggendo? Dov'era?

Sentì un colpetto sulla spalla e cercò di girare la testa dall'altra parte. Suo padre avrebbe messo quello stronzo al posto suo!

Il viso di Jonathan finalmente venne messo a fuoco. «Pete, faresti meglio ad ascoltare. Ho visto Paul Gleason farsi sparare alla testa per aver insultato Bethany Anne. Non è stata lei a uccidere Paul, ma la sua squadra di protezione. Devi farti crescere le palle e smettere di fare l'idiota. Bethany Anne risolverà il problema con le due donne in Colorado, ma tu dovrai rimanere tre mesi con il suo team. Non mi è stato promesso che tornerai vivo, capito? Non mandare tutto a puttane, figliolo.» Suo padre si alzò e lui e Bethany Anne si diressero verso la macchina. Pete lo guardò raggiungere il veicolo, dove Bethany Anne gli parlò per un momento. Jonathan salì e lasciò l'aeroporto.

Adesso sì che la sua vita era un gran casino. Oddio, era con la Regina delle Stronze in persona.

Grimes lo afferrò per la giacca e lo tirò su. «Porta il tuo culo su quelle buste e vedi di non graffiarne neanche una.»

Pete stava per sbottare di nuovo, ma al momento la mascella gli faceva troppo male per parlare. Era un bene, decise.

Si avvicinò imbronciato alle buste.

«Più dritto. Non sei un debole, vero, Peter? Sei così fragile da non riuscire a reggerti in piedi?»

Peter raddrizzò la schiena. Fragile? Chi diavolo si credeva di essere quel tizio? Gliela avrebbe fatta vedere lui.

John Grimes lo guardò prendere le buste in due viaggi. La schiena rimase dritta e le braccia tese, a dimostrazione che sapeva portare facilmente quel peso.

Sorrise tra sé e sé. Magari quel ragazzo aveva del potenziale, pensò.

In Colorado, a due donne furono spedite buste con informazioni scandalose sul loro conto che credevano non sapesse nessuno. Se avessero provato a dire qualcosa a proposito di Pete, quelle informazioni sarebbero state diffuse.

Le ragazze discussero della loro situazione e decisero che non erano più tanto sicure di quel che avevano visto a proposito del ragazzo e del lupo, ma di sicuro non volevano che scoppiassero scandali sui social media. Stabilirono di eliminare il video e di non parlarne più.

Miami, FL, USA

Il team tornò in Florida senza problemi. La maggior parte di loro andò a stabilirsi nella nuova casa e Bobcat andò al suo hangar.

Il suo amico Billy "William" Stevenson stava stringendo un rivestimento sulla sua bambina quando fu di ritorno. Si diedero il cinque e si scambiarono il pugno.

«Come sta la mia bambina?» Bobcat andò nel suo ufficio e prese due birre, offrendone una a William.

«Oh, intendi Shelly?» William sorrise alla smorfia di Bobcat. «È brava. Hai trattato bene questa vecchia signora. Com'è andato il viaggio?»

«Non poteva andare più liscio di così. Non abbiamo fatto troppi danni.»

William inarcò un sopracciglio. «Non sarà mica roba tipo la Sabbiera?»

«Proprio così.»

«Non mi stai prendendo per il culo?»

«Neanche un po'.»

Ora William era interessato. Avrebbe voluto far parte di un gruppo, ma l'unica possibilità di far parte di un gruppo che creava e rompeva cose era finita nella Sabbiera. Se c'era un'opzione più vicina a casa, voleva saperne di più.

«È per questo che devo vestire Shelly con gli abiti più suntuosi che riesco a trovare?»

«Può darsi. Ma non posso darti le risposte che vuoi, amico mio. Non per fare lo stronzo ma, a meno che tu non sia interessato a restare, non devi saperne nulla.»

William ci pensò su. Aveva sentito le storie del Black Hawk che la settimana precedente era stato avvistato sopra il Southeastern Financial Center durante l'attacco terroristico. Poi era atterrato in un parco e in un campo deserto e, infine, nella lussuosa zona di Smugglers Cove. Aveva fatto due più due quando aveva tolto dell'erba alta dal carrello di atterraggio: proprio il tipo di erba che si poteva trovare nella zona di Key Biscayne.

Aveva visto portare fuori le custodie rigide dal G550 quando erano atterrati, e riteneva che le sacche balistiche in nylon nero non fossero per le mazze da golf. Aveva anche visto un adolescente dall'aria scontrosa che trasportava buste di negozi costosi. La sua faccia si era aperta in un sorriso quando si era reso conto che si adattava alle storie di quella settimana. Stando alle voci, il Black Hawk era volato sopra l'edificio in cui era avvenuto l'attacco terroristico, e poi, solo un paio d'ore dopo, una donna eccentrica stava giocando a fare Rambo a Smugglers Cove. Aveva fatto atterrare il suo elicottero e aveva comprato una casa seduta stante. Una casa davvero, davvero costosa.

William si guardò intorno nell'ufficio di Bobcat. «Hai detto di voler vendere la tua attività?» Bevve un sorso dalla bottiglia.

Bobcat si limitò a sorridere e a sorseggiare la birra. «Mmhmm.»

«Allora, il tuo nuovo capo è una donna. È nuova in città?»

«Si potrebbe dire così. Perché?»

«Sono solo curioso. Se dovessi andare da lei, potresti prendere il 913?»

«Probabilmente, se non stessi pilotando Shelly, laggiù.»

Era quanto di più vicino alla verità sarebbe riuscito a scucire a Bobcat. Che figli di puttana. Quella era la squadra che aveva fatto fuori i terroristi e che subito dopo aveva comprato una casa da nove milioni di dollari.

«Non credo che questi due elicotteri abbiano bisogno di me a tempo pieno dopo l'ammodernamento, se tutto ciò che farai sarà volare intorno alle Keys.»

«Non ho detto che avremmo avuto solo un elicottero o due, giusto?»

«Che altro?»

«Su cos'altro sei disposto a lavorare?»

Ah, era quella la domanda a cui Bobcat voleva che William rispondesse. Si erano ritrovati a spalare merda tante di quelle volte che il pilota si era fatto una buona idea dei giocattoli su cui William avrebbe potuto lavorare, che era praticamente tutto ciò che l'esercito gli aveva fatto usare negli ultimi quindici anni. La domanda non era cosa avrebbe potuto fare, ma cosa sarebbe stato disposto a fare per la squadra.

«Per le giuste ragioni sono disposto a metterci tutto il sudore e l'ingegno che ho. I miei uccelli non cadono e le mie auto non si fermano, ma non farò nulla contro i miei fratelli, capisci cosa intendo?»

Bobcat sorrise. «So cosa vuoi dire. Allora vorresti rimanere?»

William sorrise di rimando. «Al diavolo, sì. Le ragazze sono fantastiche sulle spiagge della California. Come Sabbiera mi va più che bene Finché non mi annoierò o non sarò costretto a prostituirmi o a restare a terra, sarò a posto.»

«Fidati di me, l'esercito ti ha fatto prostituire più spesso di quanto non farà Bethany Anne, e rimarrai a terra ogni volta che berrai troppo e darai il via a una rissa. Non saresti in grado di reggere l'alcol neanche se ne andasse della tua vita. E per quanto riguarda la noia, be', sta a me assicurarmi che non accada.»

«Ragazzo, reggo l'alcol come la diga Hoover trattiene l'acqua.»

Bobcat scoppiò a ridere e William presto si unì a lui. Era risaputo che, anche se reggeva qualche birra, non riusciva a reggere il whisky. Diventava bellicoso e iniziava a litigare su qualunque argomento fosse popolare nei notiziari in quel dato momento.

Una volta, in Texas, aveva bevuto un paio di bicchierini, si era alzato in piedi sul bancone e aveva detto che tutte le ragazze del locale erano le sue troie. Erano cominciati i guai. Lo avevano trovato addormentato sotto un tavolo. Stando alle ricostruzioni successive, aveva colpito il primo tizio che gli era andato sotto e il pugno che aveva ricevuto in risposta lo aveva steso.

Avrebbe anche detto che erano bei tempi, ma a dire il vero non ricordava nulla.

Bethany Anne aveva detto a Bobcat che avrebbe dovuto controllare il suo capo ingegnere e che in definitiva era il responsabile delle sue azioni. Se avesse preso una decisione sbagliata, il colloquio di uscita sarebbe stato un problema.

Bobcat aveva recepito il messaggio. Si sarebbe assicurato che William fosse la persona giusta prima di dirgli troppo. Non voleva scoprire di essere stato la causa di una morte prematura.

Miami, FL USA

Una settimana e mezzo dopo, Bethany Anne si stava finalmente godendo la casa dopo che erano stati consegnati i tre camion carichi di mobili.

I vicini non erano molto contenti di lei. Avevano sentito la storia di Bethany Anne che interpretava Rambo nell'elicottero d'attacco e pensavano fosse un po' troppo strana per loro. E poi c'erano così tante persone che vivevano in casa sua che le voci avevano cominciato a circolare.

La vicina di casa una mattina aveva rimproverato John perché un camion da lavoro aveva bloccato il suo vialetto il giorno prima. Bethany Anne era a letto e aveva sentito quella signora che gridava. Non apprezzava il fatto che avesse mancato di rispetto al suo caposquadra, né che urlasse.

Si era messa un paio di jeans e una maglietta senza reggiseno. Un altro dei vantaggi dei cambiamenti genetici era che non aveva bisogno di supporto. Il fatto di non dover indossare un reggiseno faceva ingelosire Ecaterina.

Prima di diventare una vampira, Bethany Anne non aveva un seno molto grande. Poteva scegliere se mettere o non mettere il reggiseno, a seconda dell'evento. Se ora fosse stata umana, l'opzione senza reggiseno non sarebbe stata fattibile.

Camminò lungo il vialetto e attraversò il cancello per arrivare dietro a John, che stava subendo stoicamente l'abuso della donna.

«E ti dirò un'altra cosa. Non so perché dovete stare svegli tutte le ore della notte. Dà fastidio al mio caro gatto Mugsy, dover dormire con le luci che filtrano dalla finestra. Questa era un'area piacevole prima che vi trasferiste qui.»

John si raddrizzò, i suoi occhi sembravano catturati dai fari di un'auto. Bethany Anne era in piedi dietro di lui e lo aveva afferrato per la vita in modo molto affettuoso.

«Signora Joshwood, che spiacevole sorpresa scoprire che è così scortese con il mio amico John, qui. Di cosa si sta lamentando stamattina?»

Oddio, pensò John. Avrebbe solo voluto andarsene. Non gli era mai piaciuto trovarsi nel bel mezzo di uno scontro tra arpie. Poi ricordò. *Merda, questa donna è una vampira, quindi di cosa dovrei preoccuparmi? Del fatto che mi sta abbracciando? Magari di quello sì.*

La signora Joshwood vide la possibilità di prendersela con Bethany Anne. «Oh, sgualdrina! Come osi lamentarti delle mie lamentele! Prima che vi trasferiste qui, questa era una strada decente. Non abbiamo mai avuto problemi. Perché non riuscite a non fare rumore, e perché ci sono tutte queste persone in casa?»

Bethany Anne sorrise. «Signora Joshwood, si rende conto che la mia abitazione ha nove camere da letto, vero? Di sicuro capisce che magari devo provarle tutte con il qui presente John prima di decidere quale userò per gli ospiti? Non le sembra un ragazzo da pubblicità?»

Il viso di John divenne rosso, poi bianco, poi ebbe l'impressione di poter svenire da un momento all'altro.

La signora Joshwood, d'altro canto, sputò la sua indignazione. Bethany Anne guardò John. «Tesoro, saresti così gentile da far iniziare a Pete la sua ginnastica mattutina?» Gli diede una pacca sul sedere mentre se ne andava e soppresse un sorriso mentre raddrizzava la schiena e si allontanava velocemente quanto glielo permetteva l'orgoglio. Quando lo vide svoltare l'angolo, si girò di nuovo verso la signora Joshwood, che stava ancora cercando di formulare una frase coerente.

La voce di Bethany Anne divenne seta sull'acciaio. «Signora Joshwood, ne ho abbastanza. Andrà a parlare con suo marito e gli dirà che vuole stare più vicina ai suoi figli. Quindi metterà in vendita la casa per cinquecentomila dollari in più di quanto suggerito dal suo agente immobiliare. Voglio che sia fatto entro due settimane. Ora sparisci dalla mia vista, fottuta vecchia.»

Detto questo, si voltò e tornò nella sua proprietà, i cancelli neri che si chiudevano alle sue spalle. Almeno aveva quelle cazzo di mura intorno alla casa.

Due settimane dopo, comprò la proprietà accanto alla sua per 8,7 milioni di dollari.

FINIS

Le avventure di Bethany Anne e dei suoi amici continuano nel terzo episodio.

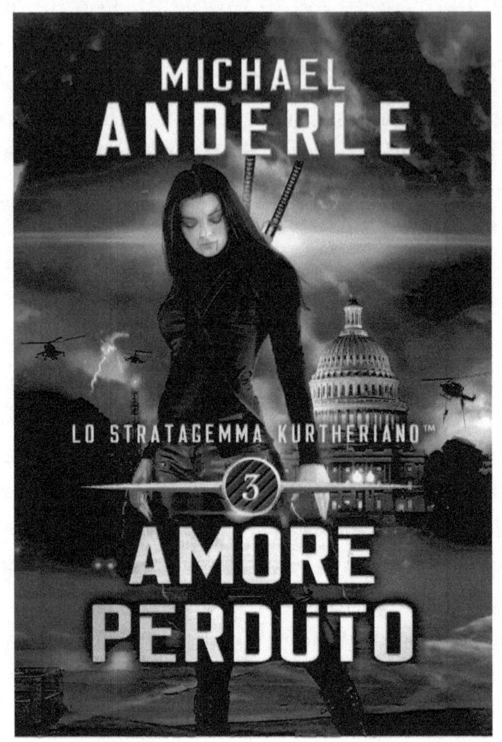
MICHAEL
ANDERLE
LO STRATAGEMMA KURTHERIANO™
3
AMORE
PERDUTO

NOTE DI MICHAEL (NOVEMBRE 2015):

Grazie, non ho parole per esprimere il mio apprezzamento: non solo avete preso in mano il secondo libro, ma lo avete letto fino alla fine, e ora state leggendo anche la postfazione!

Ho menzionato nelle note dell'autore alla fine de *La Morte Incarnata* che ci è voluto un po' per scrivere il primo libro. Questo libro ha richiesto una settimana. (spero che la qualità sia all'altezza**) Non farò uscire il terzo in nove giorni, ve lo garantisco!

Tuttavia, spero di concludere il terzo entro il 15/12/2015. Ciò consentirà di avere tre libri disponibili e mi sento come se potessi permettermi di fare un po' di pubblicità.

Parte del motivo (credo) per cui ho scritto questa storia tanto in fretta è stato il fatto che mi sono unito a NaNoWriMo. Solo quel passo mi ha incoraggiato a scavare in profondità, e ho fatto un bel salto in avanti. Il secondo è che scrivere di Bethany Anne è divertente. Le sue esperienze sono sorprendenti per me quasi quanto lo sono per i miei lettori.

L'intero episodio di Stephen non era affatto quel che mi ero aspettato. Alla fine del primo libro, credevo che Bethany Anne trovasse un fastidioso figlio di Michael e che meritasse una bella ripassata. Stavo scrivendo il punto in cui lei sente i suoi passi arrivare alla porta quando mi è venuto in mente che Stephen potesse essere vecchio... davvero, molto vecchio. Ora è il mio secondo personaggio preferito.

Ho menzionato nel mio post sul blog (http://kurtherianbooks.com) che il successo di un autore di solito richiede un sacco di lavoro preliminare prima di pubblicare il libro. Eppure ho appena pubblicato *La Morte Incarnata* allo stato brado, senza preavviso e senza pubblicità. Spero davvero che, se vi è piaciuto leggere queste storie, condividerete il link con i vostri amici e incoraggerete anche loro a leggerle.

Per quanto ne so, i ricavi tramite Kindle Unlimited sono cinque volte superiori rispetto a quando il libro viene acquistato. Non che sia molto grande al momento, ma lo trovo affascinante. E poi incoraggia gli autori a scrivere affinché ci siano molte pagine disponibili per i loro lettori. Mi sembra un ottimo scenario in cui vincono tutti.

Sentitevi liberi di saltare sulla pagina Facebook per farmi qualsiasi domanda anche a proposito di essere un autore di Amazon. Sono felice di condividere tutte le esperienze che posso.

Ho già accennato prima che la mia scrittura è di tipo evasivo. Amo una buona storia d'azione, ma ancora di più voglio impegnarmi con i personaggi. Voglio sentire cosa stanno sentendo loro, se possibile. Voglio situazioni che mi facciano eccitare, preoccupare, ridere e dire: «Prendi questo, schifoso!» ad alta voce. Le sfide affrontate dai protagonisti non devono per forza metterli in pericolo di vita, potrebbe essere la sfida di chiedere a quella persona speciale di uscire per un appuntamento a far andare avanti la storia. Non mi piacciono molto i libri che ti fanno temere costantemente per i personaggi. Se mi interessa un personaggio, volterò la pagina e comprerò il prossimo libro solo per vederlo raggiungere una pietra miliare che per lui rappresenta una sfida. Eppure, detto questo, l'azione è ciò che porta avanti la storia!

In questa storia, Bethany Anne mostra un po' di più il suo lato divertente. Le imprecazioni possono essere un po' estreme, ma lei le usa (come fanno John, Eric, Darryl e Scott) in modo buffo.

C'è davvero un Joe's Famous Hot Dogs & Burgers (a Florida City: https://www.facebook.com/JoesFamousHotDogsBurgersMore). C'è davvero (o c'era) una casa in vendita a Key Biscayne per 8,9 milioni di dollari con nove camere. Immagino che qualcuno la comprerà, ma nei miei libri Bethany Anne lo ha già fatto! Joe's Pizza a New York City è già famoso, non ha bisogno di pubblicità da parte mia. :-)

Onestamente non avevo intenzione di far avere a Bethany Anne una base a Miami. Sarà divertente vedere cosa ne farà. Ora ha due case, posso solo immaginare che John voglia trasferirsi alla porta accanto dopo il contatto ravvicinato che c'è stato tra la signora Joshwood e Bethany Anne.

Ci sono attualmente tredici titoli abbozzati, ma credo ce ne saranno degli altri. La Regina della Notte è il secondo della serie. Il titolo successivo è provvisoriamente Amore Perduto, dove il nemico decide di attaccare indirettamente Bethany Anne. Scopriranno che è davvero un ottimo modo per far incazzare un avversario molto potente. E poi Bethany Anne deve iniziare a costruire la sua infrastruttura militare, scientifica e commerciale mentre mira alle stelle.

Per raggiungere questi obiettivi ha bisogno di brave persone.

Per favore, se vi è piaciuto questo libro, lasciate una valutazione su Amazon. Le vostre parole gentili e l'incoraggiamento aiutano qualsiasi autore. Continuerò con la prossima storia sia che abbiate lasciato una recensione STRAORDINARIA o meno, ma potrei andare un po' più velocemente con il giusto incoraggiamento (sorriso).

A oggi (11/11/2015), nove giorni da quando ho pubblicato il primo libro, ho due valutazioni a cinque stelle su La Morte Incarnata. Ho scritto il secondo libro in nove giorni. Immaginate cosa potrei fare con cinquanta valutazioni a cinque stelle!

Okay, non è vero. Non riesco a scrivere e a editare tanto velocemente :-(Potete trovare i link ai libri sulla mia pagina autore di Amazon qui:

https:/www.amazon.it/Michael-Anderle/e/B017J2WANQ/

Grazie, Michael Anderle, 2015

*Tutto il merito per la mia conoscenza delle scarpe va a mia moglie, che ancora si adopera per darmi anche solo un pizzico di gusto nel vestire. Il motivo per cui mi chieda di commentare i suoi abiti al mattino mi confonde ancora oggi.

**Detesto ammetterlo, ma la qualità della prima versione non era all'altezza. Grazie a un recensore per avermelo fatto notare. Ero troppo stanco la sera in cui l'ho pubblicato e non sono sicuro se abbia caricato una versione provvisoria o se sia stato tanto pessimo nei controlli precedenti alla pubblicazione. È qualcosa che non accadrà più. In ogni caso spero che quest'ultima versione sia migliore. Grazie a tutti per aver letto questa storia. (Mike – 28/11/2015).

*** Quest'ultima edizione modificata (da Lynne Stiegler e Judah Raine) è stata realizzata il 05/2019

VUOI ALTRO?

Puoi trovare una lista dei nostri libri su:
https://lmbpninternational.com/it/i-nostri-libri/

Iscriviti alla mailing list qui:
https://lmbpninternational.com/it/newsletter/

Unisciti al gruppo di Facebook qui:
https://www.facebook.com/LMBPNit/

La lista e-mail sarà sporadica con gli aggiornamenti più importanti, il gruppo Facebook sarà per gli aggiornamenti e le informazioni "dietro le quinte" sulla scrittura delle prossime storie. Fondamentalmente per chiacchierare!

Dal momento che non posso confermare che qualcosa che ho messo su Facebook sarà aggiornato, ho bisogno della vostra e-mail per informare tutti i fan per qualsiasi pubblicazione importante o aggiornamenti che potreste voler leggere sul nostro sito web.

Spero che il libro vi sia piaciuto!

ELENCO DEI NOSTRI LIBRI PUBBLICATI

Universo Stratagemma Kurtheriano™:

Lo Stratagemma Kurtheriano™
(Michael Anderle – Science Fiction paranormale)

Primo arco:
La morte incarnata (01) · La Regina della Notte (02)
Amore Perduto (03) · Il Morso della Regina (04)
Nessuno Sarà Abbandonato (05) · Ridotti In Polvere (06)
Inginocchiati o Muori (07)
Secondo arco:
La Costruzione (08)

Le Tempeste della Magia (L'Era della Magia)
(PT Hylton & Michael Anderle – Fantasy Epico)
I Predoni delle Tempeste (01) · Gli Evocatori delle Tempeste (02)
I Distruttori delle Tempeste (03) · I Guerrieri delle Tempeste (04)

Altre serie:

Kringle di Natale
(Michael Anderle – Azione/Avventura)
Astro del Ciel (01) · Santa Claus Arriva in Città (02)

www.ingramcontent.com/pod-product-compliance
Lightning Source LLC
LaVergne TN
LVHW091307150826
845673LV00006B/1570

* 9 7 9 8 8 9 3 5 4 0 4 4 4 *